AF548068

GRöLS
Verlage

„Bücher sind wie Fallschirme. Sie nützen uns nichts, wenn wir sie nicht öffnen."

Gröls Verlag

Redaktionelle Hinweise und Impressum

Das vorliegende Werk wurde zugunsten der Authentizität sehr zurückhaltend bearbeitet. So wurden etwa ursprüngliche Rechtschreibfehler *nicht* systematisch behoben, denn kleine Unvollkommenheiten machen das Buch – wie im Übrigen den Menschen – erst authentisch. Mitunter wurden jedoch zum Beispiel Absätze behutsam neu getrennt, um den Lesefluss zu erleichtern.

Um die Texte zu rekonstruieren, werden antiquarische Bücher von Lesegeräten gescannt und dann durch eine Software lesbar gemacht. Der so entstandene Text wird von Menschen gegengelesen und korrigiert – hierbei treten auch Fehler auf. Wenn Sie ebenfalls antiquarische Texte einreichen möchten, finden Sie weitere Informationen auf www.groels.de

Viel Freude bei der Lektüre wünscht Ihnen das Team des Gröls-Verlags.

Adressen

Verleger: Sophia Gröls, Im Borngrund 26, 61440 Oberursel

Externer Dienstleister für Distribution & Herstellung: BoD, In de Tarpen 42, 22848 Norderstedt

Unsere „Edition | Werke der Weltliteratur“ hat den Anspruch, eine der größten und vollständigsten Sammlungen klassischer Literatur in deutscher Sprache zu sein. Nach und nach versammeln wir hier nicht nur die „üblichen Verdächtigen“ von Goethe bis Schiller, sondern auch Kleinode der vergangenen Jahrhunderte, die – zu Unrecht – drohen, in Vergessenheit zu geraten. Wir kultivieren und kuratieren damit einen der wertvollsten Bereiche der abendländischen Kultur. Kleine Auswahl:

Francis Bacon • Neues Organon • **Balzac** • Glanz und Elend der Kurtisanen • **Joachim H. Campe** • Robinson der Jüngere • **Dante Alighieri** • Die Göttliche Komödie • **Daniel Defoe** • Robinson Crusoe • **Charles Dickens** • Oliver Twist • **Denis Diderot** • Jacques der Fatalist • **Fjodor Dostojewski** • Schuld und Sühne • **Arthur Conan Doyle** • Der Hund von Baskerville • **Marie von Ebner-Eschenbach** • Das Gemeindekind • **Elisabeth von Österreich** • Das Poetische Tagebuch • **Friedrich Engels** • Die Lage der arbeitenden Klasse • **Ludwig Feuerbach** • Das Wesen des Christentums • **Johann G. Fichte** • Reden an die deutsche Nation • **Fitzgerald** • Zärtlich ist die Nacht • **Flaubert** • Madame Bovary • **Gorch Fock** • Seefahrt ist not! • **Theodor Fontane** • Effi Briest • **Robert Musil** • Über die Dummheit • **Edgar Wallace** • Der Frosch mit der Maske • **Jakob Wassermann** • Der Fall Maurizius • **Oscar Wilde** • Das Bildnis des Dorian Grey • **Émile Zola** • Germinal • **Stefan Zweig** • Schachnovelle • **Hugo von Hofmannsthal** • Der Tor und der Tod • **Anton Tschechow** • Ein Heiratsantrag • **Arthur Schnitzler** • Reigen • **Friedrich Schiller** • Kabale und Liebe • **Nicolo Machiavelli** • Der Fürst • **Gotthold E. Lessing** • Nathan der Weise • **Augustinus** • Die Bekenntnisse des heiligen Augustinus • **Marcus Aurelius** • Selbstbetrachtungen • **Charles Baudelaire** • Die Blumen des Bösen • **Harriett Stowe** • Onkel Toms Hütte • **Walter Benjamin** • Deutsche Menschen • **Hugo Bettauer** • Die Stadt ohne Juden • **Lewis Caroll** • *und viele mehr….*

Stefan Zweig

Castellio gegen Calvin

oder

Ein Gewissen gegen die Gewalt

Inhalt

Einleitung

„Celui qui tombe obstiné en son courage, qui, pour quelque danger de la mort voisine, ne relâche aucun point de son assurance, qui regarde encore, en rendant l'âme, son ennemi d'une vue ferme et dédaigneuse, il est battu, non pas de nous, mais de la fortune; il est tué, non pas vaincu: les plus vaillants sont parfois les plus infortunés. Aussi y a-t-il des pertes triomphantes à l'envi des victoires ...“

Montaigne

Calvin im Alter von 53 Jahren
Stich von René Boyvin, 1562

Bildnis des Castellio
(Öffentliche Bibliothek der Universität Basel)

„Die Mücke gegen den Elefanten“, zunächst wirkt sie befremdlich, diese eigenhändige Inschrift Sebastian Castellios in dem Basler Exemplar seiner Kampfschrift gegen Calvin, und es läge nahe, bloß eine der üblichen Humanistenübertreiblichkeiten darin zu vermuten. Aber Castellios Worte waren weder hyperbolisch noch ironisch gemeint. Mit einem so schroffen Vergleich wollte dieser Tapfere seinem Freunde Amerbach nur deutlich dartun, wie sehr und wie tragisch er selber im klaren war, welchen riesigen Gegner er herausforderte, wenn er Calvin öffentlich anklagte, aus fanatischer Rechthaberei einen Menschen und damit die Gewissensfreiheit innerhalb der Reformation ermordet zu haben. Von der ersten Stunde an, da Castellio die Feder wie eine Lanze hebt zu diesem gefährlichen Streit, weiß er genau um die Ohnmacht jedes rein geistigen Krieges gegen die Übermacht einer geharnischten und gepanzerten Diktatur und damit um die Aussichtslosigkeit seines Unterfangens. Denn wie könnte ein einzelner, ein Unbewehrter Calvin noch bekriegen und besiegen, hinter dem Tausende und Zehntausende stehen und dazu noch der militante Apparat der Staatsgewalt! Dank einer großartigen organisatorischen Technik ist es Calvin gelungen, eine ganze Stadt, einen ganzen Staat mit tausenden bisher freien Bürgern in eine starre Gehorsamsmaschinerie zu verwandeln, jede Selbständigkeit auszurotten, jede Denkfreiheit zugunsten seiner alleinigen Lehre zu beschlagnahmen. Alles, was Macht hat in Stadt und Staat, untersteht seiner Allmacht, sämtliche Behörden und Befugnisse, Magistrat und Konsistorium, Universität und Gericht, die Finanzen und die Moral, die Priester, die Schulen, die Büttel, die Gefängnisse, das geschriebene, das gesprochene und sogar das heimlich geflüsterte Wort. Seine Lehre ist Gesetz geworden, und wer wider sie gelindesten Einspruch wagt, den belehren baldigst Kerker, Verbannung oder Scheiterhaufen, diese blank alle Diskussion erledigenden Argumente jeder geistigen Tyrannei, daß in Genf nur eine Wahrheit geduldet ist und Calvin ihr Prophet. Aber noch weit über die Stadtmauern hinaus reicht die unheimliche Macht dieses unheimlichen Mannes; die Schweizer Bundesstädte erblicken in ihm den wichtigsten politischen Verbündeten, der Weltprotestantismus wählt sich den violentissimus Christianus zum geistigen Feldherrn, Fürsten und Könige bemühen sich um die Gunst des Kirchenführers, der neben der römischen die mächtigste Organisation des Christentums in Europa aufgebaut hat. Kein zeitpolitisches Geschehnis vollzieht sich mehr ohne sein Wissen, kaum eines gegen seinen Willen: schon ist es ebenso gefährlich geworden, den Prediger von St. Pierre zu befeinden wie Kaiser oder Papst.

Und sein Gegenredner Sebastian Castellio, der als einsamer Idealist im Namen der menschlichen Denkfreiheit dieser und jedweder geistigen Tyrannis Fehde ansagt, wer ist er? Wahrhaftig – verglichen mit der phantastischen Machtfülle Calvins – die Mücke gegen den Elefanten! Ein nemo, ein Niemand, ein Nichts im Sinne öffentlichen Einflusses und obendrein noch ein Habenichts, ein bettelarmer Gelehrter, der mit Übersetzungen und Hauslehrerstunden Weib und Kinder mühsam ernährt, ein Flüchtling im Fremdland ohne Bleibe- und Bürgerrecht, ein zwiefacher Emigrant: wie immer in den Zeiten des Weltfanatismus steht der Humane machtlos und völlig allein zwischen den streitenden Zeloten. Jahrelang lebt im Schatten der Verfolgung, im Schatten der Armut dieser große und bescheidene Humanist ein kärglichstes Dasein dahin, ewig beengt, aber ewig auch frei, weil keiner Partei verbunden und keinem Fanatismus verschworen. Erst als er durch den Mord an Servet sein Gewissen mächtig angerufen fühlt und er aufsteht von seinem friedlichen Werke, um Calvin im Namen der geschändeten Menschenrechte anzuklagen, erst dann wächst diese Einsamkeit ins Heldische. Denn nicht wie seinen kriegsgewohnteren Gegner Calvin deckt und umschart Castellio eine brutal geschlossene und planhaft organisierte Gefolgschaft, keine Partei, weder die katholische noch die protestantische, bietet ihm Beistand, keine hohen Herren, keine Kaiser und Könige halten über ihn wie einst über Luther und Erasmus die schirmende Hand, und selbst die wenigen Freunde, die ihn bewundern, selbst sie wagen nur heimlich, ihm Mut zuzuflüstern. Denn wie gefährlich, wie lebensgefährlich, sich öffentlich an die Seite eines Mannes zu stellen, der unerschrocken, während in allen Ländern die Ketzer vom Wahne der Zeit gleich Treibvieh gejagt und gefoltert werden, für diese Entrechteten und Geknechteten das Wort erhebt und über den Einzelfall hinaus allen Machthabern der Erde ein für allemal das Recht bestreitet, irgendeinen Menschen ebendieser Erde um seiner Weltanschauung willen zu verfolgen! Der es wagt, in einem jener furchtbaren Augenblicke der Seelenverfinsterung, wie sie von Zeit zu Zeit über die Völker fallen, sich den Blick klar und menschlich zu bewahren und alle diese frommen Schlächtereien, obwohl angeblich zu Gottes Ehre vollzogen, mit ihrem wahren Namen: Mord, Mord und abermals Mord zu nennen! Der, im tiefsten Gefühl seiner Menschlichkeit herausgefordert, als einziger das Schweigen nicht mehr erträgt und bis in die Himmel seine Verzweiflung über die Unmenschlichkeiten schreit, allein für alle kämpfend und gegen alle allein! Denn immer wird, wer gegen die Machthaber und Machtausteiler der Stunde das Wort erhebt, wenig Gefolgschaft erwarten dürfen bei der unsterblichen Feigheit unseres irdischen Geschlechts; so hat auch Sebastian Castellio in entscheidender Stunde niemanden hinter sich als seinen Schatten und mit sich keine Habe als das einzige unveräußerliche Eigentum des kämpfenden Künstlers: ein unbeugsames Gewissen in einer unerschrockenen Seele.

Gerade dies aber, daß Sebastian Castellio von Anfang an die Aussichtslosigkeit seines Kampfes vorauswußte und ihn, gehorsam gegen sein Gewissen, dennoch unternahm, dies heilige Dennoch und Trotzalledem rühmt für alle Zeiten diesen „unbekannten Soldaten" im großen Befreiungskriege der Menschheit als Helden; schon um solchen Mutes willen, als einzelner und einziger leidenschaftlichen Protest gegen einen Weltterror erhoben zu haben, sollte die Fehde Castellios gegen Calvin für jeden geistigen Menschen denkwürdig bleiben. Aber auch in ihrer innern Problemstellung überschwingt diese historische Diskussion weithin ihren zeitlichen Anlaß. Denn hier geht es nicht um ein enges Theologicum, nicht um den einen Menschen Servet und nicht einmal um die entscheidende Krise zwischen dem liberalen und orthodoxen Protestantismus: in dieser entschlossenen Auseinandersetzung ist eine viel weitläufigere, eine überzeitliche Frage aufgeworfen, nostra res agitur, ein Kampf ist eröffnet, der unter anderen Namen und unter anderen Formen immer neu wird ausgekämpft werden müssen. Theologie bedeutet hier nichts als eine zufällige Zeitmaske, und selbst Castellio und Calvin erscheinen nur als sinnlichste Exponenten eines unsichtbaren, aber unüberwindbaren Gegensatzes. Gleichgültig, wie man die Pole dieser ständigen Spannung benennen will – ob Toleranz gegen Intoleranz, Freiheit gegen Bevormundung, Humanität gegen Fanatismus, Individualität gegen Mechanisierung, das Gewissen gegen die Gewalt –, alle diese Namen drücken im Grunde eine letzte allerinnerlichste und persönlichste Entscheidung aus, was wichtiger sei für jeden einzelnen – das Humane oder das Politische, das Ethos oder der Logos, die Persönlichkeit oder die Gemeinsamkeit.

Diese immer wieder notwendige Abgrenzung zwischen Freiheit und Autorität bleibt keinem Volke, keiner Zeit und keinem denkenden

Menschen erspart: denn Freiheit ist nicht möglich ohne Autorität (sonst wird sie zum Chaos) und Autorität nicht ohne Freiheit (sonst wird sie zur Tyrannei). Zweifellos lebt im Grunde der menschlichen Natur ein geheimnisvolles Verlangen nach Selbstauflösung in der Gemeinschaft, unaustilgbar bleibt unser Urwahn, es könne ein bestimmtes religiöses, nationales oder soziales System gefunden werden, das allgerecht für alle der Menschheit endgültig Friede und Ordnung schenke. Dostojewskis Großinquisitor hat es mit grausamer Dialektik bewiesen, daß die Mehrzahl der Menschen die eigene Freiheit eigentlich fürchtet, und tatsächlich sehnt sich aus Müdigkeit angesichts der erschöpfenden Vielfalt der Probleme, angesichts der Kompliziertheit und Verantwortlichkeit des Lebens die große Masse nach einer Mechanisierung der Welt durch eine endgültige, eine allgültige, eine definitive Ordnung, die ihr jedwede Denkarbeit abnimmt. Diese messianische Sehnsucht nach einer Entproblematisierung des Daseins bildet das eigentliche Ferment, das allen sozialen und religiösen Propheten die Wege ebnet: immer braucht nur, wenn die Ideale einer Generation ihr Feuer, ihre Farben verloren haben, ein suggestiver Mann aufzustehen und peremptorisch zu erklären, er und nur er habe die neue Formel gefunden oder erfunden, und schon strömt das Vertrauen von Tausenden dem angeblichen Volkserlöser oder Welterlöser entgegen – immer erschafft eine neue Ideologie (und dies ist wohl ihr metaphysischer Sinn) zunächst einen neuen Idealismus auf Erden. Denn jeder, der Menschen einen neuen Wahn der Einheit und Reinheit schenkt, holt zunächst aus ihnen die heiligsten Kräfte heraus: ihren Opferwillen, ihre Begeisterung. Millionen sind wie in einer Bezauberung bereit, sich nehmen, befruchten, ja vergewaltigen zu lassen, und je mehr ein solcher Verkünder und Versprecher von ihnen fordert, desto mehr sind sie ihm verfallen. Was gestern noch ihre höchste Lust, ihre Freiheit gewesen, das werfen sie ihm zuliebe willig weg, um sich nur noch widerstandsloser führen zu lassen, und das alte taciteische „ruere in servitium“ erfüllt sich aber und abermals, daß in einem feurigen Rausch der Solidarität die Völker sich freiwillig in Knechtschaft stürzen und die Geißel noch rühmen, mit der man sie schlägt.

Nun läge an sich für jeden geistigen Menschen ein Erhebendes in dem Gedanken, daß es immer wieder eine Idee ist, diese immateriellste Kraft auf Erden, welche solche unwahrscheinliche Suggestionswunder in unserer alten, nüchternen und technisierten Welt vollbringt, und man geriete leicht in Versuchung, diese Weltbetörer zu bewundern und zu rühmen, weil es ihnen gelingt, vom Geiste her die stumpfe Materie zu verwandeln. Aber verhängnisvollerweise entlarven sich gerade diese Idealisten und Utopisten sofort nach ihrem Sieg fast immer als die schlimmsten Verräter am Geist. Denn Macht treibt zur Allmacht, Sieg zum Mißbrauch des Siegs, und statt sich zu begnügen, viele Menschen so sehr für ihrenpersönlichen Wahn begeistert zu haben, daß sie freudig bereit sind, für ihn zu leben und sogar zu sterben, fallen diese Konquistadoren alle der Versuchung anheim, Majorität in Totalität zu verwandeln und auch den Parteilosen ihr Dogma aufzwingen zu wollen; nicht genug haben sie an ihren Gefügigen, ihren Trabanten, ihren Seelensklaven, an den ewigen Zuläufern jeder Bewegung – nein, auch die Freien, die wenigen Unabhängigen wollen sie als ihre Lobpreiser und Knechte, und um ihr Dogma als alleiniges durchzusetzen, brandmarken sie von Staats wegen jede Andersmeinung als Verbrechen. Ewig erneut sich dieser Fluch aller religiösen und politischen Ideologien, daß sie in Tyranneien ausarten, sobald sie sich in Diktaturen verwandeln. Im Augenblick aber, da ein Geistiger nicht mehr der immanenten Gewalt seiner Wahrheit vertraut, sondern zur Brachialgewalt greift, erklärt er der menschlichen Freiheit den Krieg. Gleichgültig, welche Idee immer – jede und jedwede ist von der Stunde an, da sie zum Terror greift, um fremde Überzeugungen zu uniformieren und zu reglementieren, nicht mehr Idealität, sondern Brutalität. Selbst die reinste Wahrheit, wenn andern mit Gewalt aufgezwungen, wird zur Sünde wider den Geist.

Doch der Geist ist ein geheimnisvolles Element. Ungreifbar und unsichtbar wie die Luft, scheint er nachgiebig in alle Formen und Formeln zu passen. Und dies verlockt immer wieder die despotischen Naturen zu dem Wahn, man könne ihn gänzlich niederpressen, verschließen, verstöpseln und gehorsam auf Flaschen ziehen. Aber mit jeder Unterdrückung wächst sein dynamischer Gegendruck, und gerade, wenn zusammengepreßt und komprimiert, wird er zum Sprengstoff, zum Explosiv; jede Unterdrückung führt früher oder später zur Revolte. Denn die moralische Selbständigkeit der Menschheit bleibt auf die Dauer – ewiger Trost dies! – unzerstörbar. Nie ist es bisher gelungen, der ganzen Erde eine einzige Religion, eine einzige Philosophie, eine einzige Form der Weltanschauung diktatorisch aufzuzwingen, und nie wird es gelingen, denn immer wird der Geist sich jeder Knechtschaft zu erwehren wissen, immer sich weigern, in vorgeschriebenen Formen zu denken, sich verflachen und flau machen, sich kleinschalten und gleichschalten zu lassen. Wie banal und wie vergeblich darum jedes Bemühen, die göttliche Vielfalt des Daseins auf einen einzigen Nenner bringen zu wollen, die Menschheit schwarz oder weiß aufzuteilen in Gute und Böse, in Gottesfürchtige und Ketzer, in Staatsgehorsame und Staatsfeinde auf Grund eines bloß mit dem Faustrecht durchgesetzten Prinzips! Allezeit werden sich unabhängige Geister finden zur Auflehnung gegen eine solche Vergewaltigung der menschlichen Freiheit, die „conscientious objectors", die entschlossenen Dienstverweigerer jedes Gewissenszwanges, und nie konnte eine Zeit so barbarisch sein, nie eine Tyrannei so systematisch, daß nicht immer einzelne es verstanden hätten, der Massenvergewaltigung zu entweichen und das Recht auf eine persönliche Überzeugung gegen die gewalttätigen Monomanen ihrer einen und einzigen Wahrheit zu verteidigen.

Auch das sechzehnte Jahrhundert, obzwar ähnlich überreizt in seinen gewalttätigen Ideologien wie das unsere, hat solche freie und unbestechliche Seelen gekannt. liest man die Briefe der Humanisten aus jenen Tagen, so fühlt man brüderlich ihre tiefe Trauer über die Verstörung der Welt durch die Gewalt, ergriffen leidet man ihren Seelenabscheu vor den stupiden marktschreierischen Ankündigungen der Dogmatiker mit, deren jeder verkündet: „Was wir lehren, ist wahr, und was wir nicht lehren, ist falsch." Ach, welches Grauen schüttelt diese abgeklärten Weltbürger vor diesen unmenschlichen Menschheitsverbesserern, die in ihre schönheitsgläubige Welt eingebrochen sind und mit Schaum vor dem Munde ihre gewalttätigen Orthodoxien proklamieren, oh, wie ekelt es sie zutiefst vor diesen Savonarolas und Calvins und John Knox', welche die Schönheit auf Erden abtöten wollen und die Erde in ein Moralseminar verwandeln! Mit tragischer Hellsichtigkeit erkennen alle jene weisen und humanen Menschen das Unheil, das diese rasenden Rechthaber über Europa bringen müssen, schon hören sie hinter diesen eifernden Worten die Waffen klirren und erahnen in diesem Haß den kommenden, den fürchterlichen Krieg. Aber wenn auch um die Wahrheit wissend, wagen diese Humanisten doch nicht, für sie zu kämpfen. Fast immer sind im Leben die Lose geschieden, die Erkennenden nicht die Täter, und die Täter nicht die Erkennenden. Alle diese tragischen und trauernden Humanisten schreiben einander rührende und kunstvolle Briefe, sie klagen hinter verschlossenen Türen in ihren Studierstuben, aber keiner tritt vor und dem Antichrist entgegen. Ab und zu wagt Erasmus, ein paar Pfeile aus dem Schatten zu entsenden, Rabelais schlägt grimmigen Lachens mit der Peitsche zu, vom Narrenkleid gedeckt; Montaigne, dieser noble und weise Philosoph, findet in seinen Essais beredteste Worte, aber keiner versucht, ernstlich einzugreifen und auch nur eine einzige dieser infamen Verfolgungen und Hinrichtungen zu verhindern. Mit Rasenden, so erkennen diese Welterfahrenen und darum vorsichtig Gewordenen, soll der Weise nicht streiten; besser, man flüchtet in solchen Zeiten in den Schatten zurück, um nicht selber gefaßt und geopfert zu werden.

Bildnis des Servet
Stich von C. Fritzsch (Zentralbibliothek in Zürich)

Castellio aber – dies sein unvergänglicher Ruhm – tritt als einziger von all diesen Humanisten entschlossen vor und seinem Schicksal entgegen. Heldisch wagt er das Wort für die verfolgten Gefährten und damit sein eigenes Leben. Völlig unfanatisch, obwohl von den Fanatikern stündlich bedroht, durchaus leidenschaftslos, aber mit einer tolstoianischen Unerschütterlichkeit, hebt er wie ein Panier sein Bekenntnis über die grimmige Zeit, daß keinem Menschen eine Weltanschauung aufgezwungen werden und über das Gewissen eines Menschen keine irdische Macht auf Erden jemals Gewalt haben dürfe; und weil er dieses Bekenntnis nicht im Namen einer Partei, sondern aus dem unvergänglichen Geiste der Humanität gestaltet, sind seine Gedanken wie manche seiner Worte zeitlos geblieben. Immer bewahren, wenn von einem Künstler geformt, die allhumanen, die überzeitlichen Gedanken ihre Prägung, immer überdauert das weltverbindende Bekenntnis das einzelne doktrinäre und aggressive. Vorbildlich aber sollte vor allem im sittlichen Sinne für spätere Geschlechter der beispiellose und beispielgebende Mut dieses vergessenen Mannes bleiben. Denn wenn Castellio den von Calvin hingeopferten Servet allen Theologen der Welt zum Trotz einen unschuldig Gemordeten nennt, wenn er allen Sophismen Calvins das unsterbliche Wort entgegenschleudert: „Einen Menschen verbrennen heißt nicht, eine Lehre verteidigen, sondern: einen Menschen töten“, wenn er in seinem Manifest der Toleranz (lange vor Locke, Hume, Voltaire und viel großartiger als sie) ein für allemal das Recht auf Gedankenfreiheit proklamiert, dann setzt dieser Mann für seine Überzeugung sein Leben als Pfand. Nein, man versuche nicht, Castellios Protest gegen den Justizmord an Miguel Servet mit den tausendmal berühmteren Protesten Voltaires im Fall Calas' und Zolas in der Affäre Dreyfus zu vergleichen – diese Vergleiche erreichen nicht entfernt die moralische Höhe seiner Tat. Denn Voltaire, als er den Kampf für Calas unternimmt, lebt schon in einem humaneren Jahrhundert; überdies steht hinter dem weltberühmten Dichter die Protektion von Königen, von Fürsten, und ebenso schart sich wie eine unsichtbare Armee hinter Emile Zola die Bewunderung ganz Europas, einer ganzen Welt. Beide wagen sie mit ihrer Hilfstat viel ihrer Reputation und ihrer Bequemlichkeit um eines fremden Schicksals willen, nicht aber – und dieser Unterschied bleibt der entscheidende – ihr eigenes Leben wie Sebastian Castellio, der in seinem Kampfe um die Humanität mit ihrer ganzen mörderischen Wucht die Unhumanität seines Jahrhunderts erlitten.

Voll und bis zur letzten Neige seiner Kraft hat Sebastian Castellio den Preis seines moralischen Heldentums gezahlt. Erschütternd, wie dieser Verkünder der Gewaltlosigkeit, der sich keiner als der bloß geistigen Waffe bedienen wollte, abgewürgt wurde von der brutalen Gewalt – ach, immer wieder wird man gewahr, wie aussichtslos jedesmal der Kampf bleibt, wenn ein einzelner, ohne andere Macht hinter sich als das moralische Recht, gegen eine geschlossene Organisation sich zur Wehr setzt. Ist es einer Doktrin einmal gelungen, sich des Staatsapparats und all seiner Pressionsmittel zu bemächtigen, dann schaltet sie unbedenklich den Terror ein; wer ihre Allmacht in Frage stellt, dem würgt sie das Wort in der Kehle und meist noch die Kehle dazu. Calvin hat Castellio nie ernstlich geantwortet; er hat vorgezogen, ihn stumm zu machen. Man zerreißt, man verbietet, man verbrennt, man beschlagnahmt seine Bücher, man erzwingt mit politischer Erpressung im Nachbarkanton ein Schreibeverbot, und kaum kann er nicht mehr antworten, nicht mehr berichtigen, so fallen die Trabanten Calvins verleumderisch über ihn her: bald ist es kein Kampf mehr, sondern nur die erbärmliche Vergewaltigung eines Wehrlosen. Denn Castellio kann nicht sprechen, nicht schreiben, stumm liegen seine Schriften in der Lade, Calvin aber hat die Druckerpressen und die Kanzel, die Katheder und die Synoden, den ganzen Apparat der Staatsgewalt, und mitleidslos läßt er ihn spielen; jeder Schritt Castellios ist überwacht, jedes Wort belauscht, jeder Brief abgefangen – was Wunder, daß eine solche hundertköpfige Organisation gegen den einzelnen die Oberhand behält; nur der vorzeitige Tod hat Castellio gerade noch vor dem Exil oder dem Brandstoß gerettet. Aber auch vor seiner Leiche macht der frenetische Haß der triumphierenden Dogmatiker nicht halt. Noch in die Grube werfen sie ihm wie fressenden Kalk Verdächtigungen und Verleumdungen nach und streuen Asche auf seinen Namen; das Angedenken an diesen einen, der nicht nur Calvins Diktatur, sondern überhaupt das Prinzip jeder geistigen Diktatur bekämpft, soll für alle Zeiten vergessen und verloren sein.

Beinahe ist auch dies Äußerste der Gewalt wider den Gewaltlosen gelungen: nicht nur die zeitliche Wirkung dieses großen Humanisten hat jene methodische Unterdrückung erdrosselt, sondern für viele Jahre auch seinen Nachruhm; noch heute muß ein Gebildeter sich keineswegs schämen, den Namen Sebastian Castellios nie gelesen, nie vernommen zu haben. Denn wie ihn auch kennen, da die wesentlichsten seiner Werke von der Zensur für Jahrzehnte und Jahrhunderte dem Druck vorenthalten wurden! Kein Drucker in Calvins Nähe wagt sie zu veröffentlichen, und als sie dann lang nach seinem Tode erscheinen, da ist es schon zu spät für den gerechten Ruhm. Andere haben inzwischen Castellios Ideen übernommen, unter fremden Namen wird der Kampf weitergeführt, in dem er, der erste Führer, zu früh und fast unbemerkt gefallen. Manchen ist es verhängt, im Schatten zu leben, im Dunkel zu sterben – Nachfahren haben Sebastian Castellios Ruhm geerntet, und noch heute ist in jedem Schulbuch der Irrtum zu lesen, Hume und Locke seien die ersten gewesen, welche die Idee der Toleranz in Europa verkündet, als wäre Castellios Ketzerschrift nie geschrieben und nie gedruckt worden. Vergessen ist seine moralische Großtat, der Kampf um Servet, vergessen der Krieg gegen Calvin, „der Mücke gegen den Elefanten", vergessen seine Werke – ein unzulängliches Bild in der holländischen Gesamtausgabe, ein paar Manuskripte in Schweizer und holländischen Bibliotheken, ein paar dankbare Worte seiner Schüler, das ist alles, was von einem Manne geblieben ist, den seine Zeitgenossen einhellig nicht nur als einen der gelehrtesten, sondern auch der edelsten Männer seines Jahrhunderts gerühmt. – Welch eine Dankesschuld ist an diesem Vergessenen noch zu begleichen! Welch ein ungeheures Unrecht hier noch zu sühnen!

Denn die Geschichte, sie hat keine Zeit, um gerecht zu sein. Sie zählt als kalte Chronistin nur die Erfolge, selten aber mißt sie mit moralischem Maß. Nur auf die Sieger blickt sie und läßt die Besiegten im Schatten; unbedenklich werden diese „unbekannten Soldaten" eingescharrt in die Grube des großen Vergessens, nulla crux, nulla corona, kein Kreuz und kein Kranz rühmt ihre verschollene, weil vergebliche Opfertat. In Wahrheit aber ist keine Anstrengung, die aus reiner Gesinnung unternommen war, vergeblich zu nennen, kein moralischer Einsatz von Kraft geht jemals völlig im Weltall verloren. Auch als Besiegte haben die Unterlegenen, die zu früh Gekommenen eines überzeitlichen Ideals ihren Sinn erfüllt; denn nur, indem sie sich Zeugen und Überzeugte schafft, die für sie leben und sterben, wird eine Idee auf Erden lebendig. Vom Geiste aus gewinnen die Worte „Sieg" und „Niederlage" einen andern Sinn, und darum wird es not tun, immer und immer wieder eine Welt, die bloß auf die Denkmäler der Sieger blickt, daran zu mahnen, daß nicht jene die wahrhaften Helden der Menschheit sind, die über Millionen von Gräbern und zerschmetterten Existenzen ihre vergänglichen Reiche errichten, sondern gerade diejenigen, die gewaltlos der Gewalt unterliegen, wie Castellio gegen Calvin in seinem Kampf um die Freiheit des Geistes und um die endliche Herankunft der Humanität auf Erden.

Die Machtergreifung Calvins

Ansicht der Stadt Genf aus dem Atlas von Lafreri, Rom um 1570 (Bibliothèque Publique et Universitaire, Genève)

Sonntag, den 21. Mai 1536 versammeln sich, feierlich von Fanfaren zusammengerufen, die Genfer Bürger auf dem öffentlichen Platz und erklären einhellig durch Händeerheben, daß sie von nun ab einzig „selon l'évangile et la parole de Dieu“ leben wollten. Auf dem Wege des Referendums, dieser noch heute in der Schweiz üblichen erzdemokratischen Einrichtung, ist in der ehemaligen Bischofsresidenz die reformierte Religion als Stadt- und Staatsglauben, als das einzig gültige und erlaubte Bekenntnis eingeführt. Wenige Jahre hatten genügt, um den alten katholischen Glauben in der Rhônestadt nicht nur zurückzudrängen, sondern zu zerschmettern und auszurotten. Vom Pöbel bedroht, sind die letzten Priester, Domherren, Mönche und Nonnen aus den Klöstern geflüchtet, ausnahmslos alle Kirchen von Bildern und andern Wahrzeichen des „Aberglaubens" gereinigt. Dieser festliche Maitag besiegelt nun den endgültigen Triumph: von jetzt an hat der Protestantismus in Genf gesetzlich nicht nur die Obermacht und Übermacht, sondern die Alleinmacht.

Diese radikale und restlose Durchsetzung der reformierten Religion in Genf ist im wesentlichen die Leistung eines einzigen radikalen und terroristischen Mannes, des Predigers Farel. Eine fanatische Natur, eine enge, aber eiserne Stirn, ein mächtiges und zugleich rücksichtsloses Temperament – „nie in meinem Leben ist mir ein so anmaßender und schamloser Mensch vorgekommen", sagt von ihm der milde Erasmus –, übt dieser „welsche Luther" zwingende, bezwingende Macht über die Massen. Klein, häßlich, roten Bartes und struppigen Haares, reißt er von der Kanzel mit seiner donnernden Stimme und dem maßlosen Furor seiner Gewaltnatur das Volk in einen fiebernden Gefühlsaufruhr; wie Danton als Politiker, weiß dieser religiöse Revolutionär die verstreuten und versteckten Instinkte der Straße zusammenzurotten und anzufeuern zum entscheidenden Stoß und Angriff. Hundertmal hat vor dem Siege Farel sein Leben gewagt, mit Steinwürfen auf dem flachen Land bedroht, von allen Behörden verhaftet und geächtet; aber mit der primitiven Stoßkraft und Intransigenz eines Menschen, den nur eine einzige Idee beherrscht, zertrümmert er gewaltsam jeden Widerstand. Barbarisch bricht er mit seiner Sturmgarde in die katholischen Kirchen ein, während der Priester am Altar das Meßopfer darbringt, und besteigt eigenmächtig die Kanzel, um unter dem Tosen seiner Anhänger wider die Greuel des Antichrist zu predigen. Er formiert aus Straßenjungen ein Jungvolk, er dingt Scharen von Kindern, daß sie während des Gottesdienstes in die Kathedralen eindringen und durch Schreien, Quäken und Gelächter die Andacht stören; schließlich, durch den immer stärkeren Zustrom seiner

Anhänger kühn gemacht, mobilisiert er seine Garden zum letzten Vorstoß und läßt sie gewalttätig in die Klöster einbrechen, die Heiligenbilder von den Wänden reißen und verbrennen. Diese Methode der nackten Gewalt zeitigt ihren Erfolg: wie immer schüchtert eine kleine, aber aktive Minorität, sofern sie Mut zeigt und mit Terror nicht spart, eine große, aber lässige Majorität ein. Zwar klagen die Katholiken über Rechtsbruch und bestürmen den Magistrat, jedoch sie bleiben gleichzeitig resigniert in ihren Häusern, und wehrlos überläßt am Ende der geflüchtete Bischof seine Residenzstadt der siegreichen Reformation.

Aber nun im Triumphe zeigt es sich, daß Farel doch nur der Typus des unschöpferischen Revolutionärs gewesen, zwar fähig, durch Elan und Fanatismus eine alte Ordnung umzustoßen, doch nicht berufen, eine neue aufzurichten. Farel ist ein Schimpfer, aber kein Gestalter, ein Aufrührer, aber kein Aufbauer; er konnte grimmig Sturm laufen gegen die römische Kirche, die dumpfen Massen aufreizen zum Haß gegen Mönche und Nonnen, er vermochte mit seiner Empörerfaust die steinernen Tafeln des alten Gesetzes zu zerschlagen. Aber ratlos und ziellos steht er vor den Trümmern. Jetzt, da an die Stelle der verdrängten katholischen Religion in Genf eine neue Satzung zu stellen wäre, versagt Farel vollkommen; als bloß destruktiver Geist wußte er nur einen leeren Raum für das Neue zu schaffen, aber niemals kann ein Straßenrevolutionär geistig-konstruktiv gestalten. Mit dem Niederreißen ist seine Tat zu Ende, zum Aufbau muß ein anderer erstehen.

Nicht Farel allein erlebt damals diesen kritischen Augenblick der Unsicherheit nach einem zu raschen Sieg; auch in Deutschland und in der übrigen Schweiz zaudern die Führer der Reformation uneinig und ungewiß vor der ihnen zugefallenen historischen Aufgabe. Was Luther, was Zwingli ursprünglich durchsetzen wollten, war nichts als eine Reinigung der bestehenden Kirche gewesen, eine Rückführung des Glaubens von der Autorität des Papstes und der Konzile auf die vergessene evangelische Lehre. Reformation bedeutete für sie im Sinne des Wortes anfangs wirklich nur reformieren, also verbessern, reinigen, rückverwandeln. Aber da die katholische Kirche starr auf ihrem Standpunkt beharrte und sich zu keinen Konzessionen bereit gefunden, wächst ihnen unvermutet die Aufgabe zu, statt innerhalb nun außerhalb der katholischen Kirche ihre geforderte Religion zu verwirklichen; und sofort, da es vom Destruktiven an das Produktive geht, scheiden sich die Geister. Selbstverständlich wäre nichts logischer gewesen, als daß die religiösen Revolutionäre, daß Luther, Zwingli und die andern Reformationstheologen sich brüderlich auf eine einheitliche Glaubensform und Praxis der neuen Kirche geeinigt hätten; aber wann setzt sich jemals das Logische und Natürliche in der Geschichte durch? Statt einer protestantischen Weltkirche erstehen überall Einzelkirchen; Wittenberg will nicht die Gotteslehre von Zürich und Genf wieder nicht die Gebräuche Berns übernehmen, sondern jede Stadt will ihre Reformation auf ihre zürichsche, bernische und genferische Art; schon in jener Krise spiegelt sich der nationalistische Eigendünkel der europäischen Staaten im Verkleinerungsglas des Kantongeistes prophetisch voraus. In kleinen Zänkereien, in theologischen Haarspaltereien und Traktaten vergeuden Luther. Zwingli, Melanchthon, Bucer und Karlstadt, sie alle, die gemeinsam den Riesenbau der Ecclesia Universalis unterhöhlten, nun ihre beste Kraft. Völlig ohnmächtig aber steht Farel in Genf vor den Trümmern der alten Ordnung, ewige Tragik eines Menschen, der die ihm zubestimmte historische Tat vollbracht hat, aber sich ihren Folgen und Forderungen nicht mehr gewachsen fühlt.

Eine Glücksstunde ist es darum für den tragischen Triumphator, als er durch Zufall erfährt, Calvin, der berühmte Jehan Calvin, halte sich auf der Durchreise von Savoyen für einen Tag in Genf auf. Sofort besucht er ihn in seinem Gasthofe, um sich von ihm Rat zu holen und seine Hilfe für das Werk des Aufbaus zu erbitten. Denn obzwar beinahe zwanzig Jahre jünger als Farel, gilt dieser Sechsundzwanzigjährige bereits als eine unbestrittene Autorität. Sohn eines bischöflichen Zolleinnehmers und Notars, zu Noyon in Frankreich geboren, in der strengen Schule des Kollegiums von Montaigu (ebenso wie Erasmus und Loyola) erzogen, erst für den Priesterstand und dann zum Juristen bestimmt, hatte Jehan Calvin (oder Chauvin) mit vierundzwanzig Jahren wegen seiner Parteinahme für die lutherische Lehre aus Frankreich nach Basel flüchten müssen. Aber ihm wird im Gegensatz zu den meisten, die mit der Heimat auch die innere Kraft verlieren, Emigration zum Gewinn. Gerade in Basel, dieser Wegkreuzung Europas, wo sich die verschiedenen Formen des Protestantismus begegnen und befeinden, begreift Calvin mit dem Genieblick des weitdenkenden Logikers die Notwendigkeit der Stunde. Schon sind vom Kern der evangelischen Lehre immer radikalere Thesen abgesplittert, Pantheisten und Atheisten, Schwärmer und Zeloten beginnen den Protestantismus zu entchristlichen und zu überchristlichen, schon vollendet sich mit Blut und Grauen in Münster die schauervolle Tragikomödie der Wiedertäufer, schon droht die Reformation in einzelne“ Sekten zu zerfallen und national zu werden, statt sich zu einer Universalmacht zu erheben gleich ihrem Widerpart, der römischen Kirche. Gegen solche Selbstzersplitterung muß, dies überblickt der Vierundzwanzigjährige mit seherischer Sicherheit, rechtzeitig eine Zusammenfassung gefunden werden, eine geistige Kristallisierung der neuen Lehre in einem Buch, einem Schema, einem Programm; ein schöpferischer Grundriß des evangelischen Dogmas muß endlich entworfen werden. So zielt dieser unbekannte junge Jurist und Theologe mit der herrlichen Verwegenheit der Jugend vom ersten Augenblick an, während die eigentlichen Führer noch um Einzelheiten quengeln, entschlossen auf das Ganze und schafft in einem Jahr mit seiner „Institutio religionis Christianae“ (1535) den ersten Grundriß der evangelischen Lehre, das Lehrbuch und Leitbuch, das kanonische Werk des Protestantismus.

Diese „Institutio“ ist eines der zehn oder zwanzig Bücher der Welt, von denen man ohne Übertreibung sagen darf, daß sie den Ablauf der Geschichte bestimmt und das Antlitz Europas verändert haben; seit Luthers Bibelübersetzung das wichtigste Tatwerk der Reformation, hat sie von der ersten Stunde bei den Zeitgenossen durch ihre logische Unerbittlichkeit, ihre konstruktive Entschlossenheit entscheidenden Einfluß geübt. Immer braucht eine geistige Bewegung einen genialen Menschen, der sie beginnt, und einen genialen, der sie beendet. Luther, der Inspirator, hat die Reformation ins Rollen gebracht, Calvin, der Organisator, sie aufgehalten, ehe sie in tausend Sekten zerschellte. In gewissem Sinne schließt die Institutio darum die religiöse Revolution so ab, wie der Code Napoleon die französische: beide ziehen, indem sie den Schlußstrich setzen, ihre Summe, beide nehmen sie einer strömenden und überströmenden Bewegung das Feurigflüssige ihres Anfangs, um ihr die Form des Gesetzes und der Stabilität aufzuprägen. Aus Willkür ist damit Dogma, aus Freiheit Diktatur geworden, aus seelischer Erregtheit eine harte geistige Norm. Freilich: wie jeder Revolution, wenn sie innehält, geht auch dieser religiösen auf dieser letzten Stufe etwas von ihrer ursprünglichen Dynamik verloren; aber als geistig geeinte Weltmacht steht von nun ab der katholischen Kirche eine protestantische entgegen.

Es gehört zur Kraft Calvins, daß er die Starre seiner ersten Formulierung niemals gelindert oder geändert hat; alle späteren Ausgaben seines Werkes bedeuten fortan nur Erweiterung, aber keine Korrektur seiner ersten entscheidenden Erkenntnisse. Mit sechsundzwanzig Jahren hat er ähnlich wie Marx oder Schopenhauer seine Weltanschauung schon vor aller Erfahrung logisch durchdacht und zu Ende gedacht, alle folgenden Jahre werden nur dazu dienen, seine organisatorische Idee im realen Raume durchzusetzen. Kein wesentliches Wort wird er mehr ändern und vor allem sich selber nicht, keinen Schritt wird er zurückweichen und niemandem einen Schritt entgegengehen. Einen solchen Mann kann man nur zerbrechen oder an ihm zerbrechen. Alles mittlere Gefühl für ihn oder gegen ihn ist vergeblich. Es gibt nur eine Wahl: ihn zu verneinen oder sich völlig ihm zu unterwerfen.

Das spürt – und darin liegt menschliche Größe – Farel sofort bei der ersten Begegnung, bei dem ersten Gespräch. Und obwohl zwanzig Jahre älter, unterordnet er sich von dieser Stunde an vollkommen Calvin. Er anerkennt ihn als seinen Führer und Meister, er macht sich von diesem Augenblick an zu seinem geistigen Diener, zu seinem Untergebenen, zu seinem Knecht. Nie wird Farel in den nächsten dreißig Jahren ein einziges Wort des Widerspruchs gegen den Jüngeren wagen. In jedem Kampf, in jeder Sache wird er seine Partei nehmen, auf jeden Ruf von jedem Ort herbeieilen, um für ihn und unter ihm zu kämpfen. Als erster bietet Farel das Vorbild jenes fraglosen, unkritischen, sich selbst preisgebenden Gehorsams, den Calvin, der Subordinationsfanatiker, in seiner Lehre von jedem Menschen als oberste Pflicht verlangt. Nur eine einzige Forderung hat dagegen Farel in seinem Leben an ihn gestellt, und diese zu dieser Stunde: Calvin möge als der einzige Würdige die geistliche Führung Genfs übernehmen und mit seiner überlegenen Kraft das reformatorische Werk aufbauen, das zu vollenden er selbst zu schwach sei.

Calvin hat später berichtet, wie lange und wie heftig er sich geweigert habe, diesem überraschenden Rufe Folge zu leisten. Immer wird es für den geistigen Menschen ein verantwortlicher Entschluß, die reine Sphäre des Gedanklichen zu verlassen und in die trübe der Realpolitik einzutreten. Ein solches geheimes Bangen bemächtigt sich auch Calvins. Er zögert, er schwankt, er weist auf seine Jugend, seine Unerfahrenheit hin; er bittet Farel, er möge ihn doch lieber in seiner schöpferischen Welt der Bücher und der Probleme belassen. Schließlich wird Farel ungeduldig über Calvins Hartnäckigkeit, sich der Berufung zu entziehen, und mit biblischer Prophetenkraft donnere er den Zögernden an: „Du schützt deine Studien vor. Aber im Namen des allmächtigen Gottes verkündige ich dir: Gottes Fluch wird dich treffen, wenn du dem Werke des Herrn deine Hilfe versagst und dich mehr suchst als Christum."

Erst dieser Anruf bestimmt Calvin und entscheidet sein Leben. Er erklärt sich bereit, in Genf die neue Ordnung aufzubauen: was er bislang in Wort und Idee vorgezeichnet, soll nun Tat und Werk werden. Statt einem Buch, wird er nun versuchen, einer Stadt, einem Staat die Form seines Willens aufzuprägen.

Immer wissen die Zeitgenossen am wenigsten von ihrer Zeit. Die wichtigsten Augenblicke fliehen an ihrer Aufmerksamkeit unbemerkt vorbei, und fast nie finden die wahrhaft entscheidenden Stunden in ihren Chroniken die gebührende Beachtung. So fühlt auch das Genfer Ratsprotokoll vom 5. September 1536, das Farels Antrag vermerkt, Calvin als „lecteur de la Sainte Escripture" dauernd anzustellen, sich nicht einmal bemüßigt, den Namen jenes Mannes hinzuschreiben, der Genf unermeßlichen Ruhm vor der Welt geben wird. Dürr vermerkt der

Ratsschreiber bloß die Tatsache, daß Farel vorgeschlagen habe, „iste Gallus“, „jener Franzose“ möge seine Predigertätigkeit fortsetzen. Das ist alles. Wozu sich bemühen, den Namen erst zu buchstabieren und in die Akten einzutragen? Es scheint doch nur ein unverpflichtender Entschluß, diesem brotlosen ausländischen Prediger einen kleinen Gehalt zu bewilligen. Denn noch ist der Magistrat der Stadt Genf der Meinung, er habe nichts anderes getan, als einen untergeordneten Beamten angestellt, der fürder ebenso bescheidentlich und gehorsam sein Amt erfüllen wird wie irgendein neubestallter Schullehrer oder Säckelwart oder Scharfrichter.

Allerdings: die biedern Räte sind keine Gelehrten, sie lesen in ihren Mußestunden keine theologischen Werke, und gewiß hat keiner von ihnen zuvor Calvins „Institutio religionis Christianae“ auch nur angeblättert. Denn sonst wären sie wohl aufgeschreckt, weil dort in klaren Worten herrisch festgelegt war, welche Fülle der Macht „iste Gallus“ für den Prediger innerhalb der Gemeinde beansprucht: „Klar möge hier umschrieben sein die Macht, mit der die Prediger der Kirche bekleidet werden sollen. Da sie als Verwalter und Verkündiger des göttlichen Wortes bestellt sind, haben sie alles zu wagen und alle Großen und Mächtigen dieser Welt zu zwingen, sich vor der Majestät Gottes zu beugen und ihm zu dienen. Sie haben allen zu befehlen vom Höchsten bis zum Niedrigsten, sie haben die Satzung Gottes aufzurichten und das Reich des Satans zu zerstören, die Lämmer zu schonen und die Wölfe auszurotten, sie haben die Folgsamen zu ermahnen und zu unterrichten, die Widerstrebenden anzuklagen und zu vernichten. Sie können binden und können lösen, den Blitz und den Donner schleudern, aber all dies gemäß Gottes Wort.“

Diese Worte Calvins, „die Prediger haben allen zu befehlen vom Höchsten bis zum Niedrigsten“, waren den Genfer Ratsherren zweifellos entgangen, sonst hätten sie sich niemals diesem Anspruchsvollen voreilig in die Hände gegeben. Ahnungslos, daß dieser französische Emigrant, den sie an ihre Kirche berufen, von Anfang an entschlossen ist, Herr über Stadt und Staat zu werden, bestallen sie ihn mit Amt und Würde. Aber von diesem Tage an ist ihre eigene Macht zu Ende, denn kraft seiner unerbittlichen Energie wird Calvin alles an sich reißen, rücksichtslos wird er seine totalitäre Forderung in Tat und damit eine demokratische Republik in eine theokratische Diktatur verwandeln.

Gleich die ersten Maßnahmen bezeugen Calvins weitdenkende Logik und zielstrebige Entschlossenheit. „Als ich zuerst in diese Kirche kam", schreibt er später über diese Genfer Zeit, „gab es dort soviel wie nichts. Man predigte, und das war alles. Man suchte die Heiligenbilder zusammen und verbrannte sie. Aber es gab noch keine Reformation, alles befand sich in Unordnung." Calvin ist nun ein geborener Ordnungsgeist: alles Ungeregelte und Unsystematische widerstrebt seiner mathematisch exakten Natur. Wenn man Menschen zu einem neuen Glauben erziehen will, so muß man zuerst sie wissen lassen, was sie glauben und bekennen sollen. Sie müssen deutlich unterscheiden können, was erlaubt und was verboten ist; jedes geistige Reich braucht ebenso wie jedes irdische seine sichtbaren Grenzen und seine Gesetze. Schon nach drei Monaten legt Calvin deshalb dem Rat einen Katechismus fertig vor, der mit einundzwanzig Artikeln die Grundsätze der neuen evangelischen Lehre in faßlicher Knappheit formuliert, und dieser Katechismus wird – gewissermaßen als der Dekalog der neuen Kirche – vom Rat mit prinzipieller Zustimmung angenommen.

Aber mit bloßer Zustimmung gibt sich ein Calvin nicht zufrieden; er verlangt restlosen Gehorsam bis auf Punkt und Strich. Ihm genügt es keineswegs, daß die Lehre formuliert sei, denn damit bliebe dem einzelnen immerhin noch etwas Freiheit, ob und inwieweit er sich ihr fügen wolle. Calvin jedoch duldet niemals und in keiner Hinsicht Freiheit in Dingen der Lehre und des Lebens. Nicht eine Spanne Spielraum in geistlichen und geistigen Dingen ist er der innerlichen Überzeugung des einzelnen zu überlassen gewillt; die Kirche hat nach seiner Auffassung nicht nur das Recht, sondern auch die Pflicht, unbedingten, autoritären Gehorsam allen Menschen gewaltsam aufzunötigen und sogar die bloße Lauheit unerbittlich zu strafen. „Mögen andere anders denken, ich bin nicht der Meinung, unserem Amte seien so enge Schranken gezogen, daß wir nach gehaltener Predigt, als hätten wir damit schon unsere Pflicht erfüllt, die Hände ruhig in den Schoß legen dürfen." Sein Katechismus soll keine bloße Richtlinie der Gläubigkeit darstellen, sondern ein Staatsgesetz; darum verlangt er vom Rate, daß die Bürger der Stadt Genf von Amts wegen gezwungen würden, diesen Katechismus einzeln, Mann für Mann, öffentlich zu bekennen und zu beschwören. Zehn zu zehn sollen die Bürger wie Schulknaben, von den „anciens" geführt, sich in die Kathedrale begeben und dort den von dem Staatssekretär vorgelesenen Eid mit erhobener Rechten beschwören. Wer aber sich weigern sollte, diesen Eid zu leisten, der müsse sofort gezwungen werden, die Stadt zu verlassen. Das heißt klar und ein für allemal: kein Bürger darf von nun ab innerhalb der Mauern Genfs leben, der in geistlichen Dingen auch nur um Haaresbreite von den Forderungen und Anschauungen Jehan Calvins abweicht. Es ist in Genf zu Ende mit der von Luther geforderten „Freiheit des Christenmenschen", mit der Auffassung der Religion als einer individuellen Gewissenssache, der Logos hat über das Ethos, der Buchstabe über den Sinn der Reformation gesiegt. Mit jeder Art der Freiheit ist es in Genf zu Ende, seit Calvin die Stadt betreten hat; ein einziger Wille herrscht jetzt über alle.

Jede Diktatur ist undenkbar und unhaltbar ohne Gewalt. Wer Macht bewahren will, braucht Machtmittel in Händen: wer gebieten will, muß auch das Recht besitzen, zu bestrafen. Nun stünde Calvin gemäß seinem Anstellungsdekret nicht das mindeste Recht zu, für kirchliche Delikte Ausweisungen zu dekretieren. Die Räte haben einen „lecteur de la Sainte Escripture" berufen, damit er den Gläubigen die Schrift auslege, einen Prediger, damit er predige und die Gemeinde zum rechten Gottesglauben ermahne. Aber Strafbefugnis über das rechtliche und sittliche Verhalten der Bürger vermeinten sie selbstverständlich ihrer eigenen Jurisdiktion vorbehalten. Weder Luther noch Zwingli noch irgendein anderer der Reformatoren hatte bisher der bürgerlichen Obrigkeit dieses Recht und diese Macht zu bestreiten versucht; Calvin aber, als autoritäre Natur, setzt sofort seinen riesigen Willen ein, um den Magistrat zu dem bloß ausführenden Organ seiner Befehle und Verordnungen herabzudrücken. Und da ihm dazu gesetzmäßig keine

Handhabe gegeben ist, erschafft er sie sich aus eigenem Recht durch die Einführung der Exkommunikation: mit genialer Wendung verwandelt er das religiöse Mysterium des Abendmahls in ein Machtmittel und Pressionsmittel persönlicher Art. Denn der calvinistische Prediger wird einzig denjenigen zur „Mahlzeit des Herrn“ zulassen, dessen sittliches Verhalten ihm persönlich unbedenklich erscheint. Wem aber der Prediger das Abendmahl verweigert – und hier zeigt sich die ganze Wucht dieser Waffe –, der ist bürgerlich erledigt. Niemand darf mit ihm mehr sprechen, niemand ihm verkaufen oder von ihm kaufen; dadurch wird die von der geistlichen Behörde verfügte und scheinbar bloß kirchliche Maßnahme sofort zu gesellschaftlichem und geschäftlichem Boykott; falls dann der Ausgeschlossene noch immer nicht kapituliert, sondern sich weigert, die vom Prediger vorgeschriebene öffentliche Buße zu tun, so befiehlt Calvin seine Verbannung. Ein Gegner Calvins, sei er sonst auch der achtbarste Bürger, kann demnach in Genf auf die Dauer nicht leben; jeder der Geistlichkeit Mißliebige ist von nun an in seiner bürgerlichen Existenz bedroht.

Mit diesem Blitz in Händen kann Calvin jeden zerschmettern, der ihm Widerstand leistet; mit einem einzigen kühnen Griff hat er sich einen Brandstrahl und Donnerkeil in die Faust getan, wie ihn ehedem nicht einmal der Bischof der Stadt zu schleudern vermochte. Denn innerhalb des Katholizismus forderte es immerhin einen endlosen Instanzenweg von hohen zu höchsten Stellen, ehe die Kirche sich entschloß, einen ihrer Angehörigen öffentlich auszustoßen; Exkommunikation war ein überpersönlicher Akt und vollkommen der Willkür eines einzelnen entzogen; Calvin jedoch, zielstrebiger und unerbittlicher in seinem Willen zur Macht, legt dieses Bannrecht tagtäglich den Predigern und dem Konsistorium locker in die Hand, er macht diese furchtbare Drohung zur fast regelmäßigen Strafe und erhöht als Psychologe, der die Wirkung des Terrors wohl errechnet, durch die Angst vor dieser Strafe unermeßlich seine persönliche Gewalt. Mühsam gelingt es zwar dem Magistrat noch durchzusetzen, daß die Austeilung des Abendmahls nur jedes Vierteljahr erfolge und nicht, wie Calvin es forderte, allmonatlich. Aber nie mehr wird sich Calvin seine stärkste

Waffe entreißen lassen, denn nur mit ihr kann er seinen eigentlichen Kampf beginnen: den Kampf um die Totalität der Macht.

Meistens dauert es einige Zeit, bis ein Volk bemerkt, daß die zeitlichen Vorteile einer Diktatur, ihre straffere Zucht und ihre verstärkte kollektive Schlagkraft immer mit persönlichen Rechten des Individuums bezahlt sind und daß unweigerlich jedes neue Gesetz eine alte Freiheit kostet. Auch in Genf erwacht erst allmählich diese Erkenntnis. Redlichen Herzens haben die Bürger ihre Zustimmung zur Reformation gegeben, freiwillig haben sie sich auf dem offenen Markt versammelt, um als unabhängige Männer durch Handaufheben sich zum neuen Glauben zu bekennen. Aber dagegen empört sich doch ihr republikanischer Stolz, unter Aufsicht eines Büttels je zehn und zehn wie Galeerensträflinge durch die Stadt getrieben zu werden, um in der Kirche mit feierlichem Eid jeden Paragraphen des Herrn Calvin zu beschwören. Nicht dazu haben sie eine strengere Sittenreform befürwortet, um jetzt tagtäglich von diesem neuen Prediger leichtfertig mit Acht und Bann bedroht zu werden, bloß weil sie einmal bei einem Glas Wein lustig gesungen haben oder Kleider getragen, die Herrn Calvin oder Farel zu bunt oder zu üppig erscheinen. Und wer sind sie denn eigentlich, diese Leute, die sich so herrisch gebärden, beginnt das Volk sich zu fragen. Sind es Genfer Bürger? Sind es Alteingesessene, die an der Größe und an dem Reichtum der Stadt mitgeschaffen haben, erprobte Patrioten, seit Jahrhunderten den besten Familien verbunden und verschwistert? Nein, es sind frisch Zugewanderte, die als Flüchtlinge aus einem andern Land, aus Frankreich herüberkamen. Man hat sie gastlich aufgenommen, man hat ihnen Brot und Unterhalt und eine wohlbezahlte Stellung gegeben, und da erkühnt sich jetzt dieser Zolleinnehmerssohn aus dem Nachbarland, der sich gleich seinen Bruder und Schwager mit ins warme Nest geholt, sie, die bodenständigen Bürger, zu beschimpfen, zu rüffeln! Er, der Flüchtling, der von ihnen Angestellte maßt sich an, zu bestimmen, wer in Genf bleiben dürfe und wer nicht!

Jedesmal hat im Anfang einer Diktatur, solange die freien Seelen noch nicht geknebelt und die unabhängigen nicht ausgetrieben sind, der

Widerstand eine gewisse Wucht: öffentlich erklären in Genf die republikanisch Gesinnten, sie dächten nicht daran, sich abkanzeln zu lassen, „als seien sie Straßenräuber". Ganze Straßen, vor allem die Rue des Allemands, verweigern den geforderten Eid, sie murren laut und rebellisch, weder würden sie schwören noch auf den Befehl dieser hergelaufenen französischen Hungerleider ihre Heimatstadt verlassen. Zwar gelingt es Calvin, den ihm ergebenen „Kleinen Rat" zu nötigen, daß er tatsächlich über die Eidverweigerer die Ausweisung verhängt, aber man wagt die unpopuläre Maßregel schon nicht mehr faktisch durchzuführen, und der Ausgang der neuen Bürgerwahlen zeigt deutlich, daß die Majorität der Stadt sich gegen die Willkür Calvins aufzulehnen begonnen hat. Seine unbedingten Gefolgsleute verlieren im neuen Rat vom Februar 1538 die Oberhand; noch einmal hat die Demokratie in Genf ihren Willen gegen den autoritären Anspruch Calvins zu verteidigen gewußt.

Calvin war zu ungestüm vorgegangen. Immer unterschätzen die politischen Ideologen den Widerstand, der in der Trägheit der menschlichen Materie begründet ist, immer meinen sie, daß entscheidende Neuerungen im realen Raum ebenso rasch verwirklicht werden könnten wie innerhalb ihrer geistigen Konstruktionen. Klugheit müßte Calvin jetzt gebieten, solange er die weltlichen Behörden nicht wieder für sich gewonnen hat, milder zu tun, denn noch immer steht seine Sache günstig; auch der neugewählte Rat bringt ihm nur Vorsicht, nicht aber Feindschaft entgegen. Selbst seine schärfsten Gegner haben in dieser knappen Frist anerkennen müssen, daß ein unbedingter Wille zur Versittlichung Calvins Fanatismus zugrunde liegt, daß es diesem ungestümen Menschen nicht um einen engen Ehrgeiz geht, sondern um eine große Idee. Sein Kampfbruder Farel wiederum ist noch immer der Abgott der Jugend und der Straße; so könnte sich die Spannung leicht mildern lassen, würde Calvin ein wenig diplomatische Klugheit üben und seine verletzend radikalen Ansprüche den bedächtigeren Auffassungen der Bürgerschaft anpassen.

Aber in diesem Punkte stößt man an die granitene Grundnatur Calvins, an seine eiserne Starre. Nichts ist diesem großen Zeloten zeitlebens fremder gewesen als Konzilianz. Calvin kennt keinen Mittelweg; bloß den einen, den seinen. Für ihn gibt es nur das Ganze oder das Nichts, die volle Autorität oder den völligen Verzicht. Nie wird er ein Kompromiß abschließen, denn Rechthaben und Rechtbehalten ist für ihn eine derart funktionelle Eigenschaft, daß er gar nicht begreifen und ausdenken kann, jemand anderer könnte von seiner Fläche aus gleichfalls recht haben. Für Calvin bleibt es Axiom, daß nur er zu lehren habe und die andern von ihm zu lernen; wörtlich sagt er in ehrlicher redlichster Überzeugtheit, „ich habe von Gott, was ich lehre, und dies bekräftigt mir mein Gewissen“. Mit einer erschreckend unheimlichen Selbstgewißheit stellt er seine Behauptungen der absoluten Wahrheit gleich – „Dieu m'a fait la grâce de déclarer ce qu'est bon et mauvais“ –, und jedesmal ist dieser Selbstbesessene von neuem erbittert und erschüttert, wenn irgendein anderer eine Meinung gegen die seine überhaupt zu äußern wagt. Widerspruch erregt an sich schon eine Art Nervenanfall bei Calvin, bis tief ins Körperliche springt die geistige Empfindlichkeit über, der Magen revoltiert und erbricht Galle, und mag der Gegner noch so sachlich und gelehrt seine Einwände vorbringen, die Tatsache allein schon, daß er sich erkühnt, anders zu denken, verwandelt ihn für Calvin in einen persönlichen Todfeind und darüber hinaus in einen Weltfeind, einen Gottesfeind. Schlangen, die gegen ihn zischen, Hunde, die gegen ihn bellen, Bestien, Schurken, Satansknechte, so nennt dieser im Privatleben übertrieben maßvolle Mann die ersten Humanisten und Theologen seiner Zeit; sofort ist „die Ehre Gottes“ in seinem „Diener“ beleidigt, sofern man Calvin auch nur ganz akademisch widerspricht, sofort die „Kirche Christi bedroht“, sobald einer den Prediger von St. Pierre ad personam herrschsüchtig zu nennen wagt. Zwiesprache mit einem andern halten heißt für Calvin nichts, als daß der andere sich zu seiner Meinung zu bekehren und zu bekennen habe: ein ganzes Leben lang hat dieser sonst klarsichtige Geist keinen Augenblick an seiner alleinigen Berechtigung gezweifelt, das Wort Gottes auszulegen und als einziger das Wahre zu wissen. Aber gerade dank diesem starren An-sich-selber-Glauben, dank dieser prophetischen Selbstbesessenheit, dieser großartigen Monomanie hat Calvin im realen Raume recht behalten; einzig diese seine steinerne

Unerschütterlichkeit, diese eisige und unmenschliche Starre erklärt das Geheimnis seines politischen Sieges. Denn nur eine solche Selbstbesessenheit, eine solche großartig bornierte Selbstüberzeugtheit macht in der Weltgeschichte einen Mann zum Führer. Nie hat die immer dem Suggestiven erliegende Menschheit sich den Geduldigen und Gerechten unterworfen, sondern immer nur den großen Monomanen, die den Mut aufbrachten, ihre Wahrheit als die einzig mögliche, ihren Willen als die Grundformel des Weltgesetzes zu verkünden.

Es macht also nicht den geringsten Eindruck auf Calvin, daß die Mehrheit des neuen Stadtrates gegen ihn steht und ihm höflichst nahelegt, er möge doch um des Friedens willen von diesem wilden Drohen und Exkommunizieren ablassen und sich der milderen Auffassung der Berner Synode anschließen: ein Starrsinniger wie Calvin nimmt keinen billigen Frieden an, sofern er nur in einem I-Punkt nachgeben müßte. Jedes Kompromiß ist für seine autoritäre Natur vollkommen unmöglich, und im Augenblick, da der Magistrat ihm widerspricht, wird er, der selbst von allen andern die unbedingteste Subordination unter jede Obrigkeit verlangt, völlig unbedenklich zum Revolutionär gegen seine vorgesetzte Behörde. Offen beschimpft er den „Kleinen Rat" von der Kanzel und verkündet, „daß er lieber sterben wolle, als den heiligen Leib des Herrn vor die Hunde werfen". Ein anderer Prediger nennt in der Kirche den Stadtrat eine „Versammlung von Trunkenbolden"; wie ein Felsblock, starr und unverrückbar, bietet die Anhängerschaft Calvins der Obrigkeit Trotz.

Eine solche provokatorische Auflehnung der Predigerschaft gegen seine Autorität kann der Magistrat nicht dulden. Zunächst erläßt er nur eine unmißverständliche Weisung, die Kanzel nicht weiterhin zu politischen Zwecken zu mißbrauchen, sondern dort ausschließlich das Wort Gottes auszulegen. Aber da Calvin und die Seinen sich über diesen amtlichen Befehl gleichmütig hinwegsetzen, bleibt nichts übrig, als den Predigern das Betreten der Kanzel zu verbieten; der herausforderndste unter ihnen, Courtauld, wird sogar wegen offener Aufreizung zur Revolte verhaftet. Damit ist der offene Krieg zwischen kirchlicher und staatlicher Gewalt erklärt. Aber Calvin nimmt ihn entschlossen auf. Von seinen Anhängern begleitet, dringt er in die Kathedrale St. Pierre, besteigt trotzig die ihm verbotene Kanzel, und da Anhänger und Gegner beider Parteien mit Schwertern in die Kirche drängen, die einen, um die verbotene Predigt zu erzwingen, die andern, um sie zu verhindern, entsteht ein fürchterlicher Tumult, und beinahe wäre es zu blutigen Ostern gekommen. Jetzt ist die Geduld des Magistrats zu Ende. Er beruft den Großen Rat der Zweihundert, die höchste Instanz, und stellt die Frage, ob man Calvin und den andern angestellten Predigern, welche die Befehle des Magistrats trotzig mißachtet hätten, den Abschied geben solle. Eine überwältigende Mehrheit antwortet mit Ja. Die rebellischen Geistlichen werden ihrer Ämter entsetzt und energisch angewiesen, binnen drei mal vierundzwanzig Stunden die Stadt zu verlassen. Die Strafe des Exils, die Calvin in den letzten achtzehn Monaten so vielen Bürgern dieser Stadt angedroht, nun hat sie ihn selber getroffen.

Der erste Ansturm Calvins auf Genf ist mißlungen. Aber ein solcher Rückschlag bedeutet im Leben eines Diktators nichts Gefährliches. Im Gegenteil, beinahe zwanghaft gehört es zum endgültigen Aufstieg eines unbeschränkten Machthabers, daß er im Anfang einen solchen dramatischen Niederbruch erleidet. Exil, Gefängnis, Verbannung erweisen sich für die großen Weltrevolutionäre niemals als Hemmungen, sondern immer nur als Förderungen ihrer Popularität; um von der Masse vergöttert zu werden, muß man Märtyrer gewesen sein, und eben die Verfolgung durch ein verhaßtes System schafft einem Volksführer erst die seelische Vorbedingung seines späteren entscheidenden Massenerfolges, weil sich durch jede sinnfällige Prüfung der Nimbus des zukünftigen Führers vor dem Volke ins Mystische erhöht. Nichts ist notwendiger für einen großen Politiker, als zeitweise in den Hintergrund zu treten, denn gerade durch sein Unsichtbarsein wird er zur Legende; wie eine Wolke umschwebt die Fama glorifizierend seinen Namen, und wenn er wiederkehrt, tritt er einer hundertfach gesteigerten Erwartung entgegen, die sich ohne sein Zutun gleichsam atmosphärisch gebildet hat. Beinahe alle Volkshelden der Geschichte haben die stärkste Gefühlsgewalt über ihre Nation gewonnen durch ihr Exil: Cäsar in Gallien, Napoleon in Ägypten, Garibaldi in Südamerika, Lenin im Ural sind stärker geworden durch ihre Abwesenheit, als sie es durch ihre Gegenwart gewesen wären, und so auch Calvin.

Freilich, in jener Stunde der Vertreibung scheint Calvin aller Voraussicht nach ein erledigter Mann. Seine Organisation ist zerschlagen, sein Werk völlig gescheitert und nichts von seiner Leistung geblieben als die Erinnerung an einen fanatischen Ordnungswillen und ein paar Dutzend verläßlicher Freunde. Aber zu Hilfe kommen ihm, wie immer allen politischen Naturen, die, statt zu paktieren, in gefährlichen Augenblicken entschlossen zurücktreten, die Fehler seiner Nachfolger und Gegner. Mit Mühe hat der Magistrat statt der imposanten Persönlichkeiten Calvins und Farels ein paar gefügige Prediger gefunden, die aus Angst, durch scharfe Maßnahmen beim Volke mißliebig zu werden, lieber die Zügel lässig am Boden schleifen lassen, statt sie straff anzuziehen. Unter ihnen gerät der von Calvin so energisch und sogar überenergisch begonnene Aufbau der Reformation in Genf baldigst ins Stocken, und eine solche Unsicherheit in Glaubensdingen bemächtigt sich der Bürger, daß die verdrängte katholische Kirche allmählich neuen Mut faßt und versucht, durch kluge Unterhändler Genf wieder für den römischen Glauben zurückzuerobern. Die Situation wird kritisch und immer kritischer; nach und nach beginnen dieselben Reformierten, denen Calvin zu hart und zu streng gewesen, sich zu beunruhigen und zu fragen, ob eine solche eherne Zucht schließlich nicht doch wünschenswerter gewesen sei als das drohende Chaos. Immer mehr der Bürger und sogar schon manche der einstigen Gegner drängen auf Rückberufung des Verbannten, schließlich sieht der Magistrat keinen andern Ausweg, als dem allgemeinen Volkswunsche Folge zu geben. Die ersten Botschaften und Briefe an Calvin sind noch leise und vorsichtige Anfragen; bald aber werden sie offener und dringlicher. Unverkennbar formt sich die Einladung zur Bitte: der Rat schreibt bald nicht mehr an den „Monsieur" Calvin, er möge zurückkommen, um der Stadt zu helfen, sondern bereits an den „Maître" Calvin; schließlich bitten geradezu kniefällig die ratlosen Ratsherren den „guten Bruder und einzigen Freund", wieder die Stelle des Predigers zu übernehmen, und schon ist das Versprechen beigefügt: „sich so gegen ihn aufzuführen, daß er Grund haben werde, zufrieden zu sein".

Wäre Calvin nun ein kleiner Charakter und befriedigte ihn schon ein billiger Triumph, so könnte er sich mit der Genugtuung zufrieden geben, so flehentlich in die Stadt zurückberufen zu werden, die ihn zwei Jahre vordem verächtlich ausgestoßen. Aber wer alles begehrt, wird niemals mit Halbheiten sich abfinden lassen, und Calvin geht es in dieser seiner heiligsten Sache nicht um persönliche Eitelkeit, sondern um den Sieg der Autorität. Nicht ein zweites Mal will er bei seinem Werk von irgendeiner Obrigkeit gehemmt sein; wenn er zurückkehrt, darf es nur einen gültigen Willen in Genf geben: den seinen. Ehe sich die Stadt nicht mit gefesselten Händen ihm ganz zu eigen gibt und bindend erklärt, sich zu subordinieren (subordonner), verweigert Calvin jede Zusage, und mit taktisch übertriebenem Abscheu weist er lange Zeit die drängenden Angebote zurück. „Hundertmal lieber will ich in den Tod gehen, als noch einmal diese früheren qualvollen Kämpfe beginnen", schreibt er an Farel. Keinen Schritt geht er seinen einstigen Gegnern entgegen. Als schließlich der Magistrat schon auf den Knien Calvin anfleht, er möge zurückkehren, wird sogar sein nächster Freund Farel ungeduldig und schreibt ihm: „Wartest Du am Ende darauf, daß Dich auch die Steine rufen?" Calvin jedoch bleibt fest, bis Genf sich auf Gnade und Ungnade ergibt. Erst da sie den Eid geleistet haben, den Katechismus und die geforderte „discipline" nach seinem Willen einzuhalten, da die Räte demütige Briefe an die Stadt Straßburg richten und die dortige Bürgerschaft brüderlich anflehen, sie mögen ihnen doch diesen unentbehrlichen Mann gönnen, erst da Genf sich nicht vor ihm allein, sondern auch vor der Welt erniedrigt hat, gibt Calvin nach und erklärt sich endlich einverstanden, sein altes Amt mit neuer Machtfülle zu übernehmen.

Wie eine besiegte Stadt ihrem Eroberer, so bereitet sich Genf für den Einzug Calvins vor. Alles Erdenkliche wird getan, um seinen Unmut zu beschwichtigen. Die alten strengen Edikte werden eiligst in Kraft gesetzt, nur damit Calvin seine geistlichen Befehle schon im vorhinein durchgeführt finde, persönlich übernimmt es der Kleine Rat, eine passende Wohnung nebst Garten für den Ersehnten auszuwählen und die nötige Einrichtung bereitzustellen. Eigens wird die alte Kanzel in St. Pierre umgebaut, damit sie für seinen Vortrag bequemer und Calvins

Gestalt jederzeit allen Anwesenden sichtbar sei. Ehrung folgt auf Ehrung: noch ehe Calvin von Straßburg aufgebrochen sein kann, wird ihm ein Herold entgegengesandt, damit er ihn bereits unterwegs im Namen der Stadt begrüße, auf Kosten der Bürgerschaft wird feierlich seine Familie eingeholt. Endlich, am 13. September, nähert sich der Reisewagen dem Tore von Cornavin, und sofort sammeln sich große Menschenmassen, um den Zurückgekehrten mit Jubel in die Mauern zu führen. Weich und gefügig wie Lehm hat Calvin nun die Stadt in seinen Händen, und er wird nicht ablassen, ehe er nicht aus ihr das Kunstwerk eines gestalteten Gedankens geschaffen. Von dieser Stunde sind sie nicht mehr voneinander zu lösen, Calvin und Genf, Geist und Form, der Schöpfer und sein Geschöpf.

Die „discipline“

Calvin-Bildnis von Pierre Woeiriot
Aus Calvins „Recueil des opuscules“, Genf 1566

Mit der Stunde, da dieser hagere und harte Mann im schwarz niederwallenden Priesterrock durch das Tor von Cornavin einzieht, beginnt eines der denkwürdigsten Experimente aller Zeiten: ein mit unzähligen Lebenszellen atmender Staat soll in einen starren Mechanismus, ein Volk mit allen seinen Gefühlen und Gedanken in ein einziges System verwandelt werden; es ist der erste Versuch einer völligen Gleichschaltung eines ganzen Volkes, der hier innerhalb Europas im Namen einer Idee unternommen wird. Mit einem dämonischen Ernst, einer großartigen systematischen Durchdachtheit geht Calvin an seinen verwegenen Plan, aus Genf den ersten Gottesstaat auf Erden zu schaffen: ein Gemeinwesen ohne das irdisch Gemeine, ohne Korruption, Unordnung, Laster und Sünde, das wahre, das neue Jerusalem, von dem das Heil des ganzen Erdkreises ausgehen soll – diese eine und einzige Idee ist von nun ab sein Leben, und sein Leben wiederum ein einziger Dienst an dieser einzigen Idee. Furchtbar ernst, heilig ehrlich ist es diesem ehernen Ideologen mit seiner erhabenen Utopie, und niemals in dem Vierteljahrhundert seiner geistigen Diktatur hat Calvin daran gezweifelt, daß man die Menschen nur fördere, wenn man ihnen rücksichtslos jede individuelle Freiheit nimmt. Denn mit allen seinen Forderungen und unerträglichen Überforderungen meinte dieser fromme Despot von den Menschen nichts anderes zu verlangen, als daß sie richtig leben sollten, das heißt, dem Willen und der Vorschrift Gottes gemäß.

Das klingt in der Tat wirklich einfach und unwidersprechlich klar. Aber wie ist dieser Wille Gottes erkennbar? Und wo seine Weisung zu finden? Im Evangelium, antwortet Calvin, und nur im Evangelium. Dort atmet und lebt in ewig lebendiger Schrift Gottes Wille und Wort. Nicht durch Zufall sind die heiligen Bücher uns erhalten geblieben. Ausdrücklich hat Gott die Überlieferung ins Wort gefaßt, damit sein Gebot deutlich erkennbar sei und von den Menschen beherzigt werde. Dieses Evangelium war vor der Kirche und steht über der Kirche, und es gibt keine andere Wahrheit jenseits und außerhalb der Schrift („en dehors et au delà“). Darum muß in einem wahrhaft christlichen Staate das Bibelwort, „la parole de Dieu“, als die einzige Maxime der Sitte, des Denkens, des Glaubens, des Rechts und des Lebens gelten, denn es ist das

Buch aller Weisheit, aller Gerechtigkeit, aller Wahrheit. Am Anfang und am Ende steht für Calvin die Bibel, alle Entscheidung in allen Dingen gründet sich auf ihr geschriebenes Wort.

Mit dieser Einsetzung des Schriftwortes als höchste Instanz alles irdischen Verhaltens scheint Calvin eigentlich nur die wohlbekannte Urforderung der Reformation zu wiederholen. In Wahrheit aber macht er einen ungeheuren Schritt über die Reformation hinaus und entfernt sich sogar völlig aus ihrem ursprünglichen Gedankenkreis. Denn die Reformation hatte als eine seelisch-religiöse Freiheitsbewegung begonnen, sie wollte das Evangelium jedem Menschen frei in die Hände legen; statt des Papstes in Rom und der Konzile sollte die individuelle Überzeugung sich ihr Christentum formen. Diese von Luther eingesetzte „Freiheit des Christenmenschen" nimmt aber Calvin wie jede andere Form der geistigen Freiheit rücksichtslos den Menschen wieder fort; persönlich ist ihm das Wort des Herrn völlig klar, folglich verlangt er diktatorisch, daß ein Ende gemacht werde mit allem weiteren Deuten und Deuteln der göttlichen Lehre; unverrückbar, wie die steinernen Pfeiler die Kathedrale tragen, soll das Bibelwort „bleiben stahn", damit die Kirche nicht ins Wanken komme. Nicht als der logos spermatikos, als die ewig sich weiterschaffende und umschaffende Wahrheit soll es von nun ab wirken und sich wandeln, sondern ein für allemal soll es in der von Calvin bestimmten Auslegung gelten.

Mit dieser Forderung Calvins ist de facto eine neue, eine protestantische Orthodoxie eingesetzt statt der päpstlichen, und mit Recht hat man diese neue Form dogmatischer Diktatur eine Bibliokratie genannt. Denn ein einziges Buch ist jetzt Herr und Richter in Genf, Gott der Gesetzgeber und sein Prediger der einzig berufene Ausleger dieses Gesetzes. Er ist der „Richter" im Sinne der Mosesbibel, und über den Königen und über dem Volk steht unwidersprechlich seine Gewalt. Ausschließlich die Bibelauslegung des Konsistoriums bestimmt jetzt statt des Magistrats und des bürgerlichen Rechts, was erlaubt ist und was verboten, und wehe dem, der sich in einer Einzelheit diesem Zwang zu widersetzen wagt! Denn als Aufrührer gegen Gott wird jeder gerichtet werden, der sich auflehnt gegen die Diktatur der Predigerschaft, und mit Blut wird in Bälde der

Kommentar zur Heiligen Schrift geschrieben werden. Immer ist eine dogmatische Gewaltherrschaft, die aus einer Freiheitsbewegung ihren Aufstieg nahm, härter und strenger gegen die Idee der Freiheit als jede ererbte Macht. Immer werden, die selbst einer Revolution ihre Herrschaft verdanken, späterhin die Unnachsichtigsten und Unduldsamsten gegen jede Neuerung sein.

Alle Diktaturen beginnen mit einer Idee. Aber jede Idee gewinnt erst Form und Farbe an dem Menschen, der sie verwirklicht. Unausbleiblich muß die Lehre Calvins als geistige Schöpfung ihrem Schöpfer physiognomisch ähnlich werden, und man braucht nur in sein Antlitz zu blicken, um vorauszuwissen, daß sie härter, moroser und unfreudiger sein wird als je vordem eine Exegese des Christentums. Calvins Gesicht ist wie ein Karst, wie eine jener einsamen, abseitigen Felslandschaften, deren stummer Verschlossenheit nur Gott, aber nichts Menschliches gegenwärtig ist. Alles, was das Leben sonst fruchtbar, füllig, freudig, blühend, warm und sinnlich macht, fehlt diesem gütelosen, diesem trostlosen, diesem alterslosen Asketenantlitz. Alles ist hart und häßlich, eckig und unharmonisch in diesem düster-länglichen Oval: die enge und strenge Stirn, unter der zwei tiefe und übernächtige Augen wie glimmende Kohlen flackern, die scharfe, hakige Nase, herrschsüchtig vorgestoßen zwischen eingefallenen Wangen, der schmale, wie mit einem Messer geschnittene Mund, den selten jemand lächeln gesehen. Kein warmes Inkarnat leuchtet auf der eingesunkenen, trockenen, aschfarbenen, ausgedörrten Haut; es ist, als ob ein inneres Fieber vampirisch das Blut aus den Wangen gesogen hätte, so grau falten sie sich, so krank und fahl, außer in den kurzen Sekunden, da sie der Zorn mit hektischen Flecken überflammt. Vergeblich sucht der lang niederwallende biblische Prophetenbart (den all seine Schüler und Jünger gehorsam nachformen) diesem galligen und gelben Gesicht einen Anschein männlicher Kraft zu geben. Aber auch dieser Bart hat keinen Saft und keine Fülle, er rauscht nicht mächtig und gottvaterhaft nieder, sondern dreht sich in dünnen Zotteln herab, ein tristes Gestrüpp, das aus felsigem Grunde sprießt.

Ein heißer, ein von seinem eigenen Geist verbrannter und verbrauchter Ekstatiker, so wirkt Calvin auf den gemalten Tafeln, und schon möchte man Mitleid fühlen mit diesem übermüdeten, überanstrengten, von seiner eigenen Inbrunst aufgezehrten Menschen; aber niederblickend erschrickt man plötzlich vor seinen Händen, die unheimlich sind wie die eines Habsüchtigen, vor diesen abgemagerten, fleischlosen, farblosen Händen, die kalt und knochig wie Krallen alles, was sie einmal an sich raffen konnten, mit ihren zähen, geizigen Gelenken grimmig zu halten wissen. Undenkbar, daß diese beinernen Finger je zart eine Blume umspielten, den warmen Leib einer Frau liebkosten, daß sie sich herzlich und heiter einem Freunde entgegenstreckten; das sind Hände eines Unerbittlichen, und dank ihnen allein ahnt man die große und grausame Kraft des Herrschens und Haltens, die von Calvin zeitlebens ausgegangen ist.

Welch ein lichtloses, freudloses, welch ein einsames und abweisendes Gesicht, das Antlitz Calvins! Unfaßbar, daß jemand wünschte, das Bild dieses unerbittlichen Forderers und Mahners an der Wand seines Zimmers zu haben: der Atem würde einem kälter vom Munde fließen, fühlte man ständig den wachsam spähenden Blick dieses unfreudigsten aller Menschen über seinem täglichen Tun. Von Zurbaran könnte man sich Calvin am ehesten gemalt denken, in der spanisch-fanatischen Art, wie er die Asketen und Anachoreten dargestellt hat, dunkel in dunkel, von der Welt abgeschieden und in Höhlen hausend, vor sich das Buch, immer das Buch und allenfalls noch einen Totenkopf oder das Kreuz als die einzigen Symbole geistig-geistlichen Lebens; ringsumher aber eine kalte und schwarze, eine unnahbare Einsamkeit. Denn dieser Respektraum menschlicher Unnahbarkeit hat ein Leben lang um Calvin gefrostet. Von frühester Jugend an kleidet er sich in das gleiche mitleidlose Schwarz. Schwarz das Barett über der verkürzten Stirn, halb Kapuze eines Mönchs, halb Sturmhaube eines Soldaten, schwarz die weite, bis zu den Schuhen niederwallende Robe, die Kleidung des Richters, der unablässig die Menschen zu strafen, die Kleidung des Arztes, der ewig ihre Sünden und Schwären zu heilen hat. Schwarz, immer schwarz, immer die Farbe des Ernstes, des Todes und der Unerbittlichkeit. Kaum hat sich Calvin jemals anders gezeigt als im Symbol seines Amtes, denn nur als den Diener Gottes, nur im Gewände der Pflicht wollte er sich von den andern sehen und fürchten lassen, nicht als Menschen, als Bruder lieben. Aber hart gegen die Welt, ist er es auch gegen sich selbst gewesen. Ein Leben lang hat er seinen eigenen Körper in Zucht gehalten, nur das Allermindeste an Nahrung und Rast um des Geistigen willen dem Leiblichen zuerkennend. Drei Stunden, vier Stunden höchstens an Schlaf des Nachts, eine einzige frugale Mahlzeit des Tags, und diese rasch genommen neben dem aufgeschlagenen Buch. Nie aber ein Spaziergang, ein Spiel, eine Freude, eine Entspannung, und vor allem niemals eine wirkliche Lust: im letzten hat Calvin in seiner fanatischen Hingabe an das Geistige nur immer gewirkt, gedacht, geschrieben, gearbeitet, gekämpft, aber niemals eine Stunde sich selber gelebt.

Diese absolute Unsinnlichkeit ist neben seiner ewigen Unjugend der charakteristischeste Wesenszug Calvins; kein Wunder, daß er auch der gefährlichste für seine Lehre geworden ist. Denn während die andern Reformatoren glauben, Gott am treulichsten zu dienen, wenn sie alle Geschenke des Lebens dankbar aus seinen Händen nehmen, während sie als urgesunde normale Menschen sich ihrer Gesundheit und des Genießens freuen, während Zwingli bei seinem ersten Pfarrdienst gleich ein uneheliches Kind hinterläßt und Luther einmal lachend das Wort prägt: „Will die Frau nicht, tut's die Magd“, während sie tapfer trinken und schmausen und lachen, ist bei Calvin alles Sinnliche völlig unterdrückt oder nur in schattenhafter Spur vorhanden. Als fanatischer Intellektualist lebt er sich vollkommen im Wort und im Geist aus; nur das Logisch-Klare ist für ihn das Wahre, nur das Ordentliche versteht und duldet er, nie das Außerordentliche. Von nichts, das trunken macht, nicht vom Wein, nicht vom Weibe, nicht von der Kunst, von keiner der Gottesgaben der Erde hat dieser fanatisch Nüchterne jemals Lust gefordert oder empfangen. Das einzige Mal, da er, um der Bibelforderung Genüge zu tun, auf die Freite geht, vollzieht sich die Werbung so komödienhaft sachlich und kalt, als handelte es sich um eine Bücherbestellung oder um ein neues Barett. Statt selbst Umschau zu halten, beauftragt Calvin seine Freunde, ihm eine passende Gattin auszuwählen, und beinahe wäre der grimmige

Sinnenfeind dabei an ein liederliches Mädchen geraten. Schließlich heiratet der Enttäuschte die Witwe eines von ihm bekehrten Wiedertäufers, aber ihm ist es vom Schicksal versagt, glücklich zu sein oder glücklich zu machen. Das einzige Kind, das seine Frau ihm zur Welt bringt, ist – man möchte fast sagen: selbstverständlich, weil von so blassem Blut und mit so kalten Sinnen gezeugt – lebensunfähig. Es stirbt nach wenigen Tagen, und als bald darauf seine Frau ihn als Witwer zurückläßt, ist damit für den Sechsunddreißigjährigen nicht nur das Eheliche, sondern auch das Weibliche schon ein für allemal erledigt. Bis zu seinem Tode, also noch die zwanzig besten Mannesjahre lang, hat dieser freiwillige Asket nie mehr eine andere Frau berührt, einzig dem Geistigen, dem Geistlichen, der „Lehre" verschworen.

Aber der Körper eines Menschen stellt ebenso seinen Anspruch auf Entfaltung wie der Geist, und grausam büßt, wer ihn vergewaltigt. Jedes Organ in einem irdischen Leibe begehrt instinkthaft, seinen naturgewollten Sinn voll auszuleben. Das Blut will gelegentlich wilder strömen, das Herz heißer hämmern, die Lungen wollen sich ausjauchzen, die Muskeln sich rühren, der Same sich verschwenden, und wer vom Intellekt her diesen vitalen Willen ständig hemmt und sich ihm entgegenstemmt, gegen den lehnen sich die Organe schließlich auf. Furchtbar ist die Rache, die der Körper Calvins an seinem Zuchtherrn genommen hat: um dem Asketen, der sie so behandelt, als ob sie nicht vorhanden seien, ihr Vorhandensein zu beweisen, erfinden die Nerven unablässige Qualen gegen ihren Despoten, und vielleicht wenige geistige Menschen haben je unter der Revolte ihrer Konstitution zeitlebens so sehr gelitten wie Calvin. In pausenloser Folge löst ein Gebrest das andere ab, beinahe jeder Brief Calvins meldet einen neuen tückischen Überfall neuer überraschender Krankheiten. Bald sind es Migränen, die ihn tagelang ins Bett werfen, dann wieder Magenschmerzen, Kopfschmerzen, Hämorrhoiden, Koliken, Erkältungen, Nervenkrämpfe und Blutstürze, Gallensteine und Karbunkel, bald fliegende Fieber und wieder Frostschauer, Rheumatismen und Blasenleiden. Ständig müssen die Ärzte um ihn wachen, denn kein Organ ist in diesem zarten, brüchigen Leib, das nicht boshaft Schmerz und Aufruhr wider ihn sendete. Und stöhnend schreibt Calvin einmal hin: „Meine Gesundheit ist einem ständigen Sterben ähnlich."

Aber dieser Mann hat sich zum Wahlspruch das Wort gewählt: „per mediam desperationem prorumpere convenit", mit gesteigerter Kraft aus der Tiefe der Verzweiflung vorzubrechen; die dämonische geistige Energie dieses Mannes läßt sich nicht eine einzige Stunde der Arbeit rauben. Ständig von seinem Körper gehindert, beweist Calvin ihm immer aufs neue den Überwillen des Geistes: vermag er sich im Fieber nicht zur Kanzel zu schleppen, so läßt er sich mit einer Sänfte in die Kirche tragen, um dort zu predigen. Muß er die Ratssitzung versäumen, so holen sich die Magistratspersonen in seinem Hause Rat. Liegt er fieberschauernd im Bett, mit vier und fünf gewärmten Decken den frierenden, frostgeschüttelten Leib beschwert, so sitzen daneben zwei oder drei Famuli, denen er abwechselnd diktiert. Reist er für einen Tag zu Freunden auf ein nahes Landgut, um freiere Luft zu schöpfen, so begleiten ihn die Sekretäre im Wagen, und kaum angekommen, jagen die Boten hin und zurück zur Stadt. Und wieder greift er zur Feder, wieder beginnt die Arbeit. Unmöglich, sich Calvin untätig zu denken, diesen Dämon des Fleißes, der zeitlebens eigentlich ohne eine einzige Pause gearbeitet hat. Noch schlafen die Häuser, noch ist der Morgen nicht wach, und schon brennt in der Rue des Chanoines die Ampel an seinem Arbeitstisch, und wiederum, spät nach Mitternacht, schon ist längst alles zur Ruhe gegangen, und noch immer leuchtet dieses gleichsam ewige Licht an seinem Fenster. Unfaßbar ist seine Leistung, man möchte glauben, daß er mit vier oder fünf Gehirnen zugleich gearbeitet hat. Denn tatsächlich hat dieser ununterbrochen Kranke gleichzeitig die verschiedene Arbeit von vier oder fünf Berufen getan. Das eigentlich ihm zugewiesene Amt, Prediger der Kirche von St. Pierre zu sein, ist nur ein Amt unter vielen Ämtern, die sein hysterischer Machttrieb allmählich an sich gerissen, und obwohl die Predigten, die er in dieser Kirche gehalten, allein schon einen Wandschrank gedruckter Bände füllen und ein Kopist allein damit sein Leben fristet, sie abzuschreiben, so sind sie doch nur ein Kleinteil seiner gesammelten Werke. Als Vorsitzender des Konsistoriums, das ohne ihn keinen Beschluß faßt, als Verfasser unzähliger theologischer und polemischer Bücher, als Übersetzer der Bibel, als Schöpfer der Universität und Initiator des theologischen Seminars, als ständiger Berater des Stadtrats, als politischer Generalstabsoffizier im Glaubenskriege, als oberster Diplomat und Organisator des Protestantismus, lenkt und leitet dieser „Minister des heiligen Worts“ alle Ministerien seines theokratischen Staates in einer Person. Er überwacht die Berichte der Prediger aus Frankreich, Schottland, England und Holland, er richtet eine Auslandspropaganda ein, schafft durch Buchdrucker und Kolporteure einen Geheimdienst, der sich über die ganze Erde erstreckt. Er diskutiert mit den andern protestantischen Führern, er verhandelt mit den Fürsten und Diplomaten. Täglich, fast stündlich kommt aus dem Ausland Besuch; kein Student, kein junger Theologe reist durch Genf, ohne bei ihm Rat geholt oder ihm seine Reverenz erwiesen zu haben. Sein Haus ist wie ein Postamt und eine ständige Auskunftsstelle für alle Staats- und Privatangelegenheiten; seufzend schreibt er einmal hin. er könne sich nicht erinnern, zwei Stunden während seiner Amtszeit gehabt zu haben, ohne gestört worden zu sein. Aus den fernsten Ländern, aus Ungarn und Polen kommen täglich die Briefe seiner Vertrauensleute, gleichzeitig aber fordert noch die Seelsorge persönliche Beratung der Unzähligen, die sich hilfesuchend an ihn wenden. Bald will ein Emigrant sich niederlassen und seine Familie herüberbringen: Calvin sammelt die Gelder, sucht ihm Unterkunft und Lebensunterhalt. Hier will einer heiraten, dort einer seine Ehe lösen: beider Weg geht zu Calvin, denn kein geistliches Geschehnis vollzieht sich in Genf ohne seine Zustimmung, seinen Rat. Aber beschränkte sich diese autokratische Lust doch nur auf ihr eigenes Reich, auf die geistlichen Dinge! Jedoch für einen Calvin gibt es keine Grenze seiner Macht, weil er als Theokrat alles Irdische dem Göttlichen und Geistigen Untertan wissen will. Wuchtig legt er seine harte Hand auf alles in der Stadt: kaum gibt es einen Tag, da man nicht in den Ratsprotokollen den Vermerk findet: hier wäre Maitre Calvin zu befragen. Nichts versäumt, nichts übersieht dieses rastlos wachsame Auge, und man müßte wie ein Wunder dieses unablässig tätige Gehirn bewundern, bedeutete ein solcher Asketismus des Geistes nicht zugleich eine ungeheure Gefahr. Denn wer so völlig auf persönlichen Lebensgenuß verzichtet, wird diesen – bei ihm selbst doch freiwilligen – Verzicht zum Gesetz und zur Norm für alle andern machen wollen und versuchen, was ihm natürlich ist, andern als Unnatur aufzuzwingen. Immer ist – Beispiel Robespierres – der Asket der gefährlichste Typus des Despoten. Wer nicht selbst das Menschliche voll und freudig miterlebt, wird immer unmenschlich gegen die Menschen sein.

Aber Zucht und mitleidlose Strenge sind die eigentlichen Fundamente des calvinischen Lehrgebäudes. Nach Calvins Auffassung hat der Mensch keineswegs das Recht, aufrecht erhobenen Blicks und hellen Gewissens unsere Welt zu durchschreiten, sondern ständig hat er in der „Furcht des Herrn" zu verharren, zerknirscht im demütig gebeugten Gefühl einer unrettbaren Unzulänglichkeit. Von Anfang an setzt Calvins puritanische Moral den Begriff des heitern und unbefangenen Genießens dem der „Sünde" gleich, und alles, was unser irdisches Dasein schmuckhaft und schwunghaft gestalten, alles, was die Seele selig entspannen, erheben, erlösen und entschweren will – in erster Linie also die Kunst –, verpönt sie als eitle und ärgerliche Überflüssigkeit. Selbst in das religiöse Reich, das seit Ewigkeiten immer dem Mystischen und Kultischen verbunden war, bringt Calvin seine eigene ideologische Sachlichkeit; ausnahmslos wird alles aus Kirche und Kult beseitigt, was die Sinne beschäftigen, das Gefühl weich und vage beschwichtigen könnte, denn nicht mit künstlerisch erregter Seele soll der wahre Gläubige sich dem Göttlichen nahen, nicht umnebelt von süßem Weihrauch, nicht betört von Musik, nicht verführt von der Schönheit der angeblich frommen (in Wahrheit lästerlichen) Bilder und Skulpturen. Nur in der Klarheit ist die Wahrheit, nur im deutlichen Worte Gottes Gewißheit. Weg darum mit den „Idolatries", den Bildern und Statuen, aus den Kirchen, weg mit den farbigen Ornaten, den Meßbüchern und Tabernakeln von dem Tisch des Herrn – Gott braucht keinen Prunk. Fort mit allen schwelgerischen Betäubungen der Seele: keine Musik, kein Orgelspiel während des Gottesdienstes! Sogar die Kirchenglocken müssen in Genf von nun an schweigen: nicht mit totem Erz soll der wahrhaft Gläubige erinnert werden an seine Pflicht. Niemals durch Äußerlichkeiten bewährt sich die Frömmigkeit, niemals durch Opfer und Spenden, einzig durch inneren

Gehorsam; weg darum mit dem Hochamt und allen Zeremonien aus der Kirche, fort mit allen Symbolen und Praktiken, ein Ende mit allen Feierlichkeiten und Festen! Mit einem Riß streicht Calvin die Festtage aus dem Kalender. Abgestellt wird das schon in den römischen Katakomben gefeierte Oster- und Weihnachtsfest, gestrichen werden die Tage der Heiligen, verboten die altvertrauten Gebräuche: Calvins Gott will nicht gefeiert sein und nicht einmal geliebt, sondern immer nur gefürchtet. Überhebung ist es, wenn der Mensch versucht, mit Ekstase und Überschwang sich ihm aufzudrängen, statt ihm in ständiger Ehrfurcht von ferne zu dienen. Denn dies ist der tiefste Sinn der calvinischen Umwertung: um das Göttliche möglichst hoch zu erheben über die Welt, drückt Calvin das Irdische unermeßlich tief herab; um der Idee Gottes die vollkommenste Würde zu geben, entrechtet und entwürdigt er die Idee des Menschen. Nie hat dieser misanthropische Reformator in der Menschheit etwas anders zu sehen vermocht als eine heillose, zuchtlose Rotte von Sündern, und mit einem mönchischen Grauen und Entsetzen hat er zeitlebens Ärgernis genommen an der herrlich-unaufhaltsam aus tausend Quellen strömenden Lust unserer Welt. Welcher unbegreifliche Ratschluß Gottes, stöhnt Calvin immer wieder auf, seine Geschöpfe so unvollkommen und so unmoralisch erschaffen zu haben, ständig zum Laster geneigt, unfähig, das Göttliche zu erkennen, ungeduldig, sich an die Sünde zu verlieren! Ein Schauer faßt ihn jedesmal, wenn er seine Mitbrüder anblickt, und nie vielleicht hat ein großer Religionsstifter den Menschen in seiner Würde so erbärmlich tief hinabgestoßen; eine „bête indomptable et féroce", und ärger noch, „une ordure" nennt er ihn, und wörtlich schreibt er in seiner „Institution Chrétienne": „Blickt man den Menschen nur auf seine natürlichen Gaben hin an, so findet man an ihm vom Scheitel des Kopfes bis zur Sohle des Fußes nicht die geringste Lichtspur des Guten. Alles, was in ihm noch ein wenig lobenswert ist, kommt von der Gnade Gottes ... All unsere Gerechtigkeit ist Ungerechtigkeit, unser Verdienst Dreck, unser Ruhm Schande. Und die besten Dinge, die aus uns entstehen, sind noch immer verseucht und lasterhaft gemacht durch die Unreine des Fleisches und mit Schmutz vermengt."

Wer im philosophischen Sinne den Menschen als derart mißlungenes und mißratenes Machtwerk Gottes betrachtet, wird als Theologe und Politiker selbstverständlich nie zugeben, Gott hätte einem solchen Unwesen auch nur die geringste Art von Freiheit oder Selbständigkeit verstattet. Unbarmherzig muß darum ein so verderbtes und von seiner Lebensgier gefährdetes Geschöpf entmündigt werden, denn „wenn man den Menschen sich selbst überläßt, ist seine Seele einzig des Bösen fähig". Ein für allemal muß der Anmaßung des Adamsohnes das Rückgrat gebrochen werden, er hätte irgendein Recht, seine Beziehung zu Gott und zur irdischen Welt gemäß seiner Persönlichkeit zu gestalten, und je härter man diesen Eigenwillen bricht, je mehr man den Menschen subordiniert und zügelt, desto besser für ihn. Nur keine Freiheit, denn immer wird der Mensch sie mißbrauchen! Nur mit Gewalt ihn kleinmachen vor der Größe Gottes! Nur ihn ernüchtern von seiner Überhebung und verschüchtern, bis er sich widerspruchslos einfügt in die fromme, folgsame Herde, bis alles Außerordentliche spurlos in der allgemeinen Ordnung sich aufgelöst hat, das Individuum in der Masse!

Für diese drakonische Entrechtung der Persönlichkeit, für diese vandalische Ausplünderung des Individuums zugunsten der Gemeinschaft setzt Calvin eine besondere Methodik ein, die berühmte „discipline", die „Kirchenzucht". Und ein härterer Zaum zur Zügelung ist der Menschheit bis in unsere Tage kaum je aufgezwungen worden. Von der ersten Stunde an hürdet dieser geniale Organisator seine „Herde", seine „Gemeinde" in ein Stacheldrahtnetz von Paragraphen und Verboten ein – die sogenannten „Ordonnanzen" – und begründet gleichzeitig ein eigenes Amt, um die Durchführung seines Sittenterrors zu überwachen, das „Konsistorium", dessen Aufgabe zunächst höchst zweideutig damit definiert wird, „die Gemeinde zu überwachen, damit Gott rein verehrt werde". Aber nur scheinbar beschränkt sich die Einflußsphäre dieses Sitteninspektorats auf das religiöse Leben. Denn durch die völlige Verknüpfung des Weltlichen mit dem Weltanschaulichen in Calvins totalitärer Staatsauffassung fällt automatisch von nun ab auch die privateste Lebensäußerung unter die Kontrolle der Obrigkeit; ausdrücklich ist den Schergen des Konsistoriums, den „anciens", vorgeschrieben, „auf das Leben eines jeden achtzuhaben". Nichts darf ihrer Aufmerksamkeit entgehen, und nicht nur „das gesprochene Wort, sondern auch die Meinungen und Ansichten sind zu überwachen".

Selbstverständlich gibt es von dem Tage an, da eine solche Universalkontrolle in Genf eingesetzt wird, kein Privatleben mehr. Mit einem Sprunge hat Calvin die katholische Inquisition überholt, die immerhin erst auf Anzeigen oder Denunziationen ihre Spitzel und Späher aussandte. In Genf jedoch ist gemäß Calvins weltanschaulichem System, daß jeder Mensch ständig zum Bösen gewillt sei, jeder von vorneweg als sündeverdächtig angesehen, und jeder muß sich Überwachung gefallen lassen. Seit Calvins Rückkehr haben alle Häuser mit einemmal offene Türen, und alle Wände sind plötzlich aus Glas. In jedem Augenblick, bei Tag und bei Nacht kann der Klopfer hart an die Pforte schlagen und ein Mitglied der geistlichen Polizei zur „Visitation" erscheinen, ohne daß der Bürger ihm wehren könnte. Der Reichste wie der Ärmste, der Größte wie der Geringste muß mindestens einmal im Monat diesen professionellen Sittenschnüfflern ausführlich Rede stehen. Stundenlang – denn es heißt in den Ordonnanzen: „Man soll sich gute Zeit lassen, um die Untersuchung mit Muße vorzunehmen" – müssen sich weißhaarige, ehrenwerte, erprobte Männer wie Schulknaben prüfen lassen, ob sie die Gebete gut auswendig wissen oder warum sie etwa eine Predigt Calvins versäumt hätten. Aber mit solchem Katechisieren und Moralisieren ist die Visitation keineswegs beendet. Denn in alles mengt sich diese Moral-Tscheka ein. Sie fingert die Kleider der Frauen ab, ob sie nicht zu lang sind oder zu kurz, ob sie nicht überflüssige Rüschen enthalten oder gefährliche Ausschnitte, sie mustert das Haar, ob die Frisur nicht zu kunstvoll getürmt sei, und zählt an den Fingern die Ringe nach und die Schuhe im Schrank. Vom Toilettenraum geht es an den Küchentisch, ob nicht durch ein Süppchen oder ein Stück Fleisch das einzig verstattete Eingericht überschritten sei oder irgendwo Naschwerk und Marmelade verborgen. Und weiter wandert der fromme Polizist durch das Haus. Er greift in den Bücherschrank, ob sich nicht dort irgendein Buch ohne den erlauchten Zensurstempel des Konsistoriums befinde, er durchstöbert die Laden, ob nicht darin ein Heiligenbild oder ein Rosenkranz sich verstecke. Die

Dienstleute werden ausgefragt nach den Herren, die Kinder nach ihren Eltern. Gleichzeitig horcht er hinaus auf die Straße, ob nicht jemand dort ein profanes Lied singe oder Musik mache oder gar dem Teufelslaster des Frohsinns fröne. Denn ständige Treibjagd wird von nun an in Genf auf jede Form des Vergnügens abgehalten, auf jede „paillardise“, und wehe einem Bürger, der sich ertappen läßt, wenn er nach der Arbeit einmal zu einem Schluck Wein eine Taverne besuchen will oder gar am Würfel- oder Kartenspiel Gefallen findet! Tag für Tag geht diese Menschenjagd, und selbst am Sonntag halten die Sittenspione keine Rast. Da werden neuerdings alle Gassen abgegangen, und von Tür zu Tür wird geklopft, um festzustellen, ob nicht irgendein Fauler oder Lässiger vorgezogen habe, im Bett zu bleiben, statt sich an der Predigt des Herrn Calvin zu erbauen. In der Kirche stehen indessen schon wieder andere Aufpasser bereit, um jeden zu denunzieren, der das Gotteshaus zu spät betritt oder vorzeitig verlassen will. Allgegenwärtig und unermüdlich arbeiten diese amtlichen Sittenhüter; abends durchstreifen sie die dunklen Lauben am Rhoneufer, ob nicht irgendein sündiges Paar kleinen Zärtlichkeiten sich hingegeben, in den Gasthöfen durchwühlen sie die Betten und Koffer der Fremden. Sie öffnen jeden Brief, der von Genf kommt oder nach Genf wandert, und weit über die Stadtmauern hinaus reicht die wohlorganisierte Wachsamkeit des Konsistoriums. Im Reisewagen, im Boot, im Schiff, auf den ausländischen Märkten und in den nachbarlichen Gasthöfen, überall sitzen seine bezahlten Spione; jedes Wort, das irgendein Mißvergnügter in Lyon oder Paris gesagt, wird unfehlbar zurückgemeldet. Aber was diese an sich schon unerträgliche Überwachung noch unerträglicher macht, ist, daß jenen beamteten oder bezahlten Aufpassern sich bald unzählbare unberufene beigesellen. Denn überall, wo ein Staat seine Bürger in Terror hält, blüht die widerliche Pflanze der freiwilligen Angeberei. Wo es prinzipiell erlaubt und sogar erwünscht ist, daß man denunziert, werden sonst rechtliche Menschen aus Angst selber zuDenunzianten: nur um den Verdacht von sich abzulenken, sich „gegen die Ehre Gottes vergangen zu haben“, schielt und blickt jeder Bürger auf seinen Mitbürger hinüber. Der „zelo della paura“, der Eifer der Angst läuft allen Angebern noch ungeduldig voraus. Und nach einigen Jahren könnte eigentlich das Konsistorium schon jede Überwachung einstellen, denn alle Bürger sind zu freiwilligen Kontrolloren geworden. Tag und Nacht strömt die trübe Flut der Denunziation und hält das Mühlrad der geistlichen Inquisition in ständigem Gang.

Wie sich aber auch sicher fühlen unter solchem ständigen Sittenterror und keiner Übertretung des Gottesgebots schuldig, da von Calvin doch eigentlich alles verboten ist, was das Leben freudig und lebenswert macht? Verboten sind Theater, Belustigungen, Volksfeste, Tanz und Spiel in jeder Form; sogar ein so unschuldiger Sport wie der Eislauf erweckt Calvins gallige Mißgunst. Verboten jede andere als die nüchternste und fast mönchische Tracht, verboten also den Schneidern, ohne Erlaubnis des Magistrats neuartige Schnitte anzufertigen, verboten den Mädchen, vor dem Alter von fünfzehn Jahren Seidenroben und nach diesem Alter wieder Samtroben zu tragen, verboten Kleider mit Gold- und Silberstickerei, goldenen Tressen, Knöpfen und Spangen wie überhaupt jede Verwendung von Gold und Geschmeide. Verboten den Männern langgescheiteltes Haar, den Frauen jedes Aufkämmen und Kräuseln der Frisur, verboten Spitzenschauben, Handschuhe, Rüschen und geschlitzte Schuhe. Verboten, die Sänften und die voitures roulantes zu benützen. Verboten Familienfeste von mehr als zwanzig Personen, verboten, bei Taufen und Verlobungen mehr als eine bestimmte Anzahl von Gängen oder gar Süßigkeiten, wie etwa eingemachte Früchte, zu servieren. Verboten, anderen Wein zu trinken als den Rotwein des Landes, verboten das Zutrinken, verboten Wildbret, Geflügel und Pasteten.Verboten den Eheleuten, bei ihrer Hochzeit oder sechs Monate nachher einander Geschenke zu machen. Verboten selbstverständlich jeder außereheliche Verkehr; auch gegen Verlobte gilt keine Nachsicht. Verboten den Einheimischen, ein Wirtshaus zu betreten, verboten dem Wirt, einem Fremden Speise und Trank zu verabreichen, ehe er sein Gebet verrichtet, und außerdem ihm streng die Pflicht auferlegt, den Spion seiner Gäste zu machen, „diligemment" auf jedes verdächtige Wort oder Gehaben zu achten. Verboten, ein Buch drucken zu lassen ohne Erlaubnis, verboten, ins Ausland zu schreiben, verboten die Kunst in allen ihren Formen, verboten Heiligenbilder und Skulpturen, verboten die Musik. Selbst bei dem frommen Psalmengesang befehlen die Ordonnanzen, „mit Sorgfalt darauf zu achten“, daß die Aufmerksamkeit sich nicht auf die Melodie richte, sondern auf den Geist und den Sinn der Worte, denn „nur im lebendigen Wort soll Gott gepriesen werden“. Nicht einmal die freie Wahl des Taufnamens wird von nun ab den einstmals freien Bürgern für ihre Kinder verstattet. Verboten werden die seit Jahrhunderten vertrauten Namen Claude oder Amade, weil sie nicht in der Bibel stehen, und dafür biblische wie Isaak und Adam aufgezwungen. Verboten wird, das Vaterunser lateinisch zu beten, verboten die Feier der Festtage Ostern und Weihnachten, verboten alles, was festlich die graue Nüchternheit des Daseins unterbricht, verboten selbstverständlich jeder Schatten und Schimmer einer geistigen Freiheit im gedruckten oder gesprochenen Wort. Und verboten – als Hauptverbrechen aller Verbrechen – jede Kritik an Calvins Diktatur: Ausdrücklich wird unter Trommelschall gewarnt, „anders als in Gegenwart des Rates über öffentliche Angelegenheiten zu reden“.

Verboten, verboten, verboten: ein schauerlicher Rhythmus. Und bestürzt fragt man sich: was ist dem Genfer Bürger nach so vielen Verboten noch erlaubt? Nicht viel. Erlaubt ist, zu leben und zu sterben, zu arbeiten und zu gehorchen und in die Kirche zu gehen. Oder vielmehr, dies letztere ist nicht nur erlaubt, sondern gesetzlich unter strengster Strafe anbefohlen. Denn wehe dem Bürger, welcher versäumt, die Predigten seines Sprengels zu hören, zwei des Sonntags, drei in der Woche, und die Erbauungsstunde für die Kinder! Nicht einmal am Tag des Herrn wird das Joch des Zwanges gelockert, unerbittlich geht der Kreisgang der Pflicht, der Pflicht, der Pflicht. Nach dem harten Dienst um das tägliche Brot der Dienst an Gott, die Woche für die Arbeit, der Sonntag für die Kirche; so und nur so kann Satan in dem Menschen abgetötet werden und freilich damit auch jede Freiheit und Freude des Lebens.

Wie aber konnte, fragt man sich verwundert, eine republikanische Stadt, die jahrzehntelang in helvetischer Freiheit gelebt, eine solche savonarolische Diktatur ertragen, wie ein bislang südländisch heiteres Volk eine derartige Abwürgung der Lebensfreude? Wie vermochte ein einziger intellektueller Asket die Daseinsfreude von Tausenden und Tausenden so völlig zu vergewaltigen? Calvins Geheimnis ist kein neues, sondern nur das ewig alte aller Diktaturen: der Terror. Man täusche sich nicht. Gewalt, die vor nichts zurückschreckt und jeder Humanität als einer Schwäche spottet, ist eine ungeheure Kraft. Ein systematisch ersonnener, ein despotisch ausgeübter Staatsterror lähmt den Willen des einzelnen, er löst und unterhöhlt jede Gemeinschaft. Wie eine zehrende Krankheit frißt er sich in die Seelen ein, und – dies sein letztes Geheimnis – bald wird die allgemeine Feigheit ihm Helfer und Hehler, denn weil jeder sich verdächtigt fühlt, verdächtigt er den andern, und aus Angst laufen die Ängstlichen den Befehlen und Verboten ihres Tyrannen sogar noch eilfertig voraus. Immer vermag ein organisiertes Schreckensregiment Wunder zu vollbringen, und wenn es um seine Autorität ging, hat Calvin niemals gezögert, dies Wunder immer wieder wahr zu machen; an Unerbittlichkeit hat ihn kaum irgendein geistiger Despot überboten, und es entschuldigt seine Härte nicht, daß sie – wie alle Eigenschaften Calvins – eigentlich nur ein Produkt seiner Ideologie war. Gewiß hat persönlich dieser Geistmensch, dieser Nervenmensch, dieser Intellektuelle den äußersten Abscheu vor Blut gehabt, und unfähig wie er selbst gesteht –, Grausamkeit zu ertragen, wäre er nie imstande gewesen, nur einer einzigen der in Genf geübten Marterungen oder Verbrennungen beizuwohnen. Aber dies ist ja allemal die schlimmste Schuld der Theoretiker, daß dieselben, die selbst nicht die Nervenkraft aufbringen, einer einzigen Hinrichtung zuzusehen oder sie gar zu vollziehen – nochmals: Typus Robespierre –, unbedenklich Hunderte solcher Urteile anbefehlen werden, sobald sie sich von ihrer „Idee“, ihrer Theorie, ihrem System innerlich gedeckt fühlen. Hart zu sein und mitleidlos gegen jeden „Sünder“, betrachtete Calvin als oberste Satzung in seinem System, und dieses System restlos durchzuführen, wieder weltanschaulich als einen ihm von Gott auferlegten Dienst; somit hielt er es nur für seine Pflicht, sich gegen seine eigentliche Natur zur Unerbittlichkeit zu erziehen, sie mit Zucht systematisch zur Grausamkeit zu härten; er „übt“ sich in Unnachsichtigkeit wie in einer hohen Kunst: „Ich übe mich in meiner Strenge zur Bekämpfung der allgemeinen Laster.“ Freilich, furchtbar gut ist diesem ehernen Willensmenschen diese Selbstdisziplinierung zur Ungute gelungen. Offen bekennt er, daß er es lieber sehen würde, wenn ein Unschuldiger Strafe erleide, als daß ein einziger Schuldiger dem göttlichen Gericht entzogen werde, und als einmal eine der vielen Hinrichtungen durch die Ungeschicklichkeit des Henkers zur ungewollten Tortur verlängert wird, schreibt Calvin entschuldigend an Farel. „Es ist gewiß nicht ohne Gottes besonderen Willen geschehen, daß die Verurteilten eine solche Verlängerung der Qualen erleiden mußten.“ Besser zu hart als zu milde, wenn es „Gottes Ehre“ gilt, argumentiert Calvin. Nur durch fortwährende Bestrafung kann eine moralische Menschheit entstehen.

Unschwer auszudenken, wie mörderisch eine solche These vom unerbittlichen Christus, von einem unablässig „in seiner Ehre zu schützenden“ Gott sich in einer noch mittelalterlichen Welt in Tat umsetzten mußte. Gleich in den ersten fünf Jahren von Calvins Herrschaft werden in der verhältnismäßig kleinen Stadt dreizehn Menschen gehenkt, zehn geköpft, fünfunddreißig verbrannt, außerdem sechsundsiebzig Personen von Haus und Hof gejagt, die vielen nicht eingerechnet, welche rechtzeitig dem Terror entflohen sind. So überfüllt sind bald alle Kerker in dem „neuen Jerusalem“, daß der Stockmeister dem Magistrate mitteilen muß, er könne keine weiteren Gefangenen mehr übernehmen. Derart gräßliche Martern werden nicht nur gegen Verurteilte, sondern auch gegen bloß Verdächtige angewandt, daß die Beschuldigten vorziehen, sich lieber selbst zu entleiben, als sich in die Folterstube schleifen zu lassen; schließlich muß der Rat sogar die Verfügung erlassen, die Gefangenen seien bei Tag und Nacht mit Handschellen zu versehen, „um Vorfälle solcher Art zu verhindern“. Nie aber vernimmt man ein Wort Calvins, solche Gräßlichkeiten abzustellen; im Gegenteil, auf sein ausdrückliches Anraten wird neben der Daumenschraube und dem Streckseil noch das Chauffement des pieds, die Röstung der Fußsohlen, bei der peinlichen Befragung eingeführt. Furchtbar ist der Preis, den die Stadt für die „Ordnung“ und „Zucht“ bezahlt, denn nie hat Genf so viele

Bluturteile, Strafen, Foltern und Exile gekannt, als seitdem dort Calvin im Namen Gottes herrscht. Mit Recht nennt Balzac darum den religiösen Terror Calvins noch schauervoller als alle Blutorgien der Französischen Revolution. „Die wütende religiöse Intoleranz Calvins war moralisch geschlossener und unbarmherziger als die politische Intoleranz Robespierres, und wäre ihm ein weiterer Wirkungsraum als Genf gegeben gewesen, so hätte Calvin noch mehr Blut vergossen als der furchtbare Apostel der politischen Gleichheit."

Dennoch waren es aber nicht so sehr diese barbarischen Bluturteile, mit denen Calvin das Freiheitsgefühl der Genfer zerbrochen hat; die eigentliche Zermürbungsarbeit besorgten die systematischen Plackereien und täglichen Einschüchterungen. Auf den ersten Blick scheint es vielleicht lachhaft, in was für Nichtigkeiten Calvins „discipline" sich einmengt. Aber man unterschätze nicht die Raffiniertheit dieser Methode. Mit Absicht hat Calvin das Netz der Verbote so engmaschig und kleinmaschig gewoben, daß ein Durchschlüpfen und Freibleiben eigentlich unmöglich ist: mit Absicht häuft er die Verbote gerade in Kleinigkeiten und Kleinlichkeiten, damit jeder einzelne sich ununterbrochen schuldig fühle und ein Permanenzzustand der Angst vor der allmächtigen, allwissenden Autorität entstehe. Denn je mehr Fußangeln man rechts und links dem Menschen auf den täglichen Weg legt, desto schwerer wird es für ihn, frei und aufrecht auszuschreiten, und bald ist es in Genf unmöglich, sich sicher zu fühlen, da das Konsistorium doch eigentlich jeden unbekümmerten Atemzug als Sünde erklärt. Man blättere nur in der Liste der Ratsprotokolle, um die Raffiniertheit der Einschüchterungsmethode zu begreifen. Ein Bürger hat bei einem Taufakt gelächelt: drei Tage Gefängnis. Ein anderer ist, von der Sommerhitze ermüdet, bei der Predigt eingeschlafen: Gefängnis. Arbeiter haben zum Frühstück Pasteten gegessen: drei Tage bei Wasser und Brot. Zwei Bürger haben Kegel geschoben: Gefängnis. Zwei andere um ein Viertel Wein gewürfelt: Gefängnis. Ein Mann hat sich geweigert, seinen Sohn auf den Namen Abraham taufen zu lassen: Gefängnis. Ein blinder Geiger hat zum Tanz aufgespielt: aus der Stadt verwiesen. Ein anderer Castellios Bibelübersetzung gelobt: aus der Stadt verwiesen. Ein Mädchen wurde beim Eislaufen betreten, eine Frau hat sich auf das Grab ihres Mannes hingeworfen, ein Bürger hat während des Gottesdienstes seinem Nachbarn eine Prise Tabak angeboten: Vorladung vor das Konsistorium, Vermahnung und Buße. Und weiter und weiter ohne Ende und Pause. Lustige Leute haben am Dreikönigstag sich eine Bohne in den Kuchen getan: vierundzwanzig Stunden bei Wasser und Brot. Ein Bürger hat „Monsieur" Calvin gesagt statt „Maître" Calvin, ein paar Bauern nach uraltem Brauch nach dem Kirchgang über Geschäfte gesprochen: Gefängnis, Gefängnis, Gefängnis! Ein Mann hat Karten gespielt: an den Pranger gestellt, die Karten um den Hals. Ein anderer hat auf der Straße übermütig gesungen: angewiesen, „draußen zu singen", das heißt aus der Stadt verbannt. Zwei Schifferknechte haben gerauft, ohne dabei jemanden zu töten: hingerichtet. Drei unmündige Knaben, die untereinander Unanständigkeiten begingen, erst zum Feuertod verurteilt, dann begnadigt, öffentlich vor dem brennenden Scheiterhaufen zu stehen. Am grimmigsten wird natürlich jede Regung gegen die staatliche und geistliche Unfehlbarkeit Calvins bestraft. Ein Mann, der gegen die Prädestinationslehre Calvins öffentlich gesprochen, wird an allen Kreuzwegen der Stadt bis aufs Blut gegeißelt, dann verbannt. Einem Buchdrucker, der Calvin in der Trunkenheit beschimpft, die Zunge mit glühendem Eisen durchbohrt, ehe man ihn aus der Stadt jagt; Jacques Gruet, nur weil er Calvin einen Heuchler genannt, gefoltert und hingerichtet. Jedes Vergehen, auch das nichtigste, wird überdies sorgfältig in den Akten des Konsistoriums vermerkt, so daß das Privatleben jedes einzelnen Bürgers ständig in Evidenz gehalten bleibt; Calvins Sittenpolizei kennt ebensowenig wie er selbst ein Vergessen oder Vergeben.

Unvermeidlich, daß ein solcher ewig wachsamer Terror schließlich dem einzelnen wie der Masse die innere Würde und Kraft zerbrechen mußte. Wenn in einem Staatswesen jeder Bürger unablässig gewärtig sein muß, befragt, untersucht, verurteilt zu werden, wenn er ständig unsichtbare Späherblicke auf jede seiner Handlungen und jedes Wort gerichtet weiß, wenn unerwartet bei Tag und bei Nacht sich die Haustüre zu schlagartigen „Visitationen" öffnen kann, dann lockern sich allmählich die Nerven, eine Massenangst entsteht, der auch die Mutigsten durch Ansteckung allmählich erliegen. Jeder Selbstbehauptungswille mußte in so vergeblichem Kampfe schließlich erlahmen, und dank seinem Zuchtsystem, dank dieser „discipline" ist die Stadt Genf wirklich bald genau so geworden, wie Calvin sie wollte: gottesfürchtig, schüchtern und nüchtern und ohne Widerstand willig Untertan einem einzigen Willen: dem seinen.

Ein paar Jahre dieser Disziplin, und Genf beginnt sich zu verändern. Wie ein grauer Schleier liegt es über der einstmals freien und fröhlichen Stadt. Die bunten Gewänder sind verschwunden, die Farben erloschen, keine Glocken klingen mehr von den Türmen, keine muntern Lieder mehr in der Straße, kahl und schmucklos wie eine calvinistische Kirche wird jedes Haus. Die Gasthöfe veröden, seit die Fiedel nicht mehr zum Tanz aufspielt, seit nicht mehr lustig die Kegel in den Schuppen kollern, nicht mehr beinern und leicht die Würfel auf dem Tische scheppern. Die Tanzplätze bleiben leer, die dunklen Alleen, wo sonst die verliebten Paare sich fanden, verlassen; nur der nackte Raum der Kirche sammelt sonntags die Menschen zu ernster und schweigsamer Gemeinschaft. Ein anderes, strenges und moroses Antlitz hat die Stadt bekommen, das Antlitz Calvins, und allmählich nehmen alle ihre Bewohner aus Angst oder in unbewußter Anpassung seine steife Haltung, seine finstere Verschlossenheit an. Sie schreiten nicht mehr leicht und locker dahin, ihre Blicke wagen nicht mehr, Wärme zu zeigen, aus Furcht, Herzlichkeit könnte für Sinnlichkeit gehalten werden. Sie verlernen, unbefangen zu sein, aus Scheu vor dem finsteren Manne, der selbst niemals Frohsinn zeigt. Sogar im engsten Kreise haben sie sich angewöhnt zu flüstern, statt zu sprechen, denn hinter den Türen könnten Knechte und Mägde lauschen, überall spürt ihre schon chronisch gewordene Angst unsichtbare Schleicher und Horcher im Nacken. Nur sich unscheinbar machen! Nur nicht auffallen, weder durch Kleidung noch durch ein übereiltes Wort noch durch muntere Miene! Nur sich nicht verdächtig machen, nur sich vergessen lassen! Am liebsten bleiben die Genfer zu Hause, da schützt bis zu einem gewissen Grade immerhin noch der Riegel und die Wand vor Einblick und Verdacht. Aber sofort schrecken sie scheu vom Fenster zurück und werden blaß, wenn sie zufällig einen von den Leuten des Konsistoriums die Straße entlang kommen sehen; wer weiß, was der Nachbar über sie gemeldet oder über sie gesagt hat? Müssen sie dann die Straße betreten, so schleichen sie mit gesenktem Blick stumm und still in ihren dunklen Mänteln, als ob sie zur Predigt gingen oder zu einem Begräbnis. Selbst die Kinder, aufwachsend in dieser neuen strengen Zucht und kräftig eingeschüchtert in den „Erbauungsstunden", spielen nicht mehr übermütig und laut, auch sie ducken sich schon wie in Furcht vor einem unsichtbaren Schlag; unfrisch und scheu wachsen sie heran wie Blumen, die nicht in der Sonne, sondern im kalten Schatten ihre arme Blüte haben. Regelmäßig wie ein Uhrwerk, niemals unterbrochen von Festtagen und Feiertagen, geht im tristen und kalten Tick und Tack der Rhythmus dieser Stadt, eintönig, ordnungshaft und verläßlich. Wer neu und fremd durch die Straßen kommt, müßte glauben, die Stadt hielte Trauer, so düster und kalt blicken die Menschen, so stumm und freudlos sind die Gassen, so festlos und bedrückt ist die geistige Atmosphäre. Die Zucht freilich und die Disziplin, sie ist wunderbar; aber dieses strenge Maßhalten und Mäßigsein, das Calvin der Stadt aufgezwungen, ist erkauft mit unermeßlichem Verlust an all den heiligen Kräften, die immer nur aus Übermaß und Überschwang entstehen. Und wenn diese Stadt auch eine Unzahl frommer, gottesfürchtiger Bürger, fleißiger Theologen und ernster Gelehrter ihr eigen nennen wird, so erschafft doch noch zwei Jahrhunderte nach Calvin Genf keinen einzigen Maler, keinen Musiker, keinen Künstler von Weltruf mehr. Das Außerordentliche ist aufgeopfert dem Ordentlichen, die schöpferische Freiheit der widerspruchslosen Servilität. Und als endlich dann wieder ein Künstler in dieser Stadt geboren wird, so wird sein ganzes Leben eine einzige Revolte sein gegen die Vergewaltigung der Persönlichkeit; erst in seinem unabhängigsten Bürger, in Jean Jacques Rousseau, wird Genf sich völlig befreien von Calvin.

Castellio tritt auf

Einen Diktator fürchten heißt noch keineswegs ihn lieben, und wer einem Terror sich äußerlich unterwirft, erkennt darum noch lange nicht seine Berechtigung an. Freilich: in den ersten Monaten nach seiner Rückkehr ist die Bewunderung für Calvin bei Bürgern und Behörden noch einhellig. Alle Parteien scheinen zu ihm zu stehen, seit es nur eine Partei gibt, und die meisten geben sich zunächst begeistert dem Rausch der Vereinheitlichung hin. Aber bald beginnt die Ernüchterung. Denn selbstverständlich hatten alle, die Calvin zur Ordnung herangerufen, heimlich gehofft, dieser grimmige Diktator werde, sobald die „discipline“ gesichert sei, in seinem übermoralischen Drakonismus nachlassen. Statt dessen sehen sie von Tag zu Tag die Zügel straffer gespannt, kein Wort des Dankes hören sie jemals für ihre ungeheuren Opfer an persönlicher Freiheit und Freudigkeit, mit Erbitterung müssen sie von der Kanzel Worte vernehmen wie etwa: daß ein Galgen notwendig wäre zum Aufknüpfen von sieben- oder achthundert jungen Genfern, um endlich wirkliche Sitte und Zucht in dieser verrotteten Stadt einzuführen, jetzt erst gewahren sie, daß sie sich statt eines Seelenarztes, den sie erbeten, einen Kerkermeister ihrer Freiheit in die Mauern gerufen, und die immer härteren Zwangsmaßnahmen werden schließlich auch seinen treuesten Anhängern zum Ärgernis.

Nur wenige Monate also und schon besteht in Genf neuerdings Unzufriedenheit mit Calvin: von der Ferne, als Wunschbild wirkte seine „discipline“ bedeutend verführerischer als in ihrer herrischen Gegenwart. Nun blassen die romantischen Farben, und die gestern noch jubelten, beginnen leise zu stöhnen. Jedesmal aber ist ein sichtbarer und allbegreiflicher Anlaß nötig, um den persönlichen Nimbus eines Diktators zu erschüttern, und dieser Anlaß stellt sich bald ein. Zum erstenmal beginnen die Genfer an der menschlichen Unfehlbarkeit des Konsistoriums während jener furchtbaren Pestepidemie zu zweifeln, die drei Jahre lang (von 1542 bis 1545) in der Stadt wütet. Denn dieselben Prediger, die sonst unter Androhung strengster Bestrafung fordern, jeder Kranke müsse innerhalb dreier Tage den Geistlichen an sein Bett rufen, lassen, seit einer von ihnen der Ansteckung erlegen ist, die Kranken im Pesthospital ohne geistlichen Trost hinsiechen und sterben. Flehentlich bittet der Magistrat, wenigstens ein Mitglied des Konsistoriums möge sich bereit finden, „die armen Kranken im Pesthospital aufzurichten und zu trösten“. Kein einziger aber meldet sich außer dem Rektor der Schule, Castellio, der aber mit dem Auftrag nicht betraut wird, weil er nicht Mitglied des Konsistoriums ist. Calvin selbst läßt sich von seinen Kollegen als „unentbehrlich“ erklären und gesteht offen, „es ginge nicht an, die ganze Kirche im Stich zu lassen, um einem Teil zu helfen“. Aber auch die andern Prediger, die keine so entscheidende Mission zu verteidigen haben, verstecken sich beharrlich im Hinterland der Gefahr. Vergebens bleiben alle Beschwörungen des Rates an die furchtsamen Seelenhirten: einer erklärt sogar frank und frei, „sie würden lieber zur Galgenstätte gehen als ins Pesthospital“, und am 5. Januar 1543 erlebt Genf die erstaunliche Szene, daß sämtliche reformierte Prediger der Stadt, an ihrer Spitze Calvin, in der Ratsversammlung erscheinen, um dort öffentlich das beschämende Geständnis abzulegen, keiner von ihnen habe den Mut, das Pesthospital zu betreten, obzwar sie wüßten, daß es ihres Amtes wäre, in guten und in schlimmen Tagen Gott und seiner heiligen Kirche zu dienen.

Nun wirkt nichts auf ein Volk überzeugender als persönlicher Mut seiner Führer. In Marseille, in Wien und vielen andern Städten wird noch nach Hunderten Jahren das Andenken jener heroischen Priester gefeiert, die während der großen Epidemien Tröstung in die Siechenhäuser brachten. Solches Heldentum vergißt ein Volk seinen Führern niemals, noch weniger aber ihre persönliche Mattherzigkeit in entscheidender Stunde. Mit grimmigem Hohn beobachten und bespötteln jetzt die Genfer, daß dieselben Pfarrer, die von der Kanzel herab pathetisch die größten Opfer forderten, selbst nicht zu dem geringsten bereit sind, und es bleibt vergeblich, daß man, um die allgemeine Erbitterung abzulenken, ein infames Schauspiel erfindet. Auf Befehl des Rates werden nämlich einige Hungerleider angepackt und in der gräßlichsten Weise so lange gefoltert, bis sie eingestehen, sie hätten durch das Beschmieren der Türklinken mit einer aus den Exkrementen des Teufels bereiteten Salbe die Pest in die Stadt gebracht. Statt daß nun Calvin als Humanist solchem Altweibergeschwätz verächtlich entgegentritt, bekennt dieser immer rückwärts gewandte Geist sich als überzeugter Verfechter des mittelalterlichen Wahns. Noch mehr aber als seine öffentlich ausgesprochene Überzeugung, daß den „semeurs de peste“ recht geschehen sei, schadet ihm seine Behauptung von der Kanzel herab, daß ein Mann wegen Gottlosigkeit am hellichten Tage vom Teufel aus seinem Bett geholt und in die Rhône geworfen worden sei; zum erstenmal muß Calvin erleben, daß manche seiner Zuhörer sich gar nicht bemühen, ihren Spott über solche Abergläubigkeit zu verbergen.

Jedenfalls: ein Gutteil jenes Unfehlbarkeitsglaubens, der für jeden Diktator ein unentbehrliches psychologisches Machtelement bedeutet, ist während der Pestepidemie zerstört worden. Unverkennbare Ernüchterung setzt ein: heftiger und in immer weiteren Kreisen verbreitet sich der Widerstand. Aber zum Glück für Calvin verbreitet er sich nur und sammelt sich nicht. Denn darin liegt ja allezeit der zeitliche Vorteil einer Diktatur und sichert ihr auch dann noch die Herrschaft, wenn sie sich längst schon zahlenmäßig in der Minorität befindet, daß ihr militarisierter Wille einheitlich geschlossen und organisiert in Erscheinung tritt, während der Gegenwille, von verschiedenen Seiten kommend und aus verschiedenen Motiven wirkend, sich nie oder erst spät zu wirklicher Stoßkraft zusammenschließt. Es nützt nichts, wenn viele und noch so viele eines Volkes innerlich gegen eine Diktatur stehen, solange diese vielen nicht in einem einheitlichen Plan und in einer geschlossenen Struktur zusammenwirken. Darum ist meist von der ersten Erschütterung der Autorität eines Diktators bis zu seinem Sturz noch ein weiter und langwieriger Weg. Calvin, sein Konsistorium, seine Prediger und sein emigrantischer Anhang stellen einen einzigen Block Willen, eine geschlossene, zielsichere Kraft dar; seine Widersacher dagegen rekrutieren sich ohne Zusammenhang aus allen möglichen Sphären und Klassen. Da sind einerseits die früheren Katholiken, die heimlich noch ihrem alten Glauben anhängen, neben ihnen aber auch die Weintrinker, denen man das Wirtshaus gesperrt hat, und die Frauen, die sich nicht aufputzen dürfen, und dann wieder die alten Genfer Patrizier, die erbittert sind über die neugebackenen Habenichtse, die, kaum aus der Emigration aufgenommen, sich in alle Ämter einnisten einerseits aus den edelsten und anderseits aus den erbärmlichsten Elementen setzt sich diese zahlenmäßig starke Opposition zusammen; solange aber Mißvergnügtheiten sich nicht an eine Idee binden, bleiben sie machtloses Gemurre, eine bloß latente Kraft statt einer wirksamen. Nie kann eine zusammengeschneite Rotte gegen eine militarisierte Armee, nie eine unorganisierte Unzufriedenheit gegen einen organisierten Terror aufkommen. Darum wird es in den ersten Jahren für Calvin ein leichtes sein, diese zersprengten Gruppen zu zügeln, weil sie ihm niemals als Ganzheit entgegentreten und er bald die eine, bald die andere mit einem Seitenhieb erledigen kann.

Wirklich gefährlich wird dem Träger einer Idee immer nur der Mensch, der ihm einen andern Gedanken entgegensetzt, und dies hat Calvin mit seinem klaren und mißtrauischen Blick sofort erkannt. Denn von der ersten bis zur letzten Stunde hat er von all seinen Widersachern keinen mehr gefürchtet als den einzigen, der ihm geistig und moralisch ebenbürtig war und der mit der ganzen Leidenschaft eines freien Gewissens sich auflehnte gegen seine geistige Tyrannei: Sebastian Castellio.

Nur ein einziges Bildnis Castellios ist uns verblieben und leider ein mittelmäßiges. Es zeigt ein durchaus geistiges und ernstes Antlitz mit freimütigen, man möchte sagen wahrhaften Augen unter einer hohen, freien Stirn: mehr sagt es physiognomisch nicht aus. Es ist kein Bild, das in die Tiefe eines Charakters blicken läßt, aber dem wesentlichsten Zug dieses Mannes macht es immerhin unmißverständlich kund: seine innere Sicherheit und Gleichgewichtigkeit. Legt man die Bilder der beiden Gegner Calvin und Castellio nebeneinander, so wird der Gegensatz, der sich später so entscheidend im Geistigen ausdrückt, schon im Sinnlichen klar: Calvins Gesicht ganz Gespanntheit, eine krampfhaft und krankhaft zusammengefaßte Energie, die ungeduldig und ungebärdig sich entladen will, Castellios Antlitz milde und voll wartender Gelassenheit. Ganz Feuer des einen Blick, ganz dunkel ruhig der des andern, die Ungeduld gegen die Geduld, der sprunghafte Eifer gegen die beharrende Entschlossenheit, der Fanatismus gegen die Humanität.

Fast ebensowenig wie von seinem Äußeren wissen wir von Castellios Jugend. 1515, sechs Jahre später als Calvin, ist er im Grenzland zwischen der Schweiz, Frankreich und Savoyen geboren. Seine Familie hat sich Chatillon oder Chataillon, vielleicht auch unter der savoyischen Herrschaft zeitweise Castellione oder Castiglione genannt, aber seine Muttersprache dürfte nicht die italienische, sondern die französische gewesen sein. Bald wird freilich seine eigentliche Sprache das Latein, denn mit zwanzig Jahren taucht Castellio als Student an der Universität von Lyon auf und erobert sich dort zur Kenntnis der französischen und italienischen Sprache noch die absolute Meisterschaft in der lateinischen, griechischen und hebräischen. Später lernt er noch Deutsch dazu, und auch auf allen andern Wissensgebieten erweisen sich sein Eifer und seine Kenntnisse als so überragend, daß die Humanisten und die Theologen ihn einhellig den gelehrtesten Männern der Zeit beigezählt haben. Anfänglich sind es die musischen Künste, die den jungen Studenten verlocken, der sich tapfer und ärmlichst mit Unterrichtsstunden sein Brot erwirbt; eine Reihe lateinischer Gedichte und Schriften entstehen. Aber bald ergreift ihn eine stärkere Leidenschaft als die zu abgelebten Vergangenheiten: mächtig fühlt er sich angefaßt von den neuen Problemen der Zeit. Der klassische Humanismus hat, wenn wir ihn historisch betrachten, eigentlich nur eine ganz kurze und glorreiche Blüte gehabt, die wenigen Jahrzehnte zwischen den großen Weltzeiten der Renaissance und Reformation. Nur diesen einen Augenblick lang erhofft die Jugend von der Erneuerung der Klassiker, von der systematischen Bildung die Erlösung der Welt; bald jedoch scheint es den Leidenschaftlichsten, den Besten dieser Generation nur mehr Greisenarbeit und niederer Kärrnerdienst, aus alten Pergamenten den Cicero und Thukydides neu und neu zu bearbeiten, während schon wie ein Waldbrand von Deutschland her eine religiöse Revolution Millionen von Seelen ergreift. Bald wird an allen Universitäten mehr über die alte und neue Kirche disputiert als über Plato und Aristoteles, statt der Pandekten durchforschen Professoren und Studenten die Bibel; wie in späteren Zeiten die politische, die nationale oder die soziale Welle, so ergreift im sechzehnten Jahrhundert die ganze Jugend Europas eine unaufhaltsame Leidenschaft, mitzudenken, mitzureden, mitzuhelfen an den religiösen Ideen der Zeit. Auch Castellio wird von ihr erfaßt, und entscheidend wird für seine humane Natur ein persönliches Erlebnis. Als er in Lyon zum erstenmal einer Verbrennung von Ketzern beiwohnt, erschüttert ihn einerseits die Grausamkeit der Inquisition und anderseits die mutige Haltung der Opfer bis hinab in die letzte Tiefe der Seele. Von diesem Tage an ist er entschlossen, für die neue Lehre, in der er Freiheit und Befreiung sieht, zu leben und zu kämpfen.

Selbstverständlich ist von dem Augenblick an, da der Fünfundzwanzigjährige sich innerlich für die Reformation entschieden hat, sein Leben in Frankreich gefährdet. Wo immer ein Staat oder ein System die Bekenntnisfreiheit gewaltsam unterdrückt, gibt es für diejenigen, die sich der Vergewaltigung ihres Gewissens nicht unterwerfen wollen, nur drei Wege: man kann den staatlichen Terror offen bekämpfen und zum Märtyrer werden; diesen allerkühnsten Weg des offenen Widerstands wählen Berquin und Etienne Dolet, freilich ihre Auflehnung auf dem Scheiterhaufen büßend. Oder man kann, um die innere Freiheit und zugleich auch sein Leben zu wahren, sich scheinbar unterwerfen und seine eigentliche Meinung tarnen – dies die Technik des Erasmus und Rabelais, welche äußerlich Frieden halten mit Kirche und Staat, um, in den Gelehrtenmantel gehüllt oder von der Schalksnarrenkappe gedeckt, von rücklings die giftigen Pfeile abzuschießen, der Gewalt mit Gewandtheit ausweichend, die Brutalität auf odysseische Art mit List betrügend. Als dritter Ausweg bleibt die Emigration: der Versuch, die innere Freiheit aus dem Lande, wo sie verfolgt und geächtet ist, mit sich heil hinauszutragen auf eine andere Erde, wo sie ungehindert atmen darf. Castellio, eine gerade, aber zugleich weiche Natur, wählt wie Calvin diesen friedlichsten Weg. Im Frühjahr 1540, kurz nachdem er in Lyon gepeinigten Herzens die Verbrennung der ersten evangelischen Märtyrer mitangesehen, verläßt er seine Heimat, um von nun an Bote und Mittler der evangelischen Lehre zu werden.

Castellio wendet sich nach Straßburg, und zwar, wie die meisten dieser religiösen Emigranten „propter Calvinum“, um Calvins willen. Denn seit dieser Mann in der Vorrede zur „Institutio" so kühn Toleranz und Glaubensfreiheit von Franz I. gefordert, gilt er, obwohl selber noch jung, der ganzen französischen Jugend als Herold und Bannerträger der evangelischen Lehre. Von ihm hoffen alle diese Flüchtlinge der gleichen Verfolgung zu lernen, von ihm, der Forderungen auszusprechen und Ziele zu setzen weiß, eine Lebensaufgabe zu erhalten. Als Schüler und begeisterter Schüler – denn noch sieht die freiheitliche Natur Castellios in Calvin den Vertreter der geistigen Freiheit – begibt sich Castellio sofort in sein Haus und wohnt eine Woche lang in der studentischen Herberge, die Calvins Frau für diese künftigen Missionäre der neuen Lehre in Straßburg eingerichtet hat. Jedoch zu den erhofften näheren Beziehungen will es zunächst nicht kommen, denn schon kurz darauf wird Calvin zu den Konzilen von Worms und Hagenau abberufen. Die Gelegenheit der ersten Bindung ist versäumt. Daß aber der damals vierundzwanzigjährige Castellio schon entscheidenden Eindruck gemacht hat, erweist sich bald. Denn kaum ist die endgültige Rückberufung Calvins nach Genf gesichert, so wird auf Vorschlag Farels und zweifellos mit Zustimmung Calvins der blutjunge Gelehrte als Lehrer an die Schule von Genf berufen. Ausdrücklich wird ihm der Titel eines Rektors verliehen, zwei Hilfslehrer werden ihm unterstellt und überdies die erwünschte Verpflichtung auferlegt, in Vandœuvres, einem Sprengel von Genf, in der Kirche zu predigen.

Castellio rechtfertigt vollauf dieses Vertrauen, und seine Lehrtätigkeit bringt ihm überdies einen besonderen literarischen Erfolg. Denn um den Schülern die Erlernung des Lateins anregender zu machen, überträgt Castellio die plastischesten Episoden aus dem Alten und Neuen Testament in lateinische Dialogform. Bald wird das kleine Buch, das zunächst nur als Eselsbrücke für die Genfer Kinder gedacht war, ein weltbekanntes, in seiner literarischen und pädagogischen Auswirkung vielleicht nur den Kolloquien des Erasmus vergleichbar. Und noch nach Jahrhunderten wird das kleine Büchlein nachgedruckt, nicht weniger als siebenundvierzig Ausgaben sind davon erschienen, Hunderttausende von Schülern haben daraus die Grundlagen ihres klassischen Lateins gelernt. Und wenn im Sinne seines humanistischen Strebens auch nur ein

Nebenwerk und Zufallswerk, so ist diese lateinische Fibel doch das erste Buch gewesen, durch das Castellio in den geistigen Vordergrund der Zeit getreten ist.

Aber Castellios Ehrgeiz geht auf höhere Ziele, als Schulkindern ein gefälliges und nützliches Handbuch zu schreiben. Nicht dazu hat er dem Humanismus abgesagt, um seine Kraft und Gelehrsamkeit in Kleinarbeiten zu verzetteln. Dieser junge, idealistische Mensch trägt in sich einen hohen Plan, der gewissermaßen die gewaltige Tat des Erasmus und diejenige Luthers in einem wiederholen und übertreffen soll: nichts Geringeres plant er, als die ganze Bibel noch einmal ins Lateinische und noch einmal ins Französische zu übertragen. Auch sein Volk, das französische, soll die ganze Wahrheit haben, wie durch Erasmus' und Luthers schöpferischen Willen die humanistische und die deutsche Welt. Und mit der ganzen zähen und stillen Gläubigkeit seines Wesens macht sich Castellio an diese riesige Aufgabe. Nacht für Nacht arbeitet der junge Gelehrte, der tagsüber mühsam durch schlechtbezahlte Arbeit sich das kärgliche Brot für seine Familie erkämpft, an diesem heiligsten Plan, dem er sein ganzes Leben widmen wird.

Indes: schon bei dem ersten Schritt stößt Castellio auf entschlossenen Widerstand. Ein Genfer Buchhändler hat sich bereit erklärt, den ersten Teil seiner lateinischen Bibelübersetzung zu drucken. Aber in Genf ist Calvin unbeschränkter Diktator in allen geistigen und geistlichen Dingen. Ohne seinen Konsens, ohne sein Imprimatur darf kein Buch in den Mauern der Stadt gedruckt werden; immer ist ja die Zensur das natürlich zugeborene Schwesterkind jeder Diktatur.

So begibt sich Castellio zu Calvin, ein Gelehrter zu einem andern Gelehrten, ein Theologe zu einem andern Theologen, und ersucht ihn kollegial um das Imprimatur. Jedoch autoritäre Naturen sehen in selbständig Denkenden immer einen unerträglichen Widerpart. Calvins erste Regung ist Unmut und kaum verdeckte Verärgerung. Denn er selbst hat die Vorrede zu einer französischen Bibelübersetzung eines Verwandten geschrieben und sie damit gewissermaßen als die „Vulgata“, die offiziell weltgültige des Protestantismus, anerkannt. Welche

„Kühnheit“ dieses „jungen Mannes“ also, die von ihm selbst gutgeheißene und mitverfaßte Version nicht bescheidentlich als die einzig gültige und richtige anerkennen zu wollen, sondern statt dessen ihr eine eigene und neue zur Seite zu stellen! Deutlich spürt man Calvins gereizte Verstimmung über Castellios „Anmaßung“ in seinem Brief an Viret. „Jetzt höre die Phantasie unseres Sebastian: er gibt uns Anlaß zu lachen, aber auch zornig zu werden. Vor drei Tagen kam er zu mir und bat mich um die Erlaubnis, seine Übersetzung des Neuen Testaments veröffentlichen zu dürfen.“ Schon aus diesem ironischen Tonfall vermag man sich auszudenken, wie herzlich er seinen Rivalen empfangen hat. Tatsächlich fertigt Calvin Castellio kurzerhand ab: er sei bereit, Castellio die Erlaubnis zu geben, aber nur unter der Bedingung, daß er zuerst die Übersetzung lesen und darin korrigieren dürfe, was er seinerseits für korrekturbedürftig halte.

Nun liegt Castellios Charakter an sich nichts ferner als eitle Selbstgefälligkeit oder Selbstsicherheit. Nie hat er wie Calvin seine Meinung für die einzig richtige, seine Auffassung in irgendeiner Sache für die makellose und unanfechtbare gehalten, und seine spätere Vorrede zu dieser Übersetzung stellt geradezu ein Musterbeispiel wissenschaftlicher und menschlicher Bescheidenheit dar. Offen schreibt er dort, er habe selber nicht alle Stellen der Heiligen Schrift verstanden und warne darum den Leser, unbedenklich seiner Übersetzung zu vertrauen, denn die Bibel sei ein dunkles Buch voller Widersprüche und, was er gebe, nur eine Deutung, aber keineswegs eine Gewißheit.

Jedoch so bescheiden und human Castellio auch sein eigenes Werk bewertet, so unermeßlich hoch stellt er als Mensch den Adel der persönlichen Unabhängigkeit. In dem Bewußtsein, als Hebraist, als Gräzist, als Gelehrter keineswegs hinter Calvin zurückzustehen, sieht er in diesem Von-oben-herab-zensurieren-Wollen, in diesem autoritären Anspruch auf „Verbessern“ mit Recht eine Herabsetzung. In einer freien Republik, Gelehrter neben Gelehrtem, Theologe neben Theologen, will er sich nicht zu Calvin in das Verhältnis von Schüler und Lehrer stellen, nicht sein Werk einfach wie eine Knabenaufgabe mit dem Rotstift behandeln lassen. Um einen humanen Ausweg zu finden und Calvin seine persönliche Achtung zu bezeugen, bietet er aber an, zu jeder Stunde, die Calvin passend wäre, ihm das Manuskript vorzulesen, und erklärt sich im voraus für willig, in jeder Einzelheit Calvins Ratschläge und Vorschläge entgegenzunehmen. Aber Calvin ist aus Prinzip gegen jede Form der Konzilianz. Er will nicht beraten, er will nur befehlen. Knapp und schroff lehnt er ab. „Ich teilte ihm mit, daß, selbst wenn er mir hundert Kronen verspräche, ich mich nicht bereit finden würde, mich an Verabredungen zu einer bestimmten Zeit zu binden und dann vielleicht zwei Stunden über ein einziges Wort zu diskutieren. Darauf ging er gekränkt weg."

Zum erstenmal haben sich die Klingen gekreuzt. Calvin hat gespürt, daß Castellio nicht geneigt ist, sich ihm willenlos in geistlichen und geistigen Dingen zu unterwerfen, er hat, inmitten der allgemeinen Liebedienerei, den ewigen Gegner jeder Diktatur, den unabhängigen Menschen erkannt. Und von dieser Stunde an ist Calvin entschlossen, diesen Mann, der nicht ihm, sondern nur seinem eigenen Gewissen dienen will, bei dem ersten Anlaß aus seiner Stellung und womöglich aus Genf zu beseitigen.

Wer einen Vorwand sucht, wird ihn jederzeit zu finden wissen. Calvin muß nicht lange warten. Denn Castellio, der seine zahlreiche Familie mit dem allzu kärglich bemessenen Gehalt eines Schullehrers nicht ernähren kann, strebt die ihm innerlich gemäßere und besser bezahlte eines „Predigers am Gottesworte" an. Seit der Stunde, da er Lyon verließ, war es sein Lebensziel gewesen, Diener und Verkündiger der evangelischen Lehre zu werden, seit Monaten predigt der ausgezeichnete Theologe nun schon in der Kirche von Vandœuvres, ohne daß je der geringste Einwand in der sittenstrengen Stadt erhoben worden wäre; kein einziger Mann in Genf kann also mit ähnlichem Anspruch die Aufnahme in die Predigerschaft fordern. In der Tat findet Castellios Bewerbung die einhellige Zustimmung des Magistrats und am 15. Dezember 1543 wird beschlossen: „Da Sebastian ein gelehrter Mann ist und sehr geeignet, der Kirche zu dienen, wird hiermit seine Anstellung im Kirchendienst anbefohlen."

Aber der Magistrat hat nicht mit Calvin gerechnet. Wie? Ohne ihn vorher submissest zu befragen, hat der Magistrat angeordnet, Castellio, einen Mann, der ihm durch innere Unabhängigkeit unbequem werden kann, zum Prediger und somit zum Mitglied seines Konsistoriums zu machen? Sofort legt Calvin Protest gegen Castellios Ernennung ein und begründet seine unkollegiale Handlungsweise in einem Brief an Farel mit den dunklen Worten: „Es liegen wichtige Gründe vor, welche seine Berufung verhindern ... Ich habe allerdings diese Gründe vor dem Rat nur angedeutet und nicht ausgesprochen, bin aber gleichzeitig allem falschen Verdacht entgegengetreten, um seinen Namen unangefochten zu lassen. Meine Absicht zielt dahin, ihn zu schonen."

Liest man diese dunkel und geheimnisvoll gewandeten Worte, so beschleicht einen zunächst unangenehmer Verdacht. Klingt das nicht wirklich, als läge etwas Schimpfliches gegen Castellio vor, das ihn unfähig mache, die Würde des Predigers zu bekleiden, irgendein Makel, den Calvin gütigst mit dem Mantel christlicher Nachsicht verdeckt, um ihn „zu schonen"? Welch ein Delikt, fragt man sich, hat dieser so hochgeachtete Gelehrte sich zuschulden kommen lassen, das Calvin so großmütig verschweigt? Hat er sich an fremdem Geld vergriffen, sich mit Frauen vergangen? Verbirgt sein stadtbekannt untadeliges Wesen irgendwelche heimliche Irrung? Aber mit gewollter Unklarheit läßt Calvin den ganz unbestimmten Verdacht über Castellio schweben, und nichts ist verhängnisvoller für die Ehre und das Ansehen eines Mannes als eine „schonende" Zweideutigkeit.

Jedoch Sebastian Castellio will nicht „geschont" sein. Er hat ein reines und klares Gewissen, und kaum erfährt er, daß es Calvin gewesen, der ihm hinterrücks seine Berufung verderben will, so tritt er vor und verlangt, Calvin solle vor dem Magistrat öffentlich erklären, aus welchen Gründen ihm die Predigerstelle verweigert werden solle. Nun muß Calvin Farbe bekennen und das geheimnisvolle Delikt Castellios darlegen; endlich erfährt man das von Calvin so zartfühlend verschwiegene Verbrechen: Castellio ist – entsetzliche Verirrung! – in zwei nebensächlichen theologischen Bibelauslegungen nicht ganz der Meinung Calvins. Erstens hat er die Ansicht ausgesprochen – und hier pflichten ihm wohl alle Theologen laut oder leise bei –, das Hohelied Salomonis sei keine geistliche, sondern eine profane Dichtung; der Hymnus auf Sulamith, deren Brüste wie zwei junge Rehböcke auf der Weide hüpfen, stelle ein durchaus weltliches Liebesgedicht dar und keineswegs eine Verherrlichung der Kirche. Auch die zweite Abweichung ist geringfügig: Castellio legt Christi Höllenfahrt eine andere Bedeutung bei als Calvin.

Sehr kleinlich und sehr belanglos nimmt sich also das „großmütig verschwiegene" Verbrechen Castellios aus, um dessentwillen ihm die Predigerwürde verweigert werden soll. Aber – und hier liegt die eigentliche Entscheidung – für einen Calvin gibt es im Raume der Lehre keine Kleinigkeiten und Kleinlichkeiten. Für seinen methodischen Geist, der eine höchste Einheit und Autorität der neuen Kirche anstrebt, ist die kleinste Abweichung ebenso gefährlich wie die größte. Calvin will in seinem mächtig angelegten logischen Gebäude jeden Stein und jedes Steinchen unverrückbar an seiner Stelle, und wie im politischen Leben, wie in Sitte und Recht, erscheint ihm auch im religiösen Sinne jedwede Form der Freiheit prinzipiell untragbar. Soll seine Kirche dauern, so muß sie autoritär bleiben vom Grundplan bis in das letzte und kleinste Ornament, und wer dieses sein Führerprinzip nicht anerkennt, wer versucht, im liberalen Sinne selbständig zu denken, für den hat sein Staat keinen Raum.

Von vornherein ist es darum verlorene Mühe, wenn der Rat Castellio und Calvin zu einer öffentlichen Aussprache auffordert, damit sie ihre Meinungsverschiedenheit gütlich beilegten. Denn man muß es immer wiederholen – Calvin will ausschließlich lehren, aber nie sich belehren oder bekehren lassen; er disputiert niemals und mit niemandem, er diktiert. Gleich mit dem ersten Wort fordert er Castellio auf, sich „zu unserer Meinung zu bekennen", und warnt ihn, „dem eigenen Urteil zu vertrauen", damit ganz im Sinne seiner Weltanschauung von der notwendigen Einheit und Autorität in der Kirche handelnd. Aber auch Castellio bleibt sich treu. Denn Gewissensfreiheit ist für Castellio das höchste Seelengut, und für diese Freiheit ist er bereit, jeden weltlichen Preis zu bezahlen. Er weiß genau, daß er sich bloß in diesen zwei nichtigen Einzelheiten Calvin zu unterwerfen brauchte und sofort wäre ihm die einträgliche Stellung im Konsistorium gesichert. Aber unbestechlich in seiner Unabhängigkeit erwidert Castellio: er könne nicht etwas versprechen, was er nicht einzuhalten vermöge, ohne gegen sein Gewissen zu handeln. So bleibt die Aussprache vergeblich. In zwei Männern treten sich in dieser Stunde die liberale Reformation, die für jeden Menschen Freiheit in religiösen Dingen fordert, und die orthodoxe entgegen; und mit Recht kann Calvin nach dieser erfolglosen Auseinandersetzung von Castellio schreiben: „Er ist ein Mann, der, soweit ich nach unseren Unterhaltungen urteilen kann, von mir solche Vorstellungen hat, daß esschwer ist, anzunehmen, es könnte jemals zwischen uns zu einer Einigung kommen."

Aber was sind diese „Vorstellungen", die Castellio von Calvin hat? Calvin verrät sie selbst, indem er schreibt: „Sebastian hat es sich in den Kopf gesetzt, ich hätte das Verlangen, zu herrschen." Richtiger kann man die Sachlage tatsächlich nicht ausdrücken. Castellio hat nach kurzer Zeit erkannt, was die andern bald erkennen werden, daß Calvin seiner tyrannischen Natur gemäß entschlossen ist, in Genf nur eine Meinung zu dulden, die seine, und daß es nur möglich ist, in seinem geistigen Bereiche zu leben, wenn man sich wie de Beze und die andern Nachtreter jedem Buchstaben seiner Doktrin knechtisch unterwirft. Diese Kerkerluft geistiger Zwangsherrschaft will Castellio aber nicht atmen. Nicht dazu ist er der katholischen Inquisition aus Frankreich entflohen, um sich einer neuen, protestantischen Gewissensüberwachung zu unterwerfen, nicht darum hat er dem alten Dogma abgesagt, um Diener eines neuen zu werden. Für ihn ist Christus nicht, wie Calvin ihn sieht: ein unerbittlicher Formaljurist, und sein Evangelium ein starres und schematisches Gesetzbuch; Castellio erblickt in Christus einzig den menschlichsten Menschen, ein ethisches Vorbild, das jeder in sich und jeder nach seiner Art demütig nachleben soll, ohne darum verwegen zu behaupten, er und nur er allein wisse um die Wahrheit. Eine entschlossene Erbitterung würgt diesem freien Menschen die Seele, wenn er zusehen muß, wie hochfahrend und selbstbewußt in Genf die neubestallten Prediger das Wort Gottes auslegen, als sei es einzig für sie verständlich gesprochen; ein Zorn faßt ihn gegen diese Hochmütigen, die sich unablässig ihrer heiligen

Berufung rühmen und von allen andern als von eklen Sündern und Unwürdigen sprechen. Und als in einer öffentlichen Versammlung einmal das Wort des Apostels kommentiert wird: „Wir müssen uns in allen Dingen durch große Geduld als die Abgesandten Gottes erweisen", steht plötzlich Castellio auf und richtet an die „Abgesandten Gottes" die Aufforderung, sie mögen doch einmal bei sich selber Prüfung halten, statt immer nur die andern zu prüfen, zu strafen und zu richten. Wahrscheinlich hat Castellio allerhand Dinge gewußt (sie gehen auch später aus den Ratsprotokollen hervor), die bezeugen, daß die sittliche Unfehlbarkeit der Genfer Prediger in ihrem Privatleben nicht allzu puritanisch gewesen sei, und es schien ihm deshalb geboten, einmal diesen heuchlerischen Dünkel öffentlich zu züchtigen. Den Wortlaut des Angriffs Castellios kennen wir leider nur aus der Fassung, die Calvin mitteilt (der niemals besondere Bedenken trug, etwas zu ändern, wenn es sich um einen Gegner handelte). Aber selbst aus seiner einseitigen Darstellung ist zu entnehmen, daß Castellio in dieses Bekenntnis der allgemeinen Fehlbarkeit sich selber mit einschloß, denn er sagte: „Paulus war ein Diener Gottes, wir aber dienen uns selber, er war geduldig, wir sind sehr ungeduldig. Er hat von den andern Unrecht erlitten, wir aber verfolgen Unschuldige."

Calvin, in jener Versammlung anwesend, scheint von dem Angriff Castellios völlig unvorbereitet überrascht worden zu sein. Ein leidenschaftlicher, ein sanguinischer Diskutant, ein Luther wäre sofort aufgefahren und hätte in zündender Rede geantwortet, ein Erasmus, ein Humanist hätte wahrscheinlich gelehrt und gelassen disputiert; Calvin aber ist in erster Linie Realist, ein Mann der Taktik und Praktik, der sein Temperament im Zaume zu halten weiß. Er spürt, wie stark die Worte Castellios auf die Anwesenden gewirkt haben und daß es nicht ratsam wäre, ihm jetzt entgegenzutreten. So bleibt er stumm und zieht die schmalen Lippen noch schmäler. „Ich habe für den Augenblick geschwiegen", entschuldigt er nachträglich diese sonderbare Zurückhaltung, „aber nur, um nicht vor den vielen Fremden eine heftige Diskussion anzufachen."

Wird er sie später im vertrauten Kreise führen? Wird er sich, Mann gegen Mann, Meinung gegen Meinung, mit Castellio auseinandersetzen? Wird er ihn vor das Konsistorium laden, ihn auffordern, seine allgemeine Anschuldigung mit Namen und Fakten zu belegen? Keineswegs. Calvin ist jede Loyalität im Politischen immer fremd gewesen. Für ihn stellt jeder Versuch einer Kritik nicht bloß theoretische Meinungsabweichung, sondern gleich ein Staatsdelikt, ein Verbrechen dar. Verbrechen aber gehören vor die weltliche Behörde. Dorthin, statt vor das Konsistorium, zerrt er Castellio, eine moralische Diskussion in ein Disziplinarverfahren verwandelnd. Seine Klage an den Magistrat der Stadt Genf lautet: „Castellio hat das Ansehen der Geistlichkeit herabgesetzt."

Nicht mit sehr viel Behagen versammelt sich der Rat. Er liebt diese Predigerzänkereien nicht sehr, ja es hat sogar den Anschein, als sei es der weltlichen Behörde gar nicht so unlieb gewesen, daß endlich einmal einer gegen die Anmaßung des Konsistoriums offene, energische Worte sagte und wagte. Zuerst vertagen die Räte die Entscheidung lange, und ihr schließliches Urteil fällt auffallend zweideutig aus. Castellio wird mündlich getadelt, aber nicht bestraft oder entlassen; nur seine Tätigkeit als Prediger in Vandœuvres bleibt bis auf weiteres eingestellt.

Mit einem solchen lauen Verweis könnte sich Castellio billig zufrieden geben. Aber innerlich ist sein Entschluß schon gefaßt. Neuerdings sieht er bestätigt, daß neben einer derart tyrannischen Natur wie Calvin in Genf für einen freien Menschen kein Raum ist. So erbittet er vom Magistrat seine Enthebung vom Amte. Aber schon hat er an dieser ersten Kraftprobe die Taktik seiner Gegner genügend kennengelernt, um zu wissen, daß Parteimenschen mit der Wahrheit immer selbstherrlich umgehen, wenn sie ihrer Politik dienen soll; sehr zu Recht sieht er voraus, daß man seinen freien und mannhaften Verzicht auf Amt und Würde hinterher zu der Lüge entstellen werde, er habe seine Stellung aus irgendwelchen unlauteren Gründen verloren. So verlangt Castellio, ehe er Genf verläßt, ein schriftliches Zeugnis über den Vorfall. Und damit ist Calvin genötigt, eigenhändig zu unterschreiben (noch heute ist die Urkunde in der Bibliothek in Basel zu sehen), daß nur deshalb, weil in zwei theologischen Einzelfragen Abweichungen bestanden hätten, Castellio nicht zum

Prediger ernannt worden sei. Und wörtlich heißt es weiter in dem Dokument: „Damit niemand eine andere Ursache für die Abreise Sebastian Castellios unterstellen könnte, bezeugen wir hiermit allseits, daß er freiwilligerweise (sponte) seine Stelle als Lehrer niederlegte und sie vorher in solcher Weise versehen hat, daß wir ihn für würdig gehalten hätten, dem Predigerstande anzugehören. Wenn er dennoch nicht zugelassen wurde, so geschah dies keineswegs deshalb, weil irgendein Makel in seinem Verhalten zu finden war, sondern ausschließlich aus dem obgenannten Grunde."

Die Abdrängung des einzig ebenbürtigen Gelehrten aus Genf bedeutet für den Despotismus Calvins einen Sieg, aber eigentlich einen Pyrrhussieg. Denn in weitesten Kreisen wird das Scheiden des hochangesehenen Gelehrten als schwerer Verlust bedauert. Öffentlich wird erklärt, es sei „durch Calvin Meister Castellio Unrecht geschehen", und im ganzen kosmopolitischen Raum des Humanismus gilt es durch diesen Vorfall erwiesen, daß Calvin in Genf nur noch Nachbeter und Nachtreter dulde, und noch zwei Jahrhunderte später wird Voltaire die Unterdrückung Castellios als den entscheidenden Beweis für Calvins tyrannische Geisteshaltung anführen. „Man kann sie ermessen an den Verfolgungen, denen er Castellio aussetzte, der ein viel größerer Gelehrter als er selber war und den seine Eifersucht aus Genf vertrieben hat."

Calvin nun hat für Tadel eine empfindliche, eine überempfindliche Haut. Er spürt sofort das allgemeine Unbehagen, das er mit Castellios Beseitigung herausgefordert. Und kaum hat er sein Ziel erreicht, diesen einzigen unabhängigen Menschen von Rang aus Genf vertrieben zu wissen, so drückt ihn die Sorge, die Öffentlichkeit könnte es ihm zur Last legen, daß Castellio nun völlig mittellos durch die Welt irrt. In der Tat war Castellios Entschluß ein verzweifelter gewesen. Denn als erklärter Gegner des politisch mächtigsten Protestanten kann er innerhalb der Schweiz nirgends auf baldige Bestallung in der reformierten Kirche rechnen; ins bitterste Elend hat ihn sein ungestümer Entschluß geworfen. Als Bettler, als Hungerleider wandert der einstige Rektor der Genfer reformierten Schule von Tür zu Tür, und Calvin ist weitblickend genug, um zu erkennen, daß diese öffentliche Notlage eines abgedrängten Rivalen ihm schwersten Schaden bringen muß. So sucht er, nun ihm Castellio nicht mehr durch seine Nähe lästig ist, dem Verjagten goldene Brücken zu bauen. Mit einer auffälligen Beflissenheit schreibt er, um sich zu exkulpieren, Brief auf Brief an seine Freunde, wie sehr er bemüht sei, dem armen und bedürftigen Castellio (der nur durch seine Schuld arm und bedürftig geworden ist) eine passende Stellung zu verschaffen. „Ich wünschte, er könnte irgendwo ohne Anstoß unterkommen, und ich würde für meinen Teil die Hand dazu bieten." Aber Castellio läßt sich nicht, wie Calvin hoffte, den Mund verschließen. Frei und offen erzählt er überall, daß er Genf wegen der Herrschsucht Calvins habe verlassen müssen, und trifft damit Calvin an seinem empfindlichsten Punkte, denn nie hat Calvin seine diktatorische Macht offen zugegeben, sondern sich stets nur als allerbescheidensten, allerdemütigsten Diener seiner schweren Pflicht bewundern lassen wollen. Sofort ändert sich jetzt der Ton seiner Briefe; vorbei ist mit einmal das Mitleid für Castellio. „Wenn du wüßtest", klagt er einem Freund, „was dieser Hund – ich meine Sebastian – gegen mich kläfft. Er erzählt, daß er nur durch meine Tyrannei vom Amt gejagt wurde, damit ich allein regieren könne." Im Verlauf von wenigen Monaten ist derselbe Mann, von dem Calvin eigenhändig unterschrieben, daß er durchaus würdig sei, das heilige Amt als Diener des Herrn zu bekleiden, zu einer „bestia", zu einem „chien" für ebendenselben Calvin geworden, nur weil er lieber die bitterste Armut auf sich nahm, als sich mit Pfründen kaufen und beschwichtigen zu lassen.

Diese freiwillig gewählte heroische Armut Castellios hat schon bei den Zeitgenossen Bewunderung erregt. Ausdrücklich vermerkt Montaigne, es sei beklagenswert, daß ein Mann von solchen Verdiensten wie Castellio derartige Not habe erleiden müssen, und gewiß, fügt er bei, wären viele Menschen bereit gewesen, ihm zu helfen, wenn sie rechtzeitig davon Kunde gehabt hätten. Aber in Wirklichkeit zeigen sich die Menschen keineswegs willig, Castellio auch nur die nackteste Dürftigkeit zu ersparen. Jahre und Jahre wird es noch dauern, ehe der Vertriebene eine Stellung erringt, die seiner Gelehrsamkeit und moralischen Überlegenheit nur halbwegs gemäß ist; zunächst beruft ihn keine Universität, keine Predigerstelle wird ihm angeboten, denn die politische Abhängigkeit der Schweizer Städte von Calvin ist bereits zu groß, als daß man den Widersprecher des Genfer Diktators öffentlich anzustellen wagte. Mit Mühe findet der Verjagte schließlich etwas Lebensunterhalt in der subalternen Stellung eines Korrektors in der Basler Druckerei von Oporin; doch die unregelmäßige Arbeit reicht nicht aus, Weib und Kinder zu ernähren, und so muß Castellio sich außerdem als Hauslehrer die nötigen Groschen zusammenraffen, um seine sechs oder acht Münder bei Tisch durchzufüttern. Unsägliches, kleines, erbärmliches, tagtägliches, die Seele hemmendes, die Kräfte lähmendes Elend wird er noch viele dunkle Jahre durchleben müssen, ehe endlich die Universität den universal gebildeten Gelehrten wenigstens zum Lektor der griechischen Sprache beruft! Aber auch dies mehr ehrenvolle als einträgliche Amt schenkt Castellio noch lange nicht die Freiheit von der ewigen Fron; sein ganzes Leben lang wird weiter und weiter der große Gelehrte, von manchen sogar der Gelehrteste seiner Zeit genannt, niedrige Handlangerarbeit leisten müssen. Eigenhändig schaufelt er in seinem kleinen Hause in der Basler Vorstadt die Erde, und da die Tagesarbeit nicht ausreicht, um die Familie zu ernähren, quält sich Castellio die ganzen Nächte durch, Drucktexte korrigierend, fremde Werke verbessernd, aus allen Sprachen übersetzend; nach Tausenden und Tausenden zählen die Seiten, die er um des Broterwerbs willen aus dem Griechischen, dem Hebräischen, dem Lateinischen, dem Italienischen, dem Deutschen für die Basler Verleger übertragen hat.

Aber nur seinen Körper, seinen schwachen, empfindlichen Leib wird diese jahrelange Entbehrung unterhöhlen können, niemals aber die Unabhängigkeit und Entschlossenheit seiner stolzen Seele. Denn inmitten solcher unabsehbarer Fronarbeit vergißt Castellio keineswegs seine eigentliche Aufgabe. Unerschütterlich schafft er weiter an seinem Lebenswerk, der Bibelübertragung ins Lateinische und ins Französische, dazwischen entstehen Zeit- und Streitschriften, Kommentare und Dialoge, es ist kein Tag, es ist keine Nacht, da Castellio nicht gearbeitet hätte; nie hat dieser ewige Kärrner die Lust der Reise, die Gnade der

Entspannung, nie auch die sinnliche Belohnung des großen Ruhms oder des Reichtums gekannt. Aber lieber macht dieser freie Geist sich zum Knecht ewiger Armut, lieber verrät er den Schlaf seiner Nächte als sein unabhängiges Gewissen – großartiges Vorbild jener heimlichen Helden des Geistes, die, ungesehen von der Welt, auch im Dunkel der Vergessenheit den Kampf für die ihnen heiligste Sache führen: für die Unantastbarkeit des Wortes, für das unerschütterliche Recht auf die eigene Gesinnung.

Noch hat der eigentliche Zweikampf zwischen Castellio und Calvin nicht begonnen. Aber zwei Menschen, zwei Ideen haben einander ins Auge geblickt und sich als unversöhnliche Gegner erkannt. Unmöglich war es für beide geworden, auch nur noch eine Stunde in derselben Stadt, in demselben geistigen Raum zu leben; aber wenn auch nun endgültig getrennt, der eine in Basel, der andere in Genf, so beobachten sie doch wachsam einer den andern. Castellio vergißt nicht Calvin und Calvin nicht Castellio, und ihr Schweigen ist nur ein Warten auf das entscheidende Wort. Denn Gegensätze jener innersten Art, die nicht mehr bloß verschiedene Meinungen sind, sondern Urfehde zwischen Weltanschauung und Weltanschauung, können nicht dauernd Frieden halten; nie kann geistige Freiheit sich erfüllt fühlen im Schatten einer Diktatur, nie eine Diktatur sich sorglos ausleben, solange auch nur ein einziger Unabhängiger innerhalb ihrer Grenzen aufrecht bleibt. Aber immer ist ein Anlaß nötig, latente Spannungen zum Austrag zu bringen. Erst als Calvin den Scheiterhaufen Servets entzündet, wird das Wort auf den Lippen Castellios anklagend entbrennen. Erst als Calvin den Krieg gegen jedes freie Gewissen erklärt, wird Castellio im Namen des Gewissens ihm Fehde ansagen auf Tod und Leben.

Der Fall Servet

Manchmal in den Zeiten wählt sich die Geschichte aus den Millionenmassen der Menschheit eine einzelne Gestalt, um an ihr eine weltanschauliche Auseinandersetzung plastisch zum Austrag zu bringen. Ein solcher Mann muß keineswegs immer ein Genius höchster Ordnung sein. Oft begnügt sich das Schicksal, einen ganz zufälligen Namen aus den vielen herauszugreifen, um ihn unauslöschlich in das Gedächtnis der Nachwelt zu schreiben. So ist auch Michael Servet nicht kraft eines besonderen Genius, sondern nur dank seinem fürchterlichen Ende eine denkwürdige Persönlichkeit geworden. Sehr vielfältig, aber ohne sich glücklich zu ordnen, sind in diesem merkwürdigen Manne die Begabungen gemischt: ein starker, ein wacher, neugieriger, eigenwilliger Intellekt, aber irrlichternd von einem Problem zum andern, ein reiner Wille zur Wahrheit, aber unfähig zur schöpferischen Klarheit. In keine Wissenschaft paßt dieser faustische Geist sich gründlich ein, obwohl jeder sich andrängend, Franktireur gleichzeitig in der Philosophie, der Medizin, der Theologie, manchmal blendend durch kühne Beobachtungen, dann wieder verärgernd durch leichtfertige Scharlatanerien. Einmal allerdings flammt in dem Buch seiner prophetischen Verkündigungen eine wahrhaft wegweisende Beobachtung auf, die medizinische Entdeckung des sogenannten kleinen Blutkreislaufs, aber Servet denkt nicht daran, seinen Fund systematisch auszuwerten und wissenschaftlich zu vertiefen; wie ein einzelnes verfrühtes Wetterleuchten verlischt dieser Genieblitz aus der dunklen Wand seines Jahrhunderts. Es ist viel geistige Kraft in diesem Einzelgänger, aber nur innere Zielstrebigkeit verwandelt einen starken Geist in eine schöpferische Gestalt.

Daß in jedem Spanier ein Schuß Don Quichotte stecke, ist bis zum Überdruß oft wiederholt worden; dennoch ist die Beobachtung wunderbar und geradezu aufdringlich wahr bei Miguel Servet. Nicht nur bildmäßig hat dieser schmächtige, fahle, spitzbärtige Aragonier Ähnlichkeit mit dem hagern und magern Helden de la Mancha; auch innerlich ist er verbrannt von der gleichen großartigen und grotesken Leidenschaft, für das Absurde zu kämpfen und in blindwütigem

Idealismus gegen alle Widerstände der Realität anzurennen. Völlig jeder Selbstkritik entbehrend, immer etwas entdeckend oder behauptend, reitet dieser fahrende Ritter der Theologie gegen alle Wälle und Windmühlen der Zeit. Nur das Abenteuer reizt ihn, das Absurde, Abseitige und Gefährliche, und in heller Streitlust schlägt er sich mit allen andern Rechthabern erbittert herum, keiner Partei sich bindend, keinem Clan zugehörend, immer ein Einsamer, zugleich phantasievoll und phantastisch, und darum eine einmalige exzentrische Gestalt.

Wer in so schroffer Selbstüberschätzung ständig allein gegen alle steht, muß es sich geradezu zwangsmäßig mit allen verderben; ungefähr gleichaltrig mit Calvin, ein halber Knabe noch, hat Servet bereits seinen ersten Zusammenstoß mit der Welt; mit fünfzehn Jahren schon sieht er sich genötigt, vor der Inquisition aus dem heimatlichen Aragonien nach Toulouse zu flüchten, um dort seine Studien fortzusetzen. Von der Universität nimmt ihn dann der Beichtvater Karls V. als Sekretär nach Italien mit und später auf den Augsburger Kongreß; dort verfällt der junge Humanist wie alle seine Zeitgenossen der zeitpolitischen Leidenschaft für den großen Kirchenstreit. Sein unruhiger Geist gerät beim Anblick der welthistorischen Polemik zwischen alter und neuer Lehre in Gärung. Wo alles streitet, will er mitstreiten, wo alles die Kirche zu reformieren sucht, mitreformieren, und mit dem Radikalismus der Jugend erachtet der Heißblütige alle bisherigen Lösungen und Loslösungen von der alten Kirche als viel zu zaghaft, zu lau, zu unentschieden. Selbst Luther, Zwingli und Calvin, diese kühnen Neuerer, scheinen ihm noch lange nicht revolutionär genug in der Reinigung des Evangeliums, übernehmen sie doch noch das Dogma von der Dreieinigkeit in ihre neue Lehre. Servet aber, mit der Intransigenz eines Zwanzigjährigen, erklärt das Konzil von Nicäa einfach für ungültig und das Dogma von den drei ewigen Hypostasen als unvereinbar mit der Einheit des göttlichen Wesens.

Eine solche radikale Auffassung wäre nun an sich keineswegs auffällig in einer dermaßen religiös überreizten Zeit. Immer, wenn alle Werte und Gesetze einmal ins Wanken geraten sind, sucht jeder sich sein Recht, selbständig und traditionslos zu denken. Aber verhängnisvollerweise übernimmt Servet von all den zankenden Theologen nicht nur die

Diskussionsfreude, sondern auch ihre schlimmste Eigenschaft, die fanatische Rechthaberei. Denn sofort will der Zwanzigjährige den Führern der Reformation beweisen, daß sie die Kirche völlig unzulänglich reformiert hätten und nur er, Miguel Servet, um die Wahrheit wisse. Ungeduldig besucht er die großen Gelehrten seiner Zeit, in Straßburg Martin Bucer und Capito, in Basel Oecolampadius, um sie aufzufordern, schleunigst das „irrige" Dogma der Trinität in der evangelischen Kirche abzuschaffen. Nun kann man sich leicht das Entsetzen der würdigen, gereiften Prediger und Professoren ausdenken, als ihnen da plötzlich ein bartloser spanischer Student ins Haus schneit und mit der ganzen Ungebärdigkeit eines starken und hysterischen Temperaments verlangt, sie mögen sofort alle ihre Anschauungen umstoßen und sich gehorsam seiner radikalen These anschließen. Als ob der Teufel in Person ihnen einen Höllenbruder in die Studierstube geschickt hätte, so schlagen sie das Kreuz vor diesem wilden Häretiker. Oecolampadius jagt ihn wie einen Hund aus dem Haus, nennt ihn einen „Juden, Türken, Gotteslästerer und vom Dämon Befallenen", Bucer prangert ihn von der Kanzel als einen Teufelsknecht an, und Zwingli warnt öffentlich vor dem „frevlerischen Hispanier, dessen falsche, böse Lehre unsere ganze christliche Religion abtun will".

Aber sowenig der Ritter de la Mancha sich durch Schimpf und Prügel auf seiner Irrfahrt abschrecken läßt, so wenig wird sich sein theologischer Landsmann durch Argumente oder Abweisungen in seinem Kampf erschüttern lassen. Wenn ihn die Führer nicht verstehen, wenn ihn die Weisen und Klugen in ihren Studierstuben nicht hören wollen, dann muß der Kampf eben öffentlich weitergeführt werden; nun möge die ganze christliche Welt seine Beweise in Buchform lesen! Mit zweiundzwanzig Jahren rafft Servet sein letztes Geld zusammen und gibt in Hagenau seine Thesen in Druck. Nun bricht der Sturm offen gegen ihn los. Bucer erklärt von der Gotteskanzel herab nicht mehr und nicht weniger, als daß dieser Frevler verdiene, „die Eingeweide aus dem lebendigen Leibe gerissen zu bekommen", und im ganzen Kreise des Protestantismus gilt Servet von dieser Stunde an als der erlesene Sendbote des leibhaftigen Satanas.

Selbstverständlich gibt es für einen Mann, der sich derart provokatorisch gegen die ganze Welt gestellt, der gleichzeitig die katholische und auch die protestantische Kirchenlehre für irrig erklärt, im ganzen christlichen Abendland keine ruhige Stätte mehr, kein Haus und kein Dach. Seit Michael Servet sich mit seinem Buche der „arianischen Ketzerei“ schuldig gemacht hat, ist der Mensch, der diesen Namen trägt, gejagter und gefährdeter als ein wildes Tier. Eine einzige Rettung ist für ihn noch denkbar: völlig spurlos zu verschwinden, sich unsichtbar und unauffindbar zu machen, seinen Namen von sich abzureißen wie ein brennendes Kleid; als Michel de Villeneuve kehrt der Geächtete nach Frankreich zurück und tritt unter diesem Pseudonym bei einem Buchdrucker in Lyon als Korrektor ein. Sein starkes dilettantisches Einfühlungsvermögen findet auch in dieser Sphäre bald einen neuen Anreiz und polemische Möglichkeiten. Bei der Korrektur der Geographie des Ptolemäus entwickelt sich Servet über Nacht zum Geographen und versieht das Werk mit einer ausführlichen Einleitung. An der Revision ärztlicher Bücher erzieht der bewegliche Geist sich wiederum zum Mediziner, nach kurzer Zeit schon nimmt er das Studium der Heilkunde ernst; er geht nach Paris, um sich weiter auszubilden, und arbeitet gemeinsam mit Vesalius als Präparator bei anatomischen Vorlesungen. Aber wiederum, wie vordem in der Theologie, beginnt der Ungeduldige, ohne noch recht zu Ende gelernt und wahrscheinlich auch ohne den Doktorgrad erworben zu haben, in dieser neuen Materie sofort alle andern belehren und übertreffen zu wollen. Kühn kündigt er an der medizinischen Schule in Paris einen Kurs über Mathematik, Meteorologie, Astronomie und Astrologie an, aber solche Vermengung von Sternkunde mit Heilkunde und manche seiner schwindlerischen Praktiken verärgern die Ärzte; Servet-Villanovus gerät in Konflikte mit den Autoritäten und wird schließlich vor dem Parlament offen angeklagt, daß er mit seiner Astrologie, einer Wissenschaft, die von den göttlichen und bürgerlichen Gesetzen verurteilt sei, groben Unfug treibe. Abermals rettet sich Servet, nur damit bei der amtlichen Untersuchung nicht die Identität mit dem vielgesuchten Erzketzer aufgedeckt werde, durch rasches Untertauchen. Über Nacht ist der Dozent Villanovus aus Paris verschwunden wie einstmals der Theologe Servet aus Deutschland. Lange hört man nichts mehr von ihm. Und als er neuerdings auftaucht, trägt er schon wieder eine andere Maske: wer könnte auch vermuten, daß der neue Leibarzt des Erzbischofs Paulmier von Vienne, dieser fromme Katholik, der allsonntäglich in die Messe geht, ein geächteter Erzketzer und vom Parlament verurteilter Scharlatan sei? Allerdings, Michel de Villeneuve hütet sich in Vienne wohlweislich, ketzerische Thesen zu verbreiten. Er hält sich vollkommen still und unauffällig, er besucht und heilt viele Kranke, er verdient reichlich Geld, und respektvoll ahnungslos lüften die wackeren Bürger von Vienne den Hut, wenn würdevoll und mit spanischer Grandezza der Leibarzt Seiner erzbischöflichen Eminenz, Monsieur le docteur Michel de Villeneuve, an ihnen vorüberschreitet: welch ein edler, frommer, gelehrter und bescheidener Mann!

Aber in Wahrheit ist der Erzketzer in diesem leidenschaftlich ehrgeizigen Manne keineswegs erstorben; in der tiefsten Seele Michael Servets lebt unerschütterlich der alte sucherische Unruhegeist. Hat einmal ein Gedanke von einem Menschen Besitz ergriffen, beherrscht er ihn bis in die letzte Faser seines Denkens und Fühlens, so erzeugt er unaufhaltsam ein inneres Fieber. Ein lebendiger Gedanke will nie bei einem einzigen sterblichen Menschen leben und vergehen, er will Raum und Welt und Freiheit. Immer kommt darum bei jedem Denker die Stunde, da seine Lebensidee aus dem Innen nach außen drängt wie ein Span aus einem schwärenden Finger, wie ein Kind aus dem Mutterleibe, wie die Frucht aus der Schale. Ein Mann von der Leidenschaft und Selbstbewußtheit eines Servet wird es auf die Dauer nicht ertragen, seinen Lebensgedanken für sich allein zu denken; unwiderstehlich muß er begehren, daß endlich die ganzeWelt ihn mitdenke. Nach wie vor bedeutet es für ihn eine tägliche Gewissensqual, mitanzusehen, wie die evangelischen Führer das seiner Meinung nach falsche Dogma der Kindertaufe und der Dreieinigkeit verkünden, wie die Christenheit noch immer mit diesen „antichristlichen" Irrtümern befleckt wird. Ist es da nicht seine Pflicht, endlich vorzutreten und der ganzen Welt die Botschaft des wahren Glaubens zu bringen? Furchtbar müssen diese Jahre des erzwungenen Schweigens auf Servet gelastet haben. Einerseits bedrängt ihn das ungesprochene Wort, anderseits muß er als Geächteter und Getarnter die Lippen verpressen. In dieser qualvollen Lage versucht Servet schließlich – verständliches Verlangen –, wenigstens einen Denkbruder in der Ferne zu finden, mit dem er geistige Zwiesprache halten kann; da er daheim mit niemandem sich geistig zu verständigen wagt, spricht er seine theologischen Überzeugungen aus im brieflich geschriebenen Wort.

Verhängnisvollerweise ist es gerade Calvin, dem der Verblendete sein volles Vertrauen schenkt. Gerade von diesem radikalsten und kühnsten Erneuerer der evangelischen Lehre erhofft sich Servet Verständnis für eine noch strengere und verwegenere Auslegung der Schrift: vielleicht erneuert er damit auch nur eine einstige mündliche Aussprache. Denn schon in ihrer Universitätszeit sind diese beiden Altersgenossen einmal in Paris einander begegnet; aber erst nach Jahren, da Calvin schon Herr von Genf und Michel de Villeneuve Leibarzt des Erzbischofs von Vienne geworden ist, knüpft sich durch Vermittlung eines Lyoner Buchhändlers ein Briefwechsel zwischen den beiden an. Die Initiative geht von Servet aus. Mit einer nicht abzuweisenden Eindringlichkeit, ja sogar Zudringlichkeit wendet er sich an Calvin, um diesen stärksten Theoretiker der Reformation für seinen Kampf gegen das Dogma der Dreieinigkeit zu gewinnen, undschreibt ihm Brief auf Brief. Zuerst antwortet Calvin nur doktrinär abmahnend; in seinem Pflichtgefühl, Irrende zu belehren und als Führer der Kirche die Versprengten wieder in die gute Hürde zu bringen, sucht er Servet seine Irrtümer darzulegen; aber schließlich erbittert ihn ebenso die ketzerische These wie der anmaßende und selbstherrliche Ton, in dem Servet sie vorbringt. Einer dermaßen autoritären Natur wie Calvin, dem schon der geringste Einspruch in der geringsten Kleinigkeit an die Galle fährt, zu schreiben: „Ich habe Dich oft verständigt, daß Du auf falschem Wege bist, indem Du die monströsen Unterschiede der drei göttlichen Essenzen billigst“, – schon das heißt einen derart gefährlichen Gegner auf das gefährlichste reizen. Aber wenn Servet schließlich ihrem eigenen weltberühmten Verfasser ein Exemplar der „Institutio religionis Christianae“ ins Haus schickt, auf dem er wie ein Schullehrer dem Schüler die vermeintlichen Fehler an den Rändern angemerkt hat, dann vermag man sich die Stimmung leicht auszumalen, mit der der Herr von Genf diese Anmaßung eines Amateurtheologen empfängt. „Servet wirft sich auf meine Bücher und beschmiert sie mit beschimpfenden Bemerkungen wie ein Hund, der an einem Stein beißt und herumknabbert", schreibt Calvin verächtlich an seinen Freund Farel. Wozu Zeit verlieren und mit einem solchen unheilbaren Wirrkopf disputieren? Mit einem Fußtritt fertigt er Servets Argumente ab. „Ich achte auf die Worte dieses Individuums nicht mehr als auf das Geschrei eines Esels („le hin-han d'un âne")."

Aber der unselige Don Quichotte, statt rechtzeitig zu spüren, gegen welchen eisernen Panzer von Selbstbewußtsein er mit seiner dünnen Lanze anrennt, gibt nicht nach. Gerade diesen einen und einzigen, der nichts von ihm wissen will, begehrt er, um jeden Preis für seine Idee zu gewinnen, und er läßt nicht ab; es ist wirklich, als ob er von einem „Sathan", wie Calvin schreibt, besessen gewesen wäre. Statt sich vor Calvin als vor dem denkbar gefährlichsten Gegner zu hüten, sendet er ihm sogar die noch ungedruckten Proben des von ihm vorbereiteten theologischen Werkes zur Lektüre, und wenn schon der Inhalt Calvin aufreizen muß, wie erst der Titel! Denn Servet benennt sein Bekenntniswerk „Christianismi Restitutio", um nur recht augenfällig vor der ganzen Welt zu betonen, daß man der „Institutio" Calvins eine „Restitutio" entgegenstellen müsse. Nun wird Calvin die pathologische Bekehrungssucht dieses Widersachers und seine narrenhafte Zudringlichkeit zu arg. Ausdrücklich verständigt er den Buchhändler Frellon, der bisher den Briefwechsel vermittelt hatte, er habe wahrlich Dringlicheres zu tun, als mit einem solchen aufgeblasenen Narren seine Zeit zu verlieren. Gleichzeitig aber schreibt er – und diese Worte werden später ein furchtbares Gewicht bekommen – an seinen Freund Farel: „Servet hat mir jüngst geschrieben und seinem Brief einen dicken Band seiner Hirngespinste beigelegt, mit unglaublicher Anmaßung behauptend, ich würde darin erstaunliche Dinge lesen. Er erklärt sich bereit hierherzukommen, sofern ich es wünsche ... Aber ich will nicht mein Wort dafür einsetzen; denn sollte er kommen, so würde ich, sofern ich noch einigen Einfluß in dieser Stadt habe, nicht dulden, daß er sie lebend verläßt."

Ob Servet von dieser Drohung Kenntnis erhielt oder (in einem verlorenen Brief) ihn Calvin selber noch gewarnt hat – jedenfalls, eine Ahnung scheint ihn endlich überkommen zu haben, welchem mörderischen Hasser er sich ausgeliefert hat; zum erstenmal wird es ihm unbehaglich, jenes gefährliche Manuskript, das er Calvin „sub sigillo secreti" zugesandt hat, weiterhin in den Händen eines Mannes zu wissen, der so offen seine Feindseligkeit gegen ihn kundgetan. „Da Du der Meinung bist", schreibt der Aufgeschreckte an Calvin, „daß ich für Dich ein Satan bin, so mache ich Schluß. Schicke mir mein Manuskript zurück und gehabe Dich wohl. Wenn Du aber ehrlich glaubst, daß der Papst der Antichrist sei, mußt Du auch der Überzeugung sein, daß die Dreieinigkeit und die Kindertaufe, die einen Teil der Papstlehre bilden, ein dämonisches Dogma sind."

Aber Calvin hütet sich zu antworten, und noch weniger denkt er daran, Servet das belastende Manuskript zurückzusenden. Sorglich, wie eine gefährliche Waffe, verwahrt er die Ketzerschrift in einer Lade, um sie zu gegebener Stunde hervorholen zu können. Denn beide wissen sie nach dieser letzten harten Aussprache, daß ein Kampf beginnen muß, und in düsterem Vorgefühl schreibt Servet in diesen Tagen an einen Theologen: „Mir ist nun vollkommen klar, daß es mir bevorsteht, für diese Sache den Tod zu erleiden. Aber dieser Gedanke kann meinen Mut nicht niederschlagen. Als Schüler Christi schreite ich in der Spur meines Meisters."

Es ist, jeder hat es erfahren, Castellio und Servet und hundert andere, eine verwegene und lebensgefährliche Sache, einem so fanatischen Rechthaber wie Calvin auch nur ein einziges Mal, und sei es nur in einem nebensächlichen Punkte seiner Lehre, entgegengetreten zu sein. Denn Calvins Haß ist, wie alles in seinem Charakter, starr und methodisch, nicht etwa ein jäh aufspringendes und wieder in sich zusammensinkendes Zornfeuer wie die berserkerischen Ausbrüche Luthers und die

Grobianismen Farels. Sein Haß ist ein Ressentiment, hart, scharf und schneidend wie Erz, er stammt nicht wie jener Luthers aus dem Blut, aus dem Temperament, aus Hitzigkeit oder Galle – Calvins zähe, kalte Rankūne kommt aus dem Gehirn, und sein Haß hat ein furchtbar gutes Gedächtnis. Calvin vergißt niemals und niemanden – „quand il a le dent contre quelqu'un ce n'est jamais fait", sagt von ihm der Pastor de la Mare –, und ein Name, den er einmal innerlich mit diesem harten Griffel eingeschrieben hat, wird nicht gelöscht, ehe nicht der Mensch selbst aus dem Buch des Lebens. So haben auch alle die Jahre nichts zu besagen, während deren Calvin nichts mehr von Servet hört: er wird ihn darum nicht vergessen. Schweigend bewahrt er in der Lade die kompromittierenden Briefe, in seinem Köcher die Pfeile, in seiner harten und unerbittlichen Seele den alten, unabänderlichen Haß.

In der Tat verhält sich Servet während dieser langen Frist scheinbar vollkommen still. Er hat es aufgegeben, den Unbelehrbaren zu überzeugen; seine ganze Leidenschaft gilt jetzt dem Werke. Mit stiller und wahrhaft erschütternder Hingebung arbeitet der Leibarzt des Erzbischofs heimlich an seiner „Restitutio" weiter, die, wie er hofft, Calvins, Luthers und Zwinglis Reformation an Wahrhaftigkeit weitaus übertreffen und endlich die Welt zum wahren Christentum erlösen soll. Denn keineswegs und niemals ist Servet jener „zyklopische Verächter des Evangeliums" gewesen, als den ihn später Calvin anzuprangern suchte, und ebensowenig der kühne Freigeist und Atheist, als der er heute manchmal gefeiert wird. Immer ist Servet im Raum des Religiösen geblieben, und wie sehr er sich als frommer Christ empfand, der sein Leben einsetzen müsse für den Glauben an das Göttliche, bezeugt der Anruf in der Vorrede seines Buches. „O Jesu Christe, Sohn Gottes, der Du uns vom Himmel gegeben bist, offenbare Dich selbst Deinem Diener, damit eine so große Offenbarung uns in wahrhafter Weise klar werde. Es ist Deine Sache, die ich, einem innern göttlichen Drange folgend, zu verteidigen unternommen habe. Schon früher habe ich einen ersten Versuch gemacht; nun werde ich aufs neue dazu genötigt, da die Zeit in Wahrheit erfüllt ist. Du hast uns gelehrt, unser Licht nicht zu verbergen; wehe mir darum, wenn ich die Wahrheit nicht verkündigte!"

Daß Servet sich der Gefahr voll bewußt war, die er mit der Veröffentlichung seines Buches heraufbeschwor, bezeugen überdies die besonderen Vorsichtsmaßnahmen bei der Drucklegung. Denn welches ungeheure Unterfangen, als Leibarzt des Erzbischofs in einer geschwätzigen Kleinstadt ein siebenhundert Seiten starkes ketzerisches Werk drucken zu lassen! Nicht nur der Verfasser, sondern auch der Hersteller und alle Handlanger setzten bei so tollem Wagestück ihr Leben aufs Spiel. Aber gerne opfert Servet sein ganzes durch die vieljährige ärztliche Tätigkeit mühselig erworbenes Vermögen, um die zögernden Arbeiter zu bestechen, der Inquisition zum Trotz heimlich sein Werk zu drucken. Aus Vorsicht wird überdies die Druckerpresse aus der eigentlichen Druckerei in ein abgelegenes Haus geschafft, das Servet eigens zu diesem Zwecke gemietet hat. Dort arbeiten nun die verläßlichen Leute, die sich unter Eid verpflichtet haben, das Geheimnis zu bewahren, in unauffälliger Weise an dem Ketzerbuche, und selbstverständlich wird in dem fertigen Werke jeder Vermerk über Druckort und Erscheinungsort unterdrückt. Nur auf die letzte Seite läßt Servet verhängnisvollerweise über das Erscheinungsjahr die verräterischen Initialen M. S. V. (Michael Servet Villanovus) setzen und liefert damit den Spürhunden der Inquisition einen unwiderleglichen Beweis für seine Autorschaft.

Aber Servet braucht sich gar nicht selbst zu verraten, dafür sorgt schon der scheinbar schlummernde, in Wahrheit aber scharfäugig lauernde Haß seines unerbittlichen Gegners. Die großartige Spionage- und Überwachungsorganisation, die Calvin in Genf immer methodischer und feinmaschiger aufgebaut hat, arbeitet weit in alle Nachbarlande hinüber und in Frankreich sogar präziser als dort die päpstliche Inquisition. Noch ist Servets Werk gar nicht wirklich erschienen, noch liegen fast alle die tausend Bände zu Bündeln verpackt in Lyon oder rollen unaufgeschnürt in den Bücherwagen zur Messe nach Frankfurt, noch hat Servet selbst erst so wenige Exemplare aus der Hand gegeben, daß heute im ganzen nur mehr drei erhalten sind, und doch hat Calvin schon eines in Händen. Und sofort geht er daran, beide mit einem Schlag zu vernichten, den Ketzer und sein Werk.

Dieser erste (weniger bekannte) Mordversuch Calvins an Servet ist eigentlich noch widerwärtiger durch seine Hinterhältigkeit als später der offene Mord auf dem Marktplatz von Champel. Denn wollte Calvin nach Erhalt des von ihm als erzketzerisch empfundenen Buches seinen Gegner in die Arme der geistlichen Behörde stoßen, so hätte er dafür einen offenen und ehrlichen Weg gehabt. Er brauchte nur von der Kanzel die Christenheit vor diesem Buche zu warnen, und die katholische Inquisition hätte sich den Verfasser in kurzer Frist auch im Schatten eines erzbischöflichen Palastes schon selber entdeckt. Aber der Führer der Reformation erspart dem päpstlichen Officium die Mühe der Nachforschung, und zwar auf die perfideste Art. Vergeblich, daß Calvins Lobredner ihn auch in diesem dunkelsten Punkte zu verteidigen suchten, denn sie verkennen und verfärben damit im tiefsten seinen Charakter: Calvin, persönlich zweifellos ein Mann ehrlichsten Eifers und reinsten religiösen Willens, wird sofort skrupellos in dem Augenblick, wenn es um sein Dogma, wenn es um die „Sache“ geht. Für seine Lehre, für seine Partei ist er sofort gewillt (und in diesem Punkte wird die Polarität zu Loyola zur Identität), jedes Mittel zu billigen, sofern es nur wirksam erscheint. Kaum ist Servets Buch in Calvins Händen, so schreibt schon am 16. Februar 1553 einer seiner nächsten Freunde, ein protestantischer Emigrant namens Guillaume de Trye, aus Genf einen Brief nach Frankreich an seinen Vetter Antoine Arneys, der ebenso fanatisch Katholik geblieben ist, wie de Trye Protestant geworden ist. In diesem Briefe rühmt de Trye zuerst ganz allgemein, wie trefflich das protestantische Genf alle ketzerischen Umtriebe unterdrücke, während man im katholischen Frankreich dieses Unkraut üppig wuchern lasse. Aber plötzlich wird das freundliche Geplauder gefährlich ernst: dort in Frankreich, schreibt de Trye, halte sich zum Beispiel jetzt ein Ketzer auf, der verdiene, verbrannt zu werden, wo immer man seiner habhaft werden könnte („qui mérite bien d'être brûlé partout où il sera“).

Unwillkürlich schrickt man auf. Denn dieser Satz reimt sich schon gefährlich mit der seinerzeitigen Ankündigung Calvins: wenn Servet Genf betreten sollte, würde er dafür sorgen, daß dieser die Stadt nicht mehr lebend verlasse. Aber de Trye, der Handlanger Calvins, wird noch deutlicher. Er denunziert jetzt ganz offen und klar: „Es handelt sich um einen aragonischen Spanier, der Michael Servet heißt, sich aber Michel de Villeneuve nennt und den Beruf eines Arztes ausübt“, und legt gleich den gedruckten Titel des Buches von Servet, die Inhaltsangabe sowie die ersten vier Seiten bei. Dann sendet er mit einem mitleidigen Seufzer über die Sündigkeit der Welt seinen mörderischen Brief ab.

Diese Genfer Mine ist zu kunstgerecht angelegt, um nicht sofort an der gewünschten Stelle zu zünden. Alles geschieht genau, wie es dieser perfide Denunziationsbrief beabsichtigt hat. Der fromme katholische Vetter Arneys flattert völlig fassungslos mit dem Schreiben zu den kirchlichen Behörden von Lyon, der Kardinal bestellt sich in höchster Eile den päpstlichen Inquisitor Pierre Ory. Mit unheimlicher Geschwindigkeit kommt das von Calvin angeschwungene Rad ins Rollen. Am 27. Februar ist die Denunziation von Genf eingetroffen, am 16. März ist Michel de Villeneuve bereits in Vienne vorgeladen.

Aber, bitteres Ärgernis für die fromm-eifrigen Denunzianten in Genf: die kunstgerechte Mine explodiert nicht. Irgendeine hilfreiche Hand muß die Leitung durchgeschnitten haben. Wahrscheinlich hat der Erzbischof von Vienne in persona seinem Leibarzt einen wertvollen Wink gegeben, sich rechtzeitig zu decken. Denn als der Inquisitor in Vienne erscheint, ist die Presse auf magische Weise schon von der Druckstelle verschwunden, die Arbeiter erklären und beschwören, nie ein Buch dieser Art gedruckt zu haben, und der hochangesehene Arzt Villanovus lehnt entrüstet jede Identität mit Michael Servet ab. Merkwürdigerweise erklärt sich die Inquisition mit diesem bloßen Protest bereits zufriedengestellt, und diese auffällige Nachsicht bestätigt die Vermutung, daß irgendeine mächtige Hand Servet damals geschützt haben muß. Das Gericht, das sonst gleich mit Daumenschrauben und Zugwinden einsetzt, beläßt Villeneuve auf freiem Fuß, der Inquisitor kehrt unverrichteter Dinge nach Lyon zurück, wo Arneys mitgeteilt wird, seine beigebrachten Informationen hätten leider zu einer Anklage nicht ausgereicht. Der Genfer Anschlag, sich Servets auf dem Umweg über die katholische Inquisition zu entledigen, scheint kläglich mißlungen. Und wahrscheinlich verliefe die ganze dunkle Angelegenheit im Sande, wenn sich nicht Arneys ein zweites Mal nach

Genf wendete, um von seinem Vetter de Trye neue und diesmal stichhaltige Beweise zu erbitten.

Bisher konnte man mit dem äußersten, dem alleräußersten Maß von Nachsichtigkeit vielleicht noch annehmen, de Trye habe wirklich bloß aus purem Glaubenseifer seinem katholischen Vetter über den ihm persönlich fremden Autor berichtet und weder er noch Calvin hätten geahnt, daß ihre persönliche Denunziation an die päpstlichen Behörden weitergeleitet werden könne. Jetzt aber, da die Justizmaschine bereits im Gang ist und die Genfer Gruppe genau wissen muß, daß sich Arneys nicht aus eigener Neugier, sondern im Auftrag der Inquisition an sie um weitere Beweise wendet, können sie sich nicht mehr im unklaren sein, wem sie eigentlich gefällig sind. Nach aller irdischen Voraussicht müßte ein evangelischer Geistlicher jetzt zurückschauern, gerade jener Behörde Spitzeldienste zu leisten, die eben wieder einige Freunde Calvins bei langsamem Feuer geröstet hat, und mit Recht wird Servet später seinem Mörder Calvin die Frage entgegenschleudern, „ob ihm nicht bekannt war, daß es nicht das Amt eines Dieners am Evangelium sei, sich zum behördlichen Ankläger zu machen und einem Manne von Amts wegen nachzustellen“.

Aber wenn es um seine Lehre geht, verliert Calvin – man muß es immer wieder sagen – jedes moralische Maß und humane Gefühl. Servet muß erledigt werden, und mit welchen Waffen und auf welche Weise es geschieht, ist diesem zähen Hasser im Augenblick völlig gleichgültig. In der Tat geschieht es auf die allertückischste und schmählichste Art. Denn der neue Brief, den de Trye zweifellos unter dem Diktat Calvins – an seinen Vetter Arneys richtet, ist ein Meisterstück der Heuchelei. De Trye stellt sich zunächst sehr erstaunt, daß sein Vetter seinen Brief an die Inquisition weitergeleitet habe. Er hätte die Mitteilung doch nur „privément à vous seul“, nur ganz persönlich an ihn allein gemacht. „Meine Absicht war bloß, darzutun, welcher Art der schöne Glaubenseifer derjenigen ist, die sich die Pfeiler der Kirche nennen.“ Aber statt nun, da er doch weiß, daß ein Scheiterhaufen gerüstet wird, jede weitere Materialbeschaffung an die katholische Inquisition abzulehnen, erklärt dieser erbärmliche Denunziant mit frommem Augenaufschlag, da der Irrtum nun einmal geschehen sei, habe dies „Gott um des Besten willen gewollt, damit die Christenheit von solchem Schmutz und solcher tödlicher Pest gereinigt werde“. Und nun geschieht das Unglaubwürdige: nach diesem schlimmen Versuch, Gott in diese Sache menschlicher oder vielmehr unmenschlicher Gehässigkeit einzubeziehen, händigt der überzeugte brave Protestant der katholischen Inquisition das denkbar mörderischeste Beweismaterial ein, nämlich Briefe von Servets eigener Hand und Teile der Handschrift seines Werkes. Nun kann der Ketzerrichter schnell und bequem seine Arbeit beginnen.

Briefe von Servets eigener Hand? Aber wie und woher kann sich de Trye, an den Servet niemals geschrieben hat, solche eigenhändige Briefe verschafft haben? Nun gibt es kein Verstecken mehr: Calvin muß aus dem Hintergrund heraus, in dem er sich bei dieser dunklen Affäre so vorsichtig verstecken wollte. Denn es sind selbstverständlich die an Calvin gerichteten Briefe und die Teile des an ihn gesandten Manuskripts, und Calvin – dies das Entscheidende – weiß vollkommen genau, für wen er sie aus seiner Lade holt. Er weiß, an wen diese Briefe übergeben werden sollen: an dieselben „Papisten“, die er täglich von der Kanzel herab Satansknechte nennt und die seine eigenen Schüler martern und verbrennen. Und er weiß genau, zu welchem Zwecke die Briefe vom Großinquisitor so dringend benötigt werden: um Servet auf den Scheiterhaufen zu bringen.

Vergeblich darum, wenn er später versucht, diesen klaren Tatbestand zu verfälschen, indem er sophistisch schreibt: „Es geht das Gerücht, ich hätte veranlaßt, daß Servet von der päpstlichen Inquisition festgenommen würde, und einige sagen, ich hätte nicht ehrenhaft gehandelt, ihn den Todfeinden des Glaubens auszuliefern und in den Rachen der Wölfe zu werfen. Aber ich bitte Euch, auf welche Weise hätte ich mich plötzlich mit den Satelliten des Papstes in Verbindung setzen können? Das ist doch wenig glaubhaft, daß wir miteinander verkehren und daß diejenigen, die so zu mir stehen wie Belial zu Christus, gemeinsam im Komplott gewesen wären.“ Jedoch dieser logische Eselssprung um die Wahrheit ist dennoch zu ungeschickt; denn wenn Calvin stammelt, „auf welche Weise er sich mit den Satelliten des Papstes hätte in Verbindung setzen können“, so geben die Dokumente eine niederschmetternd klare Antwort: auf dem direkten Wege über seinen Freund de Trye, der übrigens selbst in seinem Brief an Arneys ganz naiv die Mithelferschaft Calvins eingesteht. „Ich muß bekennen, daß es mich viel Mühe gekostet hat, die Stücke, die ich beilege, von Herrn Calvin zu erhalten. Nicht etwa, daß er nicht der Ansicht wäre, solche schandbare Gotteslästerungen müßten unterdrückt werden, sondern weil er es für seine Person als seine Pflicht erachtet, Ketzer durch die Lehre zu überzeugen und nicht sie mit dem Schwerte der Justiz zu verfolgen.“ Höchst vergeblich sucht (offenbar unter Calvins Diktat) der ungeschickte Schreiber alle Schuld von dem wahren Schuldigen zu nehmen, indem er schreibt: „Aber ich habe Herrn Calvin so bedrängt und ihm so überzeugend klargetan, daß, wenn er mir nicht hülfe, der Vorwurf der Leichtfertigkeit auf mich fiele, daß er schließlich doch das vorliegende Material zur Verfügung gestellt hat.“ Aber die dokumentarischen Tatsachen sprechen hier besser als alle geschickten Worte: widerstrebend oder nicht widerstrebend, aber doch und doch hat Calvin die an ihn privat gerichteten Briefe Servets zum Zweck des Mords an die „Satelliten des Papstes“ ausgeliefert. Nur durch seine bewußte Mithilfe war es möglich, daß de Trye seinem Brief an Arneys – in Wahrheit: an die Adresse der päpstlichen Inquisition – das mörderische Beweismaterial beipacken und das Schreiben mit dem klaren Hinweis schließen konnte: „Ich glaube, ich habe Sie mit gutem Material ausgerüstet, und es besteht nun keine Schwierigkeit mehr, sich Servets zu bemächtigen und ihm den Prozeß zu machen.“

Es wird berichtet, daß der Kardinal de Tournon und der Großmeister Ory, als sie diese endgültigen Beweise gegen den Ketzer Servet gerade durch die liebenswürdige Beflissenheit ihres Todfeindes, des Erzketzers Calvin, aufgedrängt bekamen, zunächst in schallendes Gelächter ausgebrochen seien, und man kann die gute Laune der Kirchenfürsten vollkommen verstehen; denn allzu ungeschickt verdeckt die frömmlerische Stilistik den unauslöschlichen Makel auf Calvins Ehre, daß aus Güte und Sanftmut und Freundschaftstreue für de Trye, aber doch und doch und doch der Führer des Protestantismus ihnen und gerade ihnen auf das liebenswürdigste einen Ketzer verbrennen helfen will. Solche Höflichkeiten und Gefälligkeiten waren sonst nicht üblich zwischen den beiden Religionen, die sich mit Eisen und Feuer und Galgen und Rad in allen Ländern des Erdballs erbittert bekämpften. Aber sofort nach diesem vergnüglich entspannenden Augenblick gehen die Inquisitoren energisch an ihr hartes Geschäft. Servet wird festgenommen, in Haft gesetzt und dringlich verhört. Die von Calvin beigebrachten Briefe bilden einen so verblüffenden und niederschmetternden Beweis, daß der Angeklagte die Identität des Michel de Villeneuve mit Michael Servet und die Autorschaft des Buches nicht mehr länger leugnen kann. Seine Sache ist verloren. Bald wird der Brandstoß in Vienne lodern.

Aber zum zweitenmal erweist sich die ungestüme Hoffnung Calvins, daß seine Erzfeinde ihn von seinem Erzfeind befreien würden, als verfrüht. Denn entweder hat Servet, der seit Jahren als Arzt in der Gegend höchst beliebt ist, besonders gute Helfer gehabt oder – was noch wahrscheinlicher ist – die kirchlichen Autoritäten machten sich das Vergnügen, gerade deshalb etwas lässig zuzugreifen, weil es Calvin so unerhört dringlich war, diesen Mann an den Pfahl zu bringen; lieber, denken sie, einen unbedeutenden Ketzer entwischen lassen, als dem tausendmal gefährlicheren Organisator und Propagator aller Ketzerei, als Maître Calvin in Genf gefällig sein! Die Bewachung Servets bleibt auffallend nachlässig. Während sonst Ketzer in engen Kerkern verschlossen und mit Eisenringen an die Wand geschmiedet werden, erlaubt man Servet ganz ungewöhnlicherweise, täglich Spaziergänge im Garten zu machen, um frische Luft zu schöpfen. Und am 7. April ist nach einem solchen Spaziergang Servet verschwunden, der Kerkermeister findet nur mehr seinen Schlafrock und die Leiter, mit der er über die Mauer des Gartens gestiegen ist; statt des lebendigen Menschen werden bloß sein Bild und fünf Bücherballen der „Restitutio" auf dem Marktplatz von Vienne verbrannt. Kläglich ist der raffiniert ausgesonnene Genfer Plan mißlungen, einen persönlichen, geistigen Gegner durch einen fremden Fanatismus heimtückisch abtun zu lassen und selbst reine

Hände zu bewahren. Mit Blut an den Händen und von dem Haß aller Humanen getroffen, wird Calvin es selbst verantworten müssen, wenn er weiterhin gegen Servet wütet und einen Menschen einzig um seiner Überzeugung willen vom Leben zum Tode bringt.

Der Mord an Servet

Nach seiner Flucht aus dem Gefängnis ist Servet für einige Monate spurlos verschollen. Nie wird jemand ausdenken oder aussagen können, welche Seelenschrecknisse der Gejagte bis zu jenem Augusttage erduldet hat, da er auf gemietetem Gaul in den für ihn gefährlichsten Ort der Welt, in Genf, einreitet und dort im Gasthof zur Rose absteigt.

Auch dies, warum der „malis auspiciis appulsus", dieser, wie Calvin später selbst sagt, von einem schlimmen Stern Gelenkte, gerade in Genf Unterkunft gesucht, wird niemals aufzuklären sein. Hat er hier wirklich nur eine einzige Nacht verbracht, um am nächsten Tage mit einem Boot über den See weiterzuflüchten? Hoffte er durch mündliche Aussprache seinen Erzfeind besser zu überzeugen als durch Briefe? Oder war seine Reise nach Genf vielleicht nur einer jener sinnlosen Akte überreizter Nerven, jener teuflisch süßen und brennendsten Spiellust mit der Gefahr, wie sie manchmal Menschen gerade in der äußersten Verzweiflung überfällt? Man weiß es nicht, man wird es niemals erfahren. Alle Verhöre und Protokolle erhellen nicht das eigentliche Geheimnis, warum Servet Genf und gerade Genf aufgesucht, wo er von Calvin nur das Grimmigste zu erwarten hatte.

Aber noch weiter treibt den Unseligen sein irrwitziger und herausfordernder Mut. Kaum in Genf angelangt, begibt sich Servet sonntags in die Kirche, wo die ganze calvinistische Gemeinde versammelt ist, und sogar – weiterer Irrwitz – von all den Kirchen gerade in jene von St. Pierre, wo Calvin predigt, der einzige Mann, der ihn aus jenen verschollenen Pariser Tagen von Antlitz zu Antlitz kennt. Hier waltet ein seelischer Hypnotismus vor, der jeder logischen Ausdeutung sich verweigert: sucht die Schlange den Blick ihres Opfers oder sucht nicht vielmehr das Opfer ihren stählernen, ihren schreckhaft anziehenden Blick? Jedenfalls, ein Zwang, ein geheimnisvoller, muß es gewesen sein, der Servet seinem Schicksal entgegentrieb.

Denn unausweichlich zieht in einer Stadt, wo jedweder behördlich verpflichtet ist, jeden andern zu bewachen, ein Fremder alle Neugierblicke auf sich. Und sofort geschieht, was zu erwarten war; Calvin erkennt inmitten seiner frommen Herde den reißenden Wolf und gibt unverzüglich seinen Schergen Befehl, Servet beim Verlassen der Kirche zu verhaften. Eine Stunde später liegt Servet in Ketten.

Diese Verhaftung Servets ist selbstverständlich ein offenbarer Rechtsbruch und ein grober Verstoß gegen das in allen Ländern der Welt geheiligte Gastrecht und Völkerrecht. Servet ist Ausländer, ist Spanier, er hat Genf zum erstenmal betreten, konnte demzufolge dort nie ein Delikt begangen haben, das seine Verhaftung erheischte. Die von ihm verfaßten Bücher sind sämtlich im Ausland gedruckt, er kann demnach niemanden aufgewiegelt und keine fromme Seele in Genf mit seinen ketzerischen Ansichten verdorben haben. Außerdem stand einem „Prediger des Gotteswortes“, einer geistlichen Persönlichkeit keinerlei Machtbefugnis zu, ohne vorher ergangenen Gerichtsbeschluß jemanden im Bereich der Stadt Genf festnehmen und in Ketten legen zu lassen – von welcher Fläche immer auch betrachtet, stellt Calvins Überfall auf Servet einen welthistorischen Akt diktatorischer Willkür dar, vergleichbar in seiner offenen Verhöhnung aller Satzungen und Verträge nur Napoleons Überfall und Mord an dem Herzog von Enghien; auch hier beginnt mit einer widerrechtlichen Freiheitsberaubung nicht ein regulärer Prozeß gegen Servet, sondern ein vorbedachter und mit keiner frommen Lüge zu bemäntelnder Mord.

Ohne vorherige Anklage ist Servet festgenommen und ins Gefängnis geworfen worden; so muß jetzt wenigstens nachträglich eine Schuld konstruiert werden. Logisch wäre nun, daß der Mann, der diese Verhaftung auf dem Gewissen hat – „me auctore“, auf meine Veranlassung, bekennt Calvin selber –, auch als Ankläger Servets aufträte. Aber nach dem wirklich vorbildlichen Genfer Gesetz hat jeder Bürger, der einen andern eines Verbrechens beschuldigt, sich gleichzeitig mit dem Angeschuldigten in Haft zu begeben und dort so lange zu verbleiben, bis seine Anklage sich als stichhaltig erwiesen hat. Calvin müßte also, um Servet legal anzuschuldigen, sich dem Gericht zur Verfügung stellen. Für eine solche peinliche Prozedur dünkt sich Calvin als der theokratische Gebieter Genfs doch zu gut: denn wie, wenn der Rat die faktische Schuldlosigkeit Servets anerkennen würde und er selbst als Denunziant in Haft verbleiben müßte! Welche Katastrophe für sein Ansehen, welcher Triumph für seine Gegner! So weist Calvin, diplomatisch wie immer, lieber seinem Sekretär Nicolaus de la Fontaine die unangenehme Rolle des Anklägers zu; und wirklich, brav und still läßt sich statt Calvins sein Secretarius ins Gefängnis setzen, nachdem er zuvor eine – selbstverständlich von Calvin verfaßte, aus dreiundzwanzig Punkten bestehende – Anklage gegen Servet der Behörde überreicht hat: eine Komödie leitet diese grimmige Tragödie ein. Immerhin wird jetzt nach dem eklatanten Rechtsbruch wenigstens äußerlich wieder der Anschein eines Rechtsverfahrens gewahrt. Zum erstenmal wird Servet einem Verhör unterzogen, und in einer Reihe von Paragraphen werden ihm die verschiedenen Beschuldigungen seines Anklägers mitgeteilt. Auf diese Fragen und Anklagen antwortet Servet ruhig und klug, seine Energie ist durch die Kerkerhaft noch nicht gebrochen, seine Nerven intakt. Punkt für Punkt weist er die Beschuldigungen zurück und erwidert zum Beispiel auf den Anwurf, er habe die Person des Herrn Calvin in seinen Schriften angegriffen, dies sei eine Verkehrung der Tatsachen, denn als erster habe Calvin ihn angegriffen und erst daraufhin habe er seinerseits dargetan, daß auch Calvin in einigen Belangen nicht unfehlbar sei. Wenn Calvin ihn beschuldige, daß er, Servet, zäh an einzelnen Thesen festhalte, so könne er Calvin der gleichen Hartnäckigkeit beschuldigen. Es handle sich zwischen Calvin und ihm nur um theologische Meinungsverschiedenheiten, die nicht vor einem weltlichen Gericht entschieden werden könnten, und wenn ihn Calvin trotzdem habe verhaften lassen, so sei dies nichts als ein durchaus persönlicher Racheakt. Niemand anderer als der Führer des Protestantismus habe ihn seinerzeit der katholischen Inquisition denunziert, und nicht an diesem Prediger des Gotteswortes sei es gelegen, wenn er nicht schon längst verbrannt worden sei.

Dieser Standpunkt Servets ist in seiner juridischen Stichhaltigkeit derart unanfechtbar, daß die Stimmung im Rate schon sehr zu seinen Gunsten neigt, und wahrscheinlich hätte man sich mit der bloßen Landesverweisung Servets begnügt. Aber an irgendwelchen Zeichen muß Calvin wahrgenommen haben, daß die Sache für Servet nicht ungünstig stehe und sein Opfer ihm am Ende noch entkommen könnte. Denn am 17. August erscheint er plötzlich vor dem Rat und macht unerwartet der Komödie seines angeblichen Unbeteiligtseins ein Ende. Klar und offen bekennt er jetzt Farbe; er leugnet nicht länger, der eigentliche Ankläger Servets zu sein, und ersucht den Rat, von nun ab an den Verhören teilnehmen zu dürfen unter dem heuchlerischen Vorwand, „damit dem Angeklagten seine Irrtümer besser nachgewiesen werden könnten" – in Wahrheit selbstverständlich, um mit dem Einsatz seiner ganzen Persönlichkeit das drohende Entkommen seines Opfers zu verhindern.

Von diesem Augenblick an, da Calvin sich selbstherrlich zwischen den Angeklagten und seine Richter eingedrängt hat, verschlimmert sich Servets Sache bedenklich. Der geübte Logiker und gelernte Jurist Calvin weiß einen Angriff anders zu führen als der kleine Secretarius de la Fontaine, und in dem Maße, wie der Ankläger seine Stärke zeigt, schwächt sich bei dem Angeklagten die Sicherheit. Der reizbare Spanier verliert zusehends die Nerven, sobald er unvermuteterweise seinen Ankläger und Todfeind neben seinen Richtern sitzen sieht, kalt, streng und mit dem vorgetäuschten Anschein absoluter Objektivität die einzelnen Fragen stellend, aber, Servet fühlt es bis ins Mark, eisern entschlossen, ihn mit diesen Fragen zu fangen und abzuwürgen. Eine böse Kampflust, ein bitterer Zorn bemächtigt sich des Wehrlosen; statt nervenlos ruhig auf seinem sichern juristischen Standpunkt zu verharren, läßt er sich durch die Fangfragen Calvins auf den schlüpfrigen Grund theologischer Diskussionen locken und gefährdet sich durch seine eifernde Rechthaberei. Denn schon eine einzige Behauptung, wie etwa jene, daß auch der Teufel ein Teil der Substanz Gottes sei, genügt vollends, um den frommen Räten einen Schauer über den Rücken rinnen zu lassen. Aber einmal gereizt in seinem philosophischen Ehrgeiz, verbreitet sich Servet ohne jede Hemmung über die heikelsten und subtilsten Glaubensartikel, als wären diese Ratsherren ihm gegenüber aufgeklärte Theologen, vor denen er die Wahrheit unbekümmert erörtern dürfe. Gerade aber diese Redewut und leidenschaftliche Diskussionsgier machen Servet den Richtern verdächtig: immer mehr beginnen sie der Ansicht Calvins zuzuneigen, dieser Fremde, der da mit flackernden Augen und geballten Fäusten gegen die Lehren ihrer Kirche redet, müsse ein gefährlicher Aufrührer gegen den geistlichen Frieden und höchstwahrscheinlich ein heilloser Ketzer sein; jedenfalls aber tue man gut, eine gründliche Untersuchung gegen ihn einzuleiten. Es wird beschlossen, seine Haft aufrechtzuerhalten, dagegen seinen Ankläger Nicolaus de la Fontaine zu entlassen. Calvin hat seinen Willen durchgesetzt, und freudig schreibt er an einen Freund: „Ich hoffe, daß er zum Tode verurteilt wird."

Warum wünscht Calvin so dringlich, daß Servet zum Tode verurteilt werde? Warum genügt ihm nicht der bescheidenere Triumph, diesen Widersprecher bloß aus dem Lande verwiesen oder sonst schmählich abgefertigt zu wissen? Unwillkürlich ergibt sich zuerst der Eindruck, als entlade sich hier ein ganz privater und persönlicher Haß. Aber Calvin haßt in Wahrheit Servet durchaus nicht mehr als Castellio und jeden andern, der sich gegen seine Autorität auflehnt: unbedingter Haß gegen jeden, der anderes zu lehren wagt als er selbst, ist für seine tyrannische Natur ein absolut instinktives Gefühl. Wenn er aber gerade gegen Servet und gerade im gegenwärtigen Augenblicke mit der schärfsten Schärfe vorzugehen sucht, deren er fähig ist, so hat dies nicht private, sondern machtpolitische Gründe: der Aufrührer gegen seine Autorität, Michael Servet, soll bezahlen für einen andern Gegner seiner Orthodoxie, den ehemaligen Dominikanermönch Hieronymus Bolsec, den er gleichfalls mit der Ketzerzange fassen wollte und der ihm auf die ärgerlichste Weise entkommen ist. Dieser Hieronymus Bolsec, der als Leibarzt der vornehmsten Familien sich in Genf allgemeiner Achtung erfreute, hatte den schwächsten und anfechtbarsten Punkt der Calvinschen Lehre, ihren starren Prädestinationsglauben, öffentlich bekämpft und mit ähnlichen

Argumenten wie Erasmus in der gleichen Frage gegen Luther den Gedanken für absurd erklärt, Gott als das Prinzip alles Guten könne wissentlich und willentlich die Menschen zu ihren ärgsten Untaten bestimmen und antreiben. Man weiß, mit wie wenig Freundlichkeit Luther die Einwände des Erasmus aufnahm, welche Fuhren von Schimpf und Jauche dieser Meister des Grobianismus gegen den alten und weisen Humanisten entlud. Aber wenn auch cholerisch, grob und gewalttätig, so antwortete Luther dem Erasmus doch immerhin in der Form geistiger Auseinandersetzung, und nicht im entferntesten kam er auf den Gedanken, Erasmus, weil er ihm in der Prädestinationslehre widersprach, sofort vor einem irdischen Gericht als Ketzer anzuklagen. Calvin aber betrachtet in seinem Unfehlbarkeitswahn jeden Gegenredner implizite schon als Ketzer; Einspruch gegen seine Kirchenlehre ist für ihn gleichbedeutend mit einem Staatsverbrechen. Statt also Hieronymus Bolsec als Theologe zu antworten, ließ er ihn sofort ins Gefängnis werfen.

Aber unerwarteterweise sollte ihm bei Hieronymus Bolsec das Abschreckungsexempel auf das peinlichste mißlingen. Denn zu viele in Genf kannten diesen gelehrten Arzt als einen gottesfürchtigen Mann, und genau wie im Falle Castellio regte sich der Verdacht, Calvin wolle sich nur eines selbständig denkenden und ihm nicht völlig servilen Mannes entledigen, um in Genf der eine und einzige zu bleiben. Das von Bolsec im Gefängnis gedichtete Klagelied, in dem er seine Unschuld darlegte, ging in Abschriften von Hand zu Hand, und so heftig auch Calvin den Magistrat bedrängte, die Räte scheuten sich doch, das geforderte Ketzerurteil auszusprechen. Um den peinlichen Beschluß von sich wegzurücken, erklärten sie sich als unzuständig in geistlichen Fragen; sie weigerten sich, eine Entscheidung zu fällen, weil diese theologische Angelegenheit ihr Urteilsvermögen übersteige. Erst müßten sie in dieser diffizilen Sache ein Rechtsgutachten von den andern schweizerischen Landeskirchen einholen. Mit dieser Befragung aber war Bolsec gerettet, denn die reformierten Kirchen von Zürich, Bern und Basel, im stillen herzlich gern bereit, dem Unfehlbarkeitsdünkel ihres fanatischen Kollegen einen kleinen Stoß zu versetzen, lehnten einhellig ab, in den Äußerungen Bolsecs den Ausdruck blasphemischer Gesinnung zu erblicken. So fällte der Rat einen Freispruch; Calvin mußte von seinem Opfer lassen und sich damit begnügen, daß Bolsec auf Wunsch des Magistrats aus der Stadt verschwand.

Diese offenbare Niederlage seiner theologischen Autorität kann nun einzig ein neuer Ketzerprozeß in Vergessenheit bringen. Für Bolsec muß Servet herhalten, und bei diesem abermaligen Versuch sind die Chancen Calvins unendlich günstigere. Denn Servet ist ein Fremder, ein Spanier, er hat nicht wie Castellio, wie Bolsec Freunde, Bewunderer und Helfer in Genf, außerdem ist er in der ganzen reformierten Geistlichkeit schon seit Jahren durch seine frechen Angriffe auf die Trinität und seine herausfordernde Art verhaßt. An einem solchen Außenseiter ohne Rückendeckung kann viel leichter das abschreckende Exempel statuiert werden; von der ersten Stunde an war dieser Prozeß darum ein durchaus politischer, eine Machtfrage für Calvin, eine Belastungsprobe und die entscheidende Belastungsprobe für seinen Willen zur geistigen Diktatur. Hätte Calvin nichts anderes gewollt, als sich bloß des privaten, des theologischen Gegners Servet zu entledigen, wie leicht hätten die Umstände es ihm gemacht! Denn kaum daß die Genfer Untersuchung recht begonnen hat, erscheint schon ein Abgesandter der französischen Justiz, um die Auslieferung des in Frankreichverurteilten Flüchtlings nach Vienne zu verlangen, wo ihn der Scheiterhaufen erwartet. Welche einmalige Gelegenheit für Calvin, den Großmütigen zu spielen und doch sich des verhaßten Widerredners zu entledigen! Der Genfer Rat brauchte die Auslieferung nur zu billigen und die ärgerliche Affäre Servet wäre für Genf erledigt. Aber Calvin verhindert die Auslieferung. Für ihn ist Servet nicht ein lebendiger Mensch, nicht ein Subjekt, sondern vor allem ein Objekt, an dem er die Unantastbarkeit der eigenen Lehre sinnfällig vor der Welt demonstrieren will. Unverrichteter Dinge wird der Abgesandte der französischen Behörden zurückgeschickt; im eigenen Machtbereich will der Diktator des Protestantismus diesen Prozeß durchführen und beenden, um zum Staatsgesetz zu erheben, daß jeder sein Leben wagt, der versucht, ihm zu widersprechen.

Daß es Calvin im Falle Servet einzig um eine politische Machtprobe geht, merken bald in Genf sowohl seine Freunde als auch seine Feinde. Nichts natürlicher darum, als daß diese alles versuchen, um Calvin das schöne Exempel zu verderben. Selbstverständlich ist diesen Politikern nicht das geringste an dem Menschen Servet gelegen; auch ihnen ist der Unglückliche nicht mehr als ein Spielball, ein Versuchsobjekt, ein kleiner Hebel, um die Macht des Diktators aus den Angeln zu heben, und innerlich ist es ihnen allen gleichgültig, ob bei diesem Versuch das Werkzeug in ihren Händen zerbricht. In der Tat erweisen diese gefährlichen Freunde Servet nur den schlimmsten Dienst, indem sie das schwankende Selbstbewußtsein des Hysterikers mit falschen Gerüchten aufsteigern und ihm heimlich Botschaft ins Gefängnis schicken, er möge Calvin nur recht entschlossen Widerstand leisten. In ihrem Interesse liegt es ja einzig, daß sich der Prozeß möglichst aufregend und aufsehenerregend gestalte: je energischer Servet sich wehrt, je rabiater er den verhaßten Gegner angreift, desto besser.

Aber verhängnisvollerweise ist ohnehin nicht mehr viel nötig, um den an sich schon Unbesonnenen noch unbesonnener zu machen. Die lange, grausame Kerkerhaft hat längst das Ihre getan, um den Exaltierten in einen Zustand hemmungsloser Wut zu treiben, denn Servet wird im Gefängnis (und Calvin muß das wissen) mit bewußter und raffinierter Härte behandelt. Seit Wochen hält man den kranken, nervösen und hysterischen Mann, der sich völlig unschuldig fühlt, wie einen Mörder mit Ketten an Händen und Füßen in einem feuchten, eiskalten Kerker verschlossen. Verfault hängen ihm die Kleider vom frierenden Leibe, trotzdem wird ihm kein frisches Hemd bewilligt, die primitivsten Gebote der Reinlichkeit werden außer acht gelassen, niemand darf ihm auch nur die geringste Hilfeleistung angedeihen lassen. In seiner abgründigen Not wendet sich Servet in einem erschütternden Brief an den Rat um mehr Menschlichkeit: „Die Flöhe fressen mich lebendig auf, meine Schuhe sind zerrissen, ich habe keine Kleider, keine Wäsche mehr."

Aber eine geheime Hand – man glaubt sie zu kennen, diese harte Hand, die unmenschlich wie ein Schraubstock jeden Widerstand zerpreßt – verhindert, obwohl der Rat sofort auf Servets Beschwerde hin die

Abstellung der Mißstände anordnet, jede Verbesserung seines Loses. Wie einen räudigen Hund auf einem Düngerhaufen läßt man weiterhin diesen kühnen Denker und freigeistigen Gelehrten in seiner feuchten Grube dahinsiechen. Und noch schauerlicher schrillen die Notschreie des zweiten Briefes wenige Wochen später, da er buchstäblich im eigenen Kot erstickt: „Ich bitte Euch um der Liebe Christi willen, mir nicht zu verweigern, was Ihr einem Türken und Verbrecher gewähren würdet. Von all dem, was Ihr angeordnet habt, um mich rein zu halten, ist nichts geschehen. Ich bin in einem kläglicheren Zustand als je. Es ist eine große Grausamkeit, daß man mir keine Möglichkeit gibt, dieser meiner körperlichen Notdurft abzuhelfen."

Aber nichts geschieht! Ist es dann ein Wunder, daß der aus seiner nassen Grube herausgeholte Mann jedesmal in wahre Tollwut ausbricht, wenn er, Ketten an den Füßen und erniedrigt in seinen stinkenden Fetzen, am Richtertisch sich gegenüber, im schwarzen, wohlgebürsteten Talar, kalt und kühl, gut vorbereitet und geistig ausgeruht, den Mann sitzen sieht, mit dem er Geist gegen Geist, Gelehrter gegen Gelehrter eine Zwiesprache beginnen wollte und der ihn nun ärger als einen Mörder behandelt und mißhandelt? Ist es nicht unausweichlich, daß er, von den gemeinsten, tückischsten Fragen und Insinuationen, die bis in sein geheimstes Geschlechtsleben greifen, gequält und aufgestachelt, jede Einsicht und Vorsicht verliert und nun seinerseits den Pharisäer mit den grauenhaftesten Beschimpfungen anfällt? Wenn er, fiebrig von schlaflosen Nächten, dem Mann, dem er alle diese Unmenschlichkeiten dankt, geradezu an die Gurgel fährt mit den Worten: „Leugnest du, daß du ein Mörder bist? Ich werde es beweisen durch deine Handlungen. Was mich betrifft, so bin ich meiner gerechten Sache gewiß und fürchte nicht den Tod. Du aber schreist wie ein Blinder in der Wüste, weil der Geist der Rache dein Herz verbrennt. Du hast gelogen, du hast gelogen, du Unwissender, du Verleumder! In dir schäumt der Zorn, wenn du jemanden in den Tod verfolgst. Ich wollte, daß deine ganze Magie noch im Bauch deiner Mutter wäre und mir Gelegenheit gegeben, alle deine Irrtümer aufzuzeigen." Völlig vergißt im roten Rausch seines Zornes der unglückselige Servet seine eigene Machtlosigkeit; in seinen Ketten klirrend, Schaum vor dem Munde, fordert dieser rasende Mensch von dem Rate, der ihn richten soll, statt gegen sich selbst ein Urteil gegen den Rechtsbrecher Calvin, gegen den Diktator von Genf. „Darum soll er, Magier, der er ist, nicht nur schuldig befunden und verurteilt, sondern auch aus dieser Stadt vertrieben werden, und sein Vermögen soll mir zufallen als Ersatz für das meinige, das ich durch ihn verloren habe."

Selbstverständlich faßt die wackeren Ratsleute ein wildes Grauen bei solchen Worten, bei solchem Anblick: dieser hagere, fahle, ausgemergelte Mann mit dem wüsten, wirren Bart, der da mit glühenden Augen und in einer fremdartigen Sprache die ungeheuerlichsten Beschuldigungen gegen ihren christlichen Führer wild heraussprudelt, muß ihnen unwillkürlich wie ein Besessener erscheinen, wie ein vom Satan Getriebener. Immer ungünstiger wird die Stimmung von Verhör zu Verhör. Eigentlich wäre der Prozeß jetzt schon zu Ende und Servets Verurteilung unabwendbar. Aber die heimlichen Feinde Calvins haben alles Interesse, den Prozeß zu verlängern und hinauszuziehen, weil sie Calvin nicht den Triumph gönnen wollen, daß sein Widerredner dem Gesetz verfalle. Noch einmal versuchen sie es, Servet zu retten, indem sie wie bei Bolsec über seine Ansichten die Meinung der andern reformierten Schweizer Synoden erbitten, beseelt von der heimlichen Hoffnung, auch diesmal würde Calvin das Opfer seines Dogmatismus in letzter Stunde entrissen werden.

Aber Calvin weiß selbst zu gut, daß es jetzt endgültig um seine Autorität geht. Ein zweites Mal wird er sich nicht mehr überspielen lassen. Rechtzeitig und eifrig trifft er diesmal seine Maßnahmen. Er verfaßt, während sein unseliges Opfer wehrlos im Kerker fault, Sendschreiben über Sendschreiben an die Kirchenvorstände von Zürich, Basel und Bern und Schaffhausen, um ihr Gutachten im voraus zu beeinflussen. Er schickt in alle Windrichtungen Boten, setzt alle Freunde in Bewegung, um seine Amtsbrüder zu mahnen, sie mögen doch ja nicht einen derart sträflichen Gotteslästerer dem gerechten Urteil entziehen! Förderlich wird seiner einseitigen Beeinflussung der Umstand, daß es sich bei Servet um einen bekannten theologischen Störenfried handelt und daß schon seit Zwinglis und Bucers Tagen der „freche Hispanier“ in den Kreisen der ganzen Kirche verhaßt ist; in der Tat erklären einhellig alle Schweizer Synoden Servets Ansichten für irrig und lästerlich, und wenn auch keine der vier geistlichen Gemeinden offen die Todesstrafe fordert oder auch nur gutheißt, so billigen sie im Prinzip doch jede Anwendung von Strenge. Zürich schreibt: „Welche Strafe über diesen Menschen zu verhängen ist, überlassen wir Eurer Weisheit“, Bern ruft den Herrn an, er möge den Genfern „den Geist der Weisheit und der Stärke verleihen, damit Ihr Eurer und den andern Kirchen dient und sie von dieser Pest befreit“. Aber dieser Hinweis auf gewaltsame Beseitigung ist gleichzeitig abgeschwächt mit der Ermahnung, „doch in solcher Weise, daß Ihr gleichzeitig nichts tut, was ungehörig für einen christlichen Magistrat erscheinen könnte“. Nirgends ist Calvin deutlich zur Todesstrafe ermutigt. Da jedoch die Kirchen das Verfahren gegen Servet gebilligt haben, werden sie auch, das fühlt Calvin, das Weitere billigen, denn sie lassen ihm mit ihren zweideutigen Worten freie Hand für jede Entscheidung. Und immer, wenn sie frei ist, schlägt diese Hand hart und entschlossen zu. Vergeblich suchen jetzt die heimlichen Helfer, sobald sie das Gutachten der Kirchen erfahren, noch im letzten Augenblick das drohende Unheil zu verzögern. Perrin und die andern Republikaner schlagen vor, noch die höchste Instanz der Gemeinde, den Rat der Zweihundert, zu befragen. Aber schon ist es zu spät, schon den Gegnern Calvins der Widerstand zu gefährlich: am 26. Oktober wird Servet mit Stimmeneinheit verurteilt, bei lebendigem Leibe verbrannt zu werden, und dies grausame Verdikt soll schon am nächsten Tag auf dem Platz von Champel vollstreckt werden.

Wochen und Wochen hat sich Servet, in seinem Kerker von der wirklichen Welt abgeschlossen, den überschwenglichsten Hoffnungen hingegeben. Von Natur aus schon phantasie-überreizt und außerdem noch verwirrt von geheimen Einflüsterungen seiner vorgeblichen Freunde, berauscht er sich immer hitziger an dem Wahn, er habe längst die Richter von der Wahrheit seiner Thesen überzeugt, und mit Schimpf und Schande werde der Usurpator Calvin in wenigen Tagen von hinnen gejagt werden. Um so fürchterlicher ist dann das Erwachen, da mit verschlossenen Mienen die Sekretäre des Rats in seine Zelle eintreten und umständlich ein Pergament zur Verlesung entrollen. Das Urteil fällt über Servet wie ein Donnerschlag. Starr, als ob er das Ungeheuerliche gar nicht verstünde, hört er dem vorgelesenen Spruche zu, daß er schon morgen bei lebendigem Leibe als Gotteslästerer verbrannt werden solle. Einige Minuten bleibt er wie taub und unbewußt. Dann aber reißen dem gepeinigten Menschen die Nerven durch. Er beginnt zu stöhnen, zu klagen, zu schluchzen, gellend bricht aus seiner Kehle in seiner spanischen Muttersprache der irre Angstschrei: „Misericordias!" Bis zur Wurzel hinab scheint durch diese Schreckensnachricht sein bisher krankhaft gespannter und überspannter Hochmut zerspalten; ein zertrümmerter, vernichteter Mensch, starrt der Unglückliche mit stieren Augen entgeistert vor sich hin. Und schon meinen die rechthaberischen Prediger die Stunde gekommen, um nach dem weltlichen Triumph auch den geistlichen über Servet zu gewinnen und seiner Verzweiflung das freiwillige Geständnis seines Irrtums zu entreißen.

Aber wunderbar: kaum berührt man diesen zertretenen und fast schon ausgelöschten Menschen an diesem innerstenPunkt seiner Gläubigkeit – kaum fordert man von ihm Widerruf seiner Thesen, da lodert mächtig und stolz der alte Trotz empor. Mögen sie ihn richten und martern und verbrennen, mögen sie Stück für Stück seinen Leib zerfetzen – von seiner Weltanschauung wird Servet nicht einen Zoll lassen; gerade diese letzten Tage erhöhen diesen fahrenden Ritter der Wissenschaft zu einem Märtyrer und Helden der Überzeugung. Schroff weist er Farels Drängen zurück, der eigens aus Lausanne herbeigeeilt ist, um Calvins Triumph mitzufeiern; er erklärt, ein irdischer Richtspruch könne niemals als Beweis gelten, ob ein Mensch in göttlichen Dingen im Recht oder im Unrecht sei. Morden heiße nicht überzeugen. Man habe ihm nichts bewiesen, man versuche nur, ihn zu erwürgen. Weder durch Drohungen noch durch Versprechungen vermag Farel dem geketteten und schon dem Tode verfallenen Opfer auch nur ein Wort des Widerrufs abzuringen. Aber um sichtbarlich darzutun, daß er trotz seinem Festhalten an seiner Überzeugung kein Ketzer sei, sondern ein gläubiger Christ und darum verpflichtet, sich auch mit dem mörderischesten seiner Feinde auszusöhnen, erklärt sich Servet bereit, vor seinem Tode noch den Besuch Calvins in seinem Kerker zu empfangen.

Über diesen Besuch Calvins bei seinem Opfer besitzen wir nur den Bericht der einen Partei: den Bericht Calvins. Aber selbst in seiner eigenen Darstellung wird grauenhaft abstoßend die innere Starrheit und Seelenhärte Calvins offenbar: der Opferer steigt hinab in die feuchte Kerkerzelle zu seinem Opfer, aber nicht, um den Todgeweihten mit einem Worte zu trösten, nicht, um einem Menschen, der morgen unter den fürchterlichsten Martern sterben soll, brüderlichen oder christlichen Zuspruch zu gewähren. Kühl und sachlich eröffnet Calvin das Gespräch mit der Frage, weshalb Servet ihn zu sich entboten und was er ihm zu sagen habe. Offenbar erwartet er, nun werde Servet in die Knie stürzen und zu jammern beginnen, der allmächtige Diktator möge das Urteil zunichte machen oder doch wenigstens mildern. Aber der Verurteilte antwortet nur ganz schlicht – und dies schon müßte jeden menschlichen Menschen erschüttern –, er habe Calvin einzig zu sich rufen lassen, um ihn um Vergebung zu bitten. Das Opfer bietet seinem Opferer christliche Versöhnung an. Jedoch nie wird Calvins steinernes Auge in einem politischen und religiösen Gegner noch einen Christen, noch einen Menschen erkennen wollen. Eiskalt heißt es in seinem Bericht: „Darauf wandte ich einfach ein, daß ich niemals, wie es auch der Wahrheit entsprach, persönlichen Haß gegen ihn gehegt hatte.“ Das Christliche in Servets Sterbegeste entweder nicht verstehend oder nicht verstehen wollend, lehnt er jede Art menschlicher Versöhnung zwischen ihnen beiden ab; Servet möge alles beiseite lassen, was seine Person betreffe, und einzig seinen Irrtum gegen Gott bekennen, dessen dreieiniges Wesen er geleugnet habe. Bewußt oder unbewußt weigert sich der Ideologe in Calvin, in diesem schon hingeopferten Menschen, der am nächsten Tag wie ein wertloses Scheit in die Flammen geworfen werden soll, den Mitbruder zu bemerken; als starrer Dogmatiker sieht er in Servet nur den Leugner seines persönlichen Gottesbegriffes und darum Gottes überhaupt. Wichtig ist seiner besessenen Rechthaberei auch jetzt nur noch eines: aus dem Todgeweihten vor dem letzten Atemzug das Bekenntnis herauszupressen, daß Servet unrecht habe und er, Calvin, recht. Aber da Servet spürt, daß dieser inhumane Zelot ihm noch das einzige entreißen möchte, was in seinem verlorenen Leib lebendig und für ihn unsterblich lebt: seinen Glauben, seine Überzeugung, da bäumt sich der Gepeinigte auf. Entschlossen weist er jedes feige Zugeständnis ab. Damit scheint Calvin jedes weitere Wort überflüssig: ein Mensch, der sich in religiösen Dingen nicht ganz unterwirft, ist für ihn kein Bruder in Christo mehr, sondern ein Satansknecht und ein Sünder, an den jedes freundliche Wort nur vergeudet wäre. Wozu noch ein Senfkorn Güte für einen Ketzer? Hart wendet sich Calvin ab, wortlos und ohne freundlichen Blick verläßt er sein Opfer. Hinter ihm klirrt eisern der Riegel, und mit den furchtbar fühllosen Worten schließt dieser zelotische Ankläger seinen ihn selbst in alle Ewigkeit anklagenden Bericht: „Da ich durch Zureden und Warnungen nichts ausrichten konnte, wollte ich nicht weiser sein, als mein Meister es erlaubt. Ich befolgte die Regel des heiligen Paulus und zog mich von dem ketzerischen Menschen zurück, der sich selber sein Urteil gesprochen."

Der Tod am Brandpfahl durch langsames Rösten bei kleinem Feuer ist die martervollste aller Hinrichtungsarten; selbst das als grausam berüchtigte Mittelalter hat sie nur in den seltensten Fällen in ihrer ganzen grauenhaften Langwierigkeit angewendet; meist wurden die Verurteilten noch vorher an dem Pfahle erdrosselt oder betäubt. Gerade diese scheußlichste, diese fürchterlichste Todesart aber ist für das erste Ketzeropfer des Protestantismus vorgesehen, und man kann verstehen, daß Calvin nach dem Aufschrei der Entrüstung in der ganzen humanen Welt alles versuchen wird, um nachträglich, sehr nachträglich die Verantwortung für diese besondere Grausamkeit bei Servets Ermordung von sich wegzuschieben. Er und das übrige Konsistorium hätten sich bemüht, erzählt er (als Servets Leib längst in Asche zerfallen war), die martervolle Todesart der Röstung bei lebendigem Leib in die mildere des Schwertes umzuwandeln, aber „ihre Mühe sei vergebens gewesen" („genus mortis conati sumus mutare, sed frustra"). Von einer solchen angeblichen Bemühung ist nun in den Ratsprotokollen kein Wort zu finden, und welchem Unbefangenen wird es auch glaubhaft scheinen, daß

Calvin, der doch allein diesen Prozeß erzwungen und geradezu mit der Daumschraube dem fügsamen Rate das Todesurteil gegen Servet abgerungen, daß ebendieser Calvin mit einemmal eine zu einflußlose, zu machtlose Privatperson in Genf gewesen sei, um nicht eine menschlichere Art der Hinrichtung durchsetzen zu können? Zwar ist es buchstabenmäßig richtig, daß Calvin tatsächlich eine Milderung der Todesart für Servet ins Auge gefaßt hatte, aber freilich nur (und hier liegt die dialektische Verschiebung seiner Behauptung) für den einen und einzigen Fall, daß sich Servet diese Milderung mit einem sacrificio d'intelletto, mit einem Widerruf in letzter Stunde erkaufe; nicht aus Menschlichkeit, sondern nur aus nackter politischer Berechnung wäre Calvin dann – zum erstenmal in seinem Leben – milde gegen einen Gegner gewesen. Denn welcher Triumph für die Genfer Lehre, wenn man Servet noch einen Zoll vor dem Brandpfahl das Geständnis entreißen hätte können, er sei im Unrecht und Calvin im Recht! Welcher Sieg, den Verängstigten dazu gebracht zu haben, daß er nicht als Märtyrer sterbe für die eigene Lehre, sondern noch im letzten Augenblick vor dem ganzen Volke verkünde, nur Calvins Lehre und nicht die seine sei die richtige und einzig richtige auf Erden!

Aber auch Servet weiß um den Preis, den er bezahlen soll. Trotz steht hier gegen Trotz, Fanatismus gegen Fanatismus. Lieber unter unnennbaren Qualen für die eigene Überzeugung sterben statt einen linderen Tod für die Dogmen des Maître Jehan Calvin! Lieber eine halbe Stunde unermeßlich leiden, aber den Ruhm geistigen Märtyrertums gewinnen und zugleich den Widersacher in alle Ewigkeit mit dem Odium der Unmenschlichkeit beschweren! Schroff weist Servet das Geschäft zurück und rüstet sich, den bittern Preis seines Trotzes mit allen erdenklichen Qualen zu bezahlen.

Der Rest ist Grauen. Am 27. Oktober um elf Uhr morgens wird der Gefangene in seinen zerfallenen Lumpen aus dem Kerker herausgeholt. Zum erstenmal seit langem und zum letztenmal für alle Ewigkeit sehen die entwöhnten Augen wieder das Himmelslicht. Wirren Bartes, schmutzig und ausgemergelt, in Ketten klirrend, wankt der Verurteilte dahin, und erschreckend wirkt in dem hellen Herbstlicht die aschenfarbene Verfallenheit seines Gesichts. Vor den Stufen des Rathauses stoßen die Schergen den nur mühsam Dahintaumelnden – seit Wochen hat er das Gehen verlernt – roh und gewaltsam in die Knie. Gebeugten Hauptes muß er den Urteilsspruch anhören, den der Syndikus vor dem versammelten Volke verkündet und der mit den Worten endet: „Wir verurteilen dich, Michael Servet, gefesselt und nach Champel geführt und lebendig verbrannt zu werden und mit dir sowohl die Handschrift deines Buches als auch das gedruckte Buch, bis dein Körper zu Asche verbrannt ist; so sollst du deine Tage beenden, um allen andern, welche ein derartiges Verbrechen begehen möchten, ein warnendes Beispiel zu geben."

Schaudernd und frierend hat der Verurteilte zugehört. In seiner Todesnot schleppt er sich auf den Knien näher an die Magistratsherren und bittet flehentlich um die kleine Gnade, durch das Schwert hingerichtet zu werden, „damit ihn das Übermaß des Schmerzes nicht zur Verzweiflung treibe". Falls er gesündigt hätte, sei es in Unwissenheit geschehen; immer habe ihn aber nur der eine Gedanke getrieben, die göttliche Ehre zu fördern. In diesem Augenblick tritt Farel zwischen die Richter und den knienden Mann. Weithin hörbar fragt der den Todgeweihten, ob er bereit sei, seine gegen die Dreieinigkeit gerichtete Lehre abzuschwören und damit die Gunst der milderen Hinrichtung zu erlangen. Aber – und gerade die letzte Stunde erhöht moralisch die Gestalt dieses sonst mittelmäßigen Mannes – Servet weist den angebotenen Handel neuerdings zurück, entschlossen, sein einstiges Wort zu erfüllen, daß er bereit sei, für seine Überzeugung alles zu erdulden.

So bleibt nur mehr der tragische Gang. Der Zug setzt sich in Bewegung. Voran schreiten der Seigneur-Leutnant und sein Gehilfe, beide mit den Abzeichen ihres Ranges versehen und von Bogenschützen militärisch umschart, hinterdrein drängt die ewig neugierige Menge. Während des ganzen Weges durch die Stadt, vorbei an unzähligen scheu und schweigsam blickenden Zuschauern, heftet sich Farel an die Seite des Verurteilten. Unablässig redet er Schritt für Schritt auf Servet ein, seinen

Irrtum noch in letzter Stunde zuzugeben und seine falschen Ansichten zu widerrufen. Und auf die wahrhaft fromme Antwort Servets, er leide den Tod ungerechterweise, aber dennoch flehe er zu Gott, mitleidig gegen seine Ankläger zu sein, fährt ihn Farel in dogmatischer Wut an: „Wie? Nachdem du die schwerste aller Sünden begangen hast, willst du dich noch rechtfertigen! Wenn du fürder so fortfährst, überlasse ich dich dem Urteil Gottes und werde dich nicht weiter begleiten und war doch entschlossen, dich nicht zu verlassen bis zu deinem letzten Atemzug."

Aber Servet antwortet nicht mehr. Ihn ekeln die Henker und Zänker: kein Wort mehr für sie! Unablässig murmelt, gleichsam um sich zu betäuben, der angebliche Häretiker und Gottesleugner vor sich hin: „O Gott, errette meine Seele, o Jesus, Sohn des ewigen Gottes, habe Mitleid mit mir", dann wiederum bittet er mit erhobener Stimme die Anwesenden, sie mögen mit ihm und für ihn beten. Selbst auf dem Richtplatz, angesichts des Brandpfahles schon, kniet er noch einmal nieder, um sich fromm zu sammeln. Aber aus Furcht, diese reine Geste eines angeblichen Ketzers könnte auf das Volk Eindruck machen, schreit über den ehrfürchtig Hingeknieten der fanatische Farel hinweg: „Da seht ihr, welche Macht Satan besitzt, wenn er einen Menschen in seinen Klauen hat! Dieser Mann ist sehr gelehrt und glaubte vielleicht, richtig zu handeln. Jetzt aber ist er in der Macht Satans, und jedem von euch kann dies geschehen."

Inzwischen haben die scheußlichen Vorbereitungen begonnen. Schon ist das Holz um den Pfahl gehäuft, schon klirrt die Eisenkette, mit der Servet an den Pfahl gehängt werden soll, schon hat der Henker dem Verurteilten die Hände gebunden. Da drängt sich noch einmal, zum letztenmal, Farel an Servet heran, der nur noch leise seufzt: „O Gott, mein Gott", und ruft ihn laut an mit den grimmigen Worten: „Hast du nichts anderes zu sagen?" Noch immer hofft der Rechthaberische, im Anblick des Marterpfahles werde Servet die einzig wahre, die calvinische Wahrheit bekennen. Aber Servet antwortet: „Was könnte ich anderes tun, als von Gott sprechen?"

Enttäuscht läßt Farel von seinem Opfer. Nun hat nur mehr der andere Henker, der leibliche, seinen scheußlichen Dienst zu tun. Mit einer

Eisenkette wird Servet an den Pfahl gehängt, ein Seil vier- oder fünfmal um den ausgemergelten Körper gewunden. Zwischen den lebendigen Leib und den grausam einschneidenden Strick pressen dann noch die Folterknechte das Buch und jenes Manuskript, das Servet seinerzeit sub sigillo secreti an Calvin gesandt, um dessen brüderliche Meinung zu erbitten; schließlich drückt man ihm noch zum Hohn eine widrige Leidenskrone auf das Haupt, einen Kranz von Laub, der mit Schwefel getränkt ist. Mit dieser allergrausamsten Vorbereitung ist die Arbeit des Henkers vollendet. Nun braucht er bloß mehr den Holzstoß anzuzünden, und der Mord hat begonnen.

Als die Flammen von allen Seiten aufschlagen, stößt der Gemarterte einen so gräßlichen Schrei aus, daß die Menschen sich für einen Augenblick schaudernd abwenden. Bald hüllen Rauch und Feuer den in Qualen sich bäumenden Leib ein, aber unaufhörlich und immer greller hört man aus dem langsam das lebendige Fleisch anfressenden Feuer die schrillen Schmerzensschreie des namenlos Leidenden und endlich gell den letzten inbrünstigen Notruf: „Jesus, du Sohn des ewigen Gottes, erbarme dich meiner!“ Eine halbe Stunde dauert dieser unbeschreibbar grauenhafte Todeskampf. Dann erst sinken die Flammen gesättigt in sich zusammen, der Rauch flutet auseinander, und an dem geschwärzten Pfahl hängt in der rotglühenden Kette eine schwarze, qualmende, verkohlte Masse, ein gräßliches Gallert, das an nichts Menschliches mehr erinnert. Was einst eine denkende, zum Ewigen leidenschaftlich hinstrebende irdische Kreatur, ein atmender Teil der göttlichen Seele gewesen, das ist nun zu einem fürchterlichen Kot, zu einer so grauenhaft widerwärtigen und stinkenden Masse geworden, daß dieser Anblick Calvin vielleicht einen Atemzug lang über das Unmenschliche seiner Anmaßung hätte belehren können, sich zum Richter und Mörder eines Mitbruders zu erdreisten.

Aber wo ist Calvin in dieser Schreckensstunde? Er ist, um unbeteiligt zu scheinen oder um seine eigenen Nerven zu schonen, vorsichtig zu Hause geblieben, er sitzt bei verschlossenen Fenstern in seiner Studierstube, dem Henker und dem brutaleren Glaubensbruder Farel das grausame Geschäft überlassend. Als es galt, den Unschuldigen aufzuspüren, anzuklagen, aufzureizen und an den Pfahl zu bringen, war Calvin unermüdlich allen andern voran gewesen: in der Stunde der Hinrichtung sieht man jedoch nur die bezahlten Folterknechte, nicht aber den wahrhaft Schuldigen, der diesen „frommen Mord“ gewollt und anbefohlen. Erst am nächsten Sonntag besteigt er in seinem schwarzen Talar feierlich die Kanzel, um vor der schweigenden Gemeinde eine Tat als groß, geboten und gerecht zu rühmen, der er selbst nicht gewagt, frei und offen ins Auge zu blicken.

Das Manifest der Toleranz

„Die Wahrheit zu suchen und sie zu sagen, wie man sie denkt, kann niemals verbrecherisch sein. Niemand darf zu einer Überzeugung gezwungen werden. Die Überzeugung ist frei.“
Sebastian Castellio 1551

Die Verbrennung Servets wird sofort von allen Zeitgenossen als eine moralische Wegscheide der Reformation empfunden. An sich bedeutete zwar die Hinrichtung eines einzelnen Menschen nichts Auffälliges in jenem gewalttätigen Jahrhundert; von den Küsten Spaniens bis weit hinauf an das Nordmeer und die Britischen Inseln brennen damals zu Christi Ehren unzählige Ketzer. Zu Tausenden und aber Tausenden werden im Namen der verschiedenen einzig wahren Kirchen und Sekten wehrlose Menschen auf die Richtstätten geschleift, verbrannt, geköpft, erstickt oder ertränkt. „Wären es, ich sage gar nicht Pferde, sondern nur Schweine gewesen, die da zugrunde gingen“, heißt es in Castellios Ketzerbuche, „so hätte jeder Fürst gemeint, einen großen Verlust erlitten zu haben.“ Aber es sind ja nur Menschen, die ausgetilgt werden, und darum denkt niemand daran, die Opfer zu zählen. „Ich weiß nicht“, stöhnt der verzweifelte Castellio auf, der freilich unser Kriegsjahrhundert noch nicht zu ahnen vermochte, „ob jemals zu irgendeiner Zeit so viel Blut vergossen wurde wie in der unseren.“

Aber immer ist es in den Jahrhunderten eine einzelne Untat unter unzähligen, an der das scheinbar schlafende Gewissen der Welt erwacht.

Servets Marterflamme überleuchtet alle andern seiner Zeit, und noch Gibbon bekennt zwei Jahrhunderte später, „diese eine Opferung habe ihn tiefer erschüttert als die tausende auf dem Scheiterhaufen der Inquisition“. Denn die Hinrichtung Servets ist – um Voltaires Wort zu gebrauchen – der erste „religiöse Mord“ innerhalb der Reformation und die erste weithin sichtbare Verleugnung ihrer Uridee. An sich stellt der Begriff eines „Ketzers“ schon ein Absurdum für die evangelische Lehre dar, welche jedem das freie Recht der Auslegung zusprach; und im Anfang zeigen auch tatsächlich Luther, Zwingli und Melanchthon klaren Abscheu vor jeder gewalttätigen Maßnahme gegen die Außenseiter und Übertreiber ihrer Bewegung. Ausdrücklich erklärt Luther: „Ich liebe wenig die Todesurteile, sogar die verdienten, und was mich in dieser Sache erschreckt, ist das Beispiel, das man gibt. Ich kann deshalb in keiner Weise billigen, daß die falschen Doktoren gerichtet werden.“ In denkwürdiger Knappheit formuliert er: „Die Häretiker dürfen nicht durch äußere Gewalt unterdrückt oder niedergehalten, sondern nur durch das Wort Gottes bekämpft werden. Denn die Häresie ist eine geistige Angelegenheit, die nicht von irgendeinem irdischen Feuer oder irdischen Wasser abgewaschen werden kann.“ Ebenso deutlich bekundet Zwingli seine Abneigung gegen jede Anrufung des Magistrats und gegen jede Brachialgewalt.

Aber bald muß die neue Lehre, weil sie inzwischen selbst zur „Kirche“ geworden ist, erkennen – was die alte längst wußte –, daß Autorität auf die Dauer nicht aufrechtzuerhalten ist ohne Gewalt; so schlägt Luther, um die unvermeidliche Entschließung hinauszuschieben, zunächst ein Kompromiß vor, indem er unterschieden wissen will zwischen den „Haereticis“ und „Seditiosis“, zwischen jenen „Remonstranten“, die nur in geistig-geistlichen Dingen abweichender Meinung von der reformierten Kirche sind, und den Seditiosis, den eigentlichen “Aufrührern“, welche mit der religiösen Ordnung zugleich auch die soziale verändern wollen. Nur gegen diese letzteren – gemeint sind damit die kommunistischen Wiedertäufer – billigt er der Obrigkeit das Recht auf Unterdrückung zu. Zu dem entscheidenden Schritt, zu der Auslieferung der Andersdenker und Freidenker an den Henker, will sich aber keiner der Führer der reformierten Kirche entschließen. Noch lebt in ihnen die Erinnerung an die Zeit, da sie selbst als geistige Revolutionäre gegen Papst und Kaiser für die innere Überzeugung als das heiligste Menschenrecht eingestanden sind. Unmöglich erscheint ihnen darum die Einführung einer neuen, einer protestantischen Inquisition.

Diesen welthistorischen Schritt tut nun Calvin mit der Verbrennung Servets. Mit einem Riß zerreißt er das von der Reformation erkämpfte Recht der „Freiheit des Christenmenschen", mit einem Sprunge holt er die katholische Kirche ein, die zu ihrer Ehre immerhin mehr als tausend Jahre gezögert hatte, ehe sie einen Menschen wegen einer eigenwilligen Auslegung in christlichen Glaubensdingen lebendig verbrannte. Calvin aber entehrt die Reformation bereits im zweiten Jahrzehnt seiner Herrschaft durch diesen erbärmlichsten Akt seiner geistigen Tyrannei, und im sittlichen Sinn ist seine Tat vielleicht noch verabscheuungswürdiger als alle Untaten Torquemadas. Denn wenn die katholische Kirche einen Ketzer aus ihrer Gemeinschaft ausstößt und an das irdische Gericht überliefert, so meint sie damit keineswegs eine persönliche Haßhandlung zu vollführen, sondern, indem sie die ewige Seele ablöst von ihrem sündigen irdischen Leib, einen Akt der Reinigung, eine Rettung zu Gott. Dieser Entsühnungsgedanke fehlt völlig in Calvins kalter Justiz. Ihm geht es nicht darum, die Seele Servets zu retten: ausschließlich, um die Unantastbarkeit der Calvinschen Gottesauslegung zu erhärten, ist jener Scheiterhaufen in Champel entzündet worden. Nicht als Gottesleugner, der er nie gewesen, stirbt Servet seinen bittern Tod, sondern nur, weil er gewisse Thesen Calvins geleugnet. Darum wird auch jene Inschrift auf dem Denkstein, den Jahrhunderte später die freie Stadt Genf dem freien Denker Servet gesetzt hat, vergeblich Calvin zu entlasten suchen, indem sie Servet ein „Opfer seiner Zeit" nennt. Denn nicht die Verblendung und der Wahn seiner Zeit – auch ein Montaigne lebt in diesen Tagen und ein Castellio – haben Servet an den Brandpfahl gestoßen, sondern einzig und einzig der persönliche Despotismus Calvins. Keine Entschuldigung vermag den protestantischen Torquemada von dieser Tat zu entsühnen. Denn wohl können Unglaube und

Aberglaube begründet sein in einer Epoche; immer aber ist für eine einzelne Untat der Mann verantwortlich, der sie vollbracht.

Unverkennbar ist von der ersten Stunde an die steigende Erregung über Servets grausame Hinopferung, und selbst de Beze, der Offiziosus und Evangelist Calvins, muß berichten: „Die Asche des Unglückseligen war noch nicht kalt geworden, als man schon die Frage heftig zu erörtern begann, ob Ketzer bestraft werden dürften. Die einen waren der Meinung, man müsse sie unterdrücken, aber nicht mit der Todesstrafe. Andere verlangten, man solle ihre Bestrafung ausschließlich Gottes Urteil anheimstellen." Selbst dieser unbedingteste Verherrlicher aller Taten Calvins hat plötzlich einen merkwürdig zögernden Ton in der Stimme, und noch mehr die andern Freunde Calvins. Zwar schreibt Melanchthon, den allerdings Servet seinerzeit persönlich mit den ärgsten Beschimpfungen angegriffen, an seinen „lieben Bruder" Calvin. „Die Kirche sagt Dir Dank und wird Dir in Zukunft Dank sagen. Eure Amtspersonen haben gerecht gehandelt, indem sie diesen Gotteslästerer zum Tode verurteilten", und es findet sich sogar – ewiger „trahison des clercs" – ein übereifriger Philologe namens Musculus, der ein frommes Festlied aus diesem Anlaß erdichtet. Aber sonst will sich keine rechte Zustimmung hörbar machen. Zürich, Schaffhausen und die andern Synoden äußern sich durchaus nicht so enthusiastisch, wie Genf gehofft hatte, über Servets Martertod. Mag ihnen auch prinzipiell eine Einschüchterung der „Schwarmgeister" willkommen sein, so sind sie zweifellos herzlich froh, daß der erste protestantische Ketzerbrand der Geschichte nicht in ihren eigenen Mauern stattgefunden hat und daß Jehan Calvin das Odium dieser fürchterlichen Entscheidung vor der Geschichte zu tragen haben wird.

Gleichzeitig erheben sich aber Stimmen ganz anderer Art. Der große Rechtslehrer der Zeit, Pierre Boudin, gibt öffentlich das entscheidende Gutachten ab. „Ich stehe auf dem Standpunkte, daß Calvin nicht das Recht hatte, Strafverfolgung wegen einer religiösen Streitfrage einzuleiten." Aber nicht nur die freigeistigen Humanisten ganz Europas sind entsetzt und empört; auch in den Kreisen der protestantischen

Geistlichkeit mehrt sich der Widerspruch. Knapp eine Stunde vor den Toren Genfs und einzig durch die bernische Oberherrschaft vor den Schergen Calvins geschützt, verurteilen die waadtländischen Geistlichen von der Kanzel herab sein Vorgehen gegen Servet als unreligiös und illegal, und sogar in seiner eigenen Stadt muß Calvin mit Polizeigewalt die Kritik niederhalten. Eine Frau, die offen sagt, Servet sei ein Märtyrer Jesu Christi gewesen, wird in den Kerker geworfen, und ebenso ein Buchdrucker wegen der Behauptung, der Magistrat habe Servet nur zur Freude eines einzigen Menschen verurteilt. Einige hervorragende ausländische Gelehrte verlassen demonstrativ die Stadt, in der sie sich nicht länger sicher fühlen, seit dort die Gedankenfreiheit von solcher Gesinnungsdespotie bedroht ist. Und bald wird Calvin erkennen, daß Servet ihm durch seinen Opfertod viel gefährlicher geworden ist als jemals durch seine Schriften und sein Leben.

Calvin hat für jeden Widerspruch ein ungeduldiges und nervöses Ohr. Es hilft nicht, daß man sich ängstlich in Genf vor offenen Worten hütet; durch Wand und Fenster spürt Calvin die mühsam niedergehaltene Erregung. Aber die Tat ist getan, sie läßt sich nicht mehr ungeschehen machen, und da er ihr nicht entfliehen kann, so bleibt ihm nichts übrig, als sich offen vor sie zu stellen. Unmerklich ist Calvin in dieser Angelegenheit, die er so angriffsfreudig begonnen, in die Defensive gedrängt worden. Alle seine Freunde bestärken ihn einmütig, es sei höchste Zeit, endlich den aufsehenerregenden Akt dieser Verbrennung zu rechtfertigen; eigentlich gegen seinen Willen entschließt sich endlich Calvin, die Welt über Servet, nachdem er ihm selbst vorsorglich die Kehle erdrosselt, „aufzuklären" und eine Apologie seiner Tat zu verfassen.

Aber Calvin hat in der Sache Servet ein schlechtes Gewissen; und mit schlechtem Gewissen schreibt man schlecht. Darum ist auch seine Apologie „Verteidigung des rechten Glaubens und der Dreieinigkeit gegen die fürchterlichen Irrtümer Servets", die er – wie Castellio sagt – „noch mit dem Blut Servets an seinen Händen" verfaßt, eines seiner schwächsten Werke geworden. Calvin selbst hat zugegeben, daß er sie „tumultuarie", also übereilt und nervös hingeschleudert habe; und wie unsicher er sich in seiner aufgezwungenen Verteidigung fühlte, beweist, daß er seine These von allen Geistlichen Genfs mitunterzeichnen ließ, um die Verantwortung nicht allein zu tragen. Sichtlich ist es ihm bereits unbehaglich geworden, als der eigentliche Mörder Servets zu gelten, und so gehen zwei gegenteilige Tendenzen in dieser Schrift ziemlich ungeschickt durcheinander. Einerseits will Calvin, gewarnt durch den allgemeinen Unwillen, die Verantwortung von sich auf die „Obrigkeit“ abschieben, anderseits muß er beweisen, daß der Magistrat richtig gehandelt habe, ein solches „monstrum“ auszutilgen. Um zunächst sich selbst als einen besonders milden Mann und innerlichen Feind jeder Gewalttätigkeit zu empfehlen, erfüllt der geübte Dialektiker ein Gutteil des Buches mit Klagen über die Grausamkeit der katholischen Inquisition, die ohne Verteidigung die Gläubigen verurteile und in grausamster Weise hinrichten lasse („Und Du?“ wird ihm später Castellio antworten. „Wen hast Du Servet zum Verteidiger bestellt?“). Dann aber überrascht er den erstaunten Leser durch die Mitteilung, er habe „im geheimen unablässig Servet zu einer besseren Gesinnung zurückzuführen gesucht“. („Je n'ai pas cessé de faire mon possible, en secret, pour le ramener à des sentiments plus saints“); es sei eigentlich nur der Magistrat gewesen, der – trotz Calvins Neigung zur Nachsicht – die Todesstrafe, und zwar die besonders grausame, erzwungen habe. Aber diese angeblichen Bemühungen Calvins um Servet, des Mörders um sein Opfer, waren doch zu „geheim“, als daß irgendeine irdische Seele dieser nachträglich erfundenen Legende Glauben geschenkt hätte, und verächtlich stellt Castellio den wahren Tatbestand fest. „Die ersten Deiner Ermahnungen waren Beschimpfungen, die zweiten das Gefängnis, und Servet hat es nur mehr verlassen, um auf den Brandstoß geschleppt und lebendig verbrannt zu werden.“

Aber während Calvin so mit der einen Hand die Verantwortung für die Folterung Servets von sich fortstößt, schiebt er mit der andern der „Obrigkeit“ alle Entschuldigungen für jene Verurteilung zu. Und sofort, wenn es gilt, Unterdrückung zu rechtfertigen, wird Calvin beredt. Es gehe nicht an, argumentiert er, daß man jedem die Freiheit lasse, zu sagen, was er denke (la liberté à chacun de dire ce qu'il voudrait), denn das würde den Epikureern, Atheisten und Gottverächtern allzu wohl gefallen. Nur die wahre Doktrin (die Calvins) dürfe verkündet werden. Eine solche Zensur bedeute deshalb aber – immer wiederholen die Gesinnungsdespoten die gleichen antilogischen Argumente – keineswegs eine Einschränkung der Freiheit. „Ce n'est pas tyranniser l'Eglise que d'empêcher les écrivains mal intentionnés de répandre publiquement ce qui leur passe par la tête.“ Wenn man die andern mundtot macht, die nicht derselben Meinung sind, hat man – nach Calvin und seinesgleichen – keineswegs einen Zwang ausgeübt; man hat nur gerecht gehandelt und einer höheren Idee – diesmal der „Ehre Gottes“ – gedient.

Aber nicht die moralische Unterdrückung der Ketzer ist der anfechtbare Punkt, den Calvin eigentlich zu verteidigen hat – längst ist sie als These vom Protestantismus übernommen –, sondern entscheidend ist die Frage, ob man einen Andersdenkenden auch töten oder töten lassen dürfe. Da Calvin im Falle Servet diese Frage durch die Tat schon im voraus bejaht hat, muß er sie jetzt nachträglich begründen, und seine Deckung sucht er selbstverständlich in der Bibel, um darzutun, daß er nur im „höheren Auftrag“ und gehorsam einem „göttlichen Gebot“ Servet beseitigt habe. Ferner sucht er die ganze mosaische Lehre (denn die Evangelien sprechen zu viel von „Liebet Eure Feinde!“) nach Beispielen von Ketzerhinrichtungen ab, aber wirklich überzeugende vermag er nicht zu bringen, weil die Bibel den Begriff des Ketzers überhaupt noch nicht kannte, sondern nur den des „Blasphemators“, des Gottesleugners; Servet jedoch, der aus den Flammen noch den Namen Christi angerufen, war nie ein Atheist gewesen. Aber Calvin, der sich immer dort auf die Bibel stützt, wo sie ihm am bequemsten in die Hand paßt, erklärt desungeachtet die Austilgung der Andersdenkenden durch die Obrigkeit als „heilige“ Pflicht: „So wie ein gewöhnlicher Mann schuldig wäre, wenn er nicht das Schwert faßt, sobald sein Haus von Götzendienst befleckt ist und einer seiner Angehörigen sich gegen Gott auflehnt, um wieviel niederträchtiger wäre dann diese Feigheit bei einem Fürsten, wenn er die Augen schließen wollte, wenn die Religion verletzt wird.“ Das Schwert ist ihnen gegeben, daß sie es „zur Ehre Gottes“ (immer mißbraucht Calvin dies Wort in seinen Aufrufen zur Gewalt) nützen sollen; jede Tat, die im „saint zèle“, im frommen Eifer, geschieht, ist im voraus gerechtfertigt. Die Verteidigung der Orthodoxie, des wahren Glaubens, löst nach Calvin alle Bande des Bluts, alle Gebote der Menschlichkeit; selbst seine nächsten Angehörigen muß man, wenn sie Satan zu Leugnung der „wahren" Religion treibt, vernichten und – furchtbare Blasphemie gegen Gott: „On ne lui fait point l'honneur qu'on lui doit, si on ne préfère son service à tout regard humain, pour n'épargner ni parentage, ni sang, ni vie qui soit et qu'on mette en oublie toute humanité quand il est question de combattre pour sa gloire."

Entsetzliches Wort und tragischer Beweis, wie weit einen sonst klardenkenden Menschen der Fanatismus verblenden kann! Denn mit erschreckender Nacktheit ist hier gesagt, daß als fromm im Sinne Calvins nur gelte, wer für die „Lehre" – seine Lehre – „tout regard humain", also jedes Gefühl der Menschlichkeit in sich abtöte, wer willig Frau und Freunde, Brüder und Sippen der Inquisition ausliefere, sobald sie in irgendeinem Punkt oder Pünktchen der Rechtgläubigkeit anderer Meinung sind als das Konsistorium. Und damit niemand eine derart blutrünstige These anfechte, greift Calvin zu seinem letzten, zu seinem liebsten Argument: zum Terror. Er erklärt, daß jeder, der einen Ketzer verteidige oder entschuldige, selbst der Ketzerei schuldig und zur Bestrafung gezeichnet sei. Da Calvin Widerspruch nicht erträgt, will er von vorneweg jeden Widersprecher einschüchtern, indem er ihm Servets Schicksal androht: entweder schweigen und parieren oder selbst auf den Brandstoß! Ein für allemal will Calvin die ihm peinliche Diskussion über den Mord an Servet erledigt und abgeschlossen wissen.

Aber die anklagende Stimme des Ermordeten läßt sich, so grell und zornwütig auch Calvin seine Drohungen in die Welt schreit, nicht zum Schweigen bringen, und die calvinische Verteidigungsschrift mit ihrer Aufforderung zur Ketzerjagd macht den allerschlimmsten Eindruck; ein Abscheu ergreift gerade die ehrlichsten Protestanten, die Inquisition in ihrer reformierten Kirche nun ex cathedra gefordert zu sehen. Einige erklären, es wäre passender gewesen, wenn eine solche blutrünstige These vom Magistrat verfochten worden wäre statt von einem Prediger an Gottes Wort, einem Diener Christi; herrlich entschieden antwortet aber der Berner Stadtschreiber Zerchintes, der späterhin auch Castellios getreuester Freund und Beschützer sein wird. „Ich gestehe offen ein", schreibt er an Calvin, „daß auch ich zu denjenigen gehöre, die soviel wie möglich die Todesstrafe für die Gegner der Glaubensbewegung einschränken wollen und sogar jenen gegenüber, die freiwillig im Irrtum sind. Was mich dazu besonders bestimmt, sind nicht nur jene Stellen der Heiligen Schrift, die man gegen den Gebrauch der Gewalt anführen kann, sondern das Beispiel, wie man in dieser Stadt gegen die Wiedertäufer verfährt. Ich selbst habe eine Frau von achtzig Jahren zum Schafott schleppen gesehen, zugleich mit ihrer Tochter, einer Mutter von sechs Kindern, die kein anderes Verbrechen begangen hat, als die Kindertaufe zu leugnen. Unter dem Eindruck eines solchen Beispiels muß ich befürchten, daß die Behörden des Gerichts sich nicht in den engen Grenzen halten werden, in die Du sie selbst verschließen möchtest, und daß sie kleine Irrtümer wie große Delikte bestrafen werden. Deshalb würde ich es für wünschenswert erachten, wenn die Obrigkeiten sich lieber ein Übermaß von Milde und Einsicht zuschulden kommen ließen, als sich zur Strenge des Schwertes zu entscheiden ... Ich für meinen Teil würde lieber mein Blut vergießen, als mit dem eines Mannes befleckt sein, der nicht in der allergewissesten Weise den Tod verdient hätte."

So spricht ein kleiner unbekannter Ratsschreiber in einer fanatischen Zeit, und so denken viele; aber alle denken ihre Meinung nur im stillen. Auch der wackere Zerchintes hat die Scheu seines Meisters Erasmus von Rotterdam vor den Zeitdisputen, und ehrlich beschämt bekennt er Calvin, daß er nur brieflich ihm seine abweichende Meinung mitteile, öffentlich aber lieber schweigen möchte. „Ich werde nicht in die Arena hinabsteigen, solange mich mein Gewissen nicht nötigt. Ich ziehe vor, stumm zu bleiben, sofern mein Gewissen es verstattet, statt Diskussionen hervorzurufen und irgend jemanden zu kränken." Immer sind die humanen Naturen zu rasch resigniert und erleichtern damit den Gewalttätern ihr Spiel; wie dieser treffliche, aber unkämpferische Zerchintes handeln sie alle: sie schweigen und schweigen, die Humanisten, die Geistlichen, die Gelehrten, die einen aus Ekel vor dem lauten Gezänk, die andern aus Angst, selber als Ketzer verdächtigt zu werden, wenn sie Servets Hinrichtung nicht heuchlerisch als lobenswerte Tat rühmen. Und schon hat es den Anschein, als ob die ungeheuerliche Aufforderung Calvins zur allgemeinen Verfolgung der Andersdenkenden unwidersprochen bleiben sollte. Da erhebt sich plötzlich eine Stimme – Calvin wohlbekannt und verhaßt –, um im Namen der beleidigten Menschlichkeit das an Miguel Servet begangene Verbrechen öffentlich anzuklagen: die klare Stimme Castellios, den noch nie eine Drohung des Genfer Gewalttäters eingeschüchtert hat und der entschlossen sein Leben einsetzt, um das Leben Unzähliger zu retten.

In jedem geistigen Kriege sind nicht jene die besten Kämpfer, die leicht und leidenschaftlich eine Fehde beginnen, sondern die lange Zögernden, die innerlich Friedliebenden, in denen erst langsam der Entschluß und die Entscheidung reift. Erst wenn sie alle andern Möglichkeiten einer Verständigung erschöpft und die Unausweichlichkeit eines Waffenganges erkannt haben, gehen sie schweren und unfreudigen Herzens an die aufgedrungene Abwehr; aber gerade die sich am schwersten zum Kampfe entscheiden, werden dann immer die Entschiedensten und Entschlossensten sein. So auch Castellio. Als wahrer Humanist ist er kein geborener und kein überzeugter Streiter; das Verbindliche, das Versöhnliche, das eindringlich Konziliante entspricht unendlich mehr seiner milden und im tiefsten Sinne religiösen Natur. Wie sein geistiger Ahnherr Erasmus weiß er um die Vielförmigkeit und Vieldeutigkeit jeder irdischen, jeder göttlichen Wahrheit, und nicht zufällig trägt eines seiner wesentlichsten Werke den bedeutsamen Titel „De arte dubitandi", „Von der hohen Kunst zu zweifeln". Aber dieses ständige Sichselbstbezweifeln und Sichselbstüberprüfen macht Castellio keineswegs zum kalten Skeptiker; seine Vorsicht lehrt ihn nur Nachsicht gegen alle andern Meinungen, und er schweigt lieber, statt vorschnell in fremden Streit sich einzumengen. Seit er, um die innere Freiheit zu wahren, Amt und Würde freiwillig preisgegeben, hat er sich gänzlich zurückgezogen von der Zeitpolitik, um mit einer geistig produktiven Tat, mit seiner zwiefachen Bibelübersetzung, dem Evangelium besser zu dienen. Basel ist ihm geruhige Heimstatt geworden, diese letzte Insel des religiösen Friedens; hier hütet die Universität noch das Erbe des Erasmus, und darum sind in diese letzte Freistätte der einstmals alleuropäischen Humanität all jene geflüchtet, die Verfolgung durch kirchliche Diktaturen erlitten. Hier lebt Karlstadt, von Luther aus Deutschland vertrieben, und Bernard Ochino, von der römischen Inquisition aus Italien gejagt, hier Castellio, von Calvin aus Genf verdrängt, hier Lelio Socino und Curione und, geheimnisvoll auch unter fremdem Namen vermummt, der in den Niederlanden geächtete Wiedertäufer David de Joris. Gemeinsames Schicksal gemeinsamer Verfolgung verbindet diese Emigranten, obzwar sie keineswegs in allen theologischen Fragen gleicher Überzeugung sind; nie bedürfen aber humane Naturen einer systematischen Gleichschaltung der Weltanschauung bis auf den letzten Knopf, um sich menschlich in freundschaftlicher Aussprache zu verbinden. Alle diese Dienstverweigerer jedweder moralischen Diktatur führen in Basel ein lautloses und privatestes Gelehrtendasein; sie überschütten die Welt nicht mit Traktaten und Broschüren, sie perorieren nicht in den Vorlesungen, sie rotten sich nicht zu Bünden und Sekten zusammen; einzig eine gemeinsame Trauer über die zunehmende Kasernierung und Reglementierung des Geistes hält diese einsamen „Remonstranten“ (so wird man diese Auflehner gegen jeden dogmatischen Terror später benennen) in stiller Brüderlichkeit verbunden.

Für diese unabhängigen Denker bedeutet die Verbrennung Servets und das blutrünstige Verteidigungspamphlet Calvins selbstverständlich eine Kriegserklärung. Zorn und Schrecken erfüllen sie bei dieser verwegenen Herausforderung. Der Augenblick ist, sie alle erkennen dies sofort, entscheidend; wenn eine solche tyrannische Tat ohne Antwort bleibt, dann hat der freie Geist abgedankt in Europa, dann ist die Gewalt zum Recht geworden. Aber soll man wirklich, „nachdem es schon einmal Licht geworden war“, nachdem die Reformation die Forderung der Gewissensfreiheit in die Welt getragen, wieder zurück in die Finsternisse? Sollen tatsächlich, wie Calvin es fordert, mit Galgen und Schwert alle andersdenkenden Christen ausgerottet werden? Muß nicht jetzt, im gefährlichsten Augenblick, ehe tausende Scheiterhaufen sich an jenem von Champel entzünden, klar proklamiert werden, daß man Menschen, die in geistigen Dingen anderer Meinung sind, nicht jagen dürfe wie bösartige Tiere und grausam hinmartern wie Räuber und Mörder? Laut und deutlich muß jetzt in letzter und allerletzter Stunde der Welt dargetan werden, daß alle Intoleranz unchristlich handelt und, wenn sie zum Terror greift, unmenschlich; laut und deutlich, sie fühlen es alle, muß jetzt ein Wort ergehen zugunsten der Verfolgten und ein Wort gegen den Verfolger.

Laut und deutlich – aber wie wäre es noch möglich in jener Stunde! Es gibt Zeiten, in denen die einfachsten und klarsten Wahrheiten der Menschheit genötigt sind, sich zu vernebeln und zu verkleiden, um zu den Menschen zu gelangen, da die humansten und heiligsten Gedanken verhüllt und vermummt wie Diebe durch Hintertüren sich einschmuggeln müssen, weil die offene Pforte von den Schergen und Zöllnern der Machthaber bewacht ist. Immer wiederholt sich das absurde Faktum, daß, während allen Aufreizungen eines Volkes oder eines Glaubens gegen den andern die Rede frei verstattet ist, alle versöhnlichen Tendenzen, alle pazifistischen, alle konzilianten Ideale verdächtigt und unterdrückt werden unter dem Vorwand, sie gefährdeten irgendeine (immer eine andere) staatliche oder die göttliche Autorität, sie schwächten „defaitistisch“ den frommen oder den vaterländischen Eifer durch ihren Willen zur Humanität. So können unter dem Terror Calvins Castellio und die Seinen keinesfalls wagen, klar und offen ihre Anschauungen darzulegen; ein Manifest der Toleranz, ein Aufruf zur Humanität, wie sie ihn planen, verfiele am ersten Tage der Beschlagnahme durch die geistliche Diktatur. Der Gewalt kann also nur mit List begegnet werden. Ein völlig erfundener Name, „Martinus Bellius“, wird als der des Herausgebersund ein fingierter Druckort (Magdeburg statt Basel) auf das Titelblatt gesetzt, vor allem aber wird im Text selbst dieser Appell zur Rettung der unschuldig Verfolgten als wissenschaftliches, als theologisches Werk maskiert; es soll den Anschein haben, als werde nur völlig akademisch von hochgelehrten kirchlichen und sonstigen Autoritäten die Frage erörtert: „De haereticis an sint persequendi et omnino quomodo sit cum eis agendum multorum tum veterum tum recentiorum sententiae“ – zu deutsch: „Ob die Ketzer zu verfolgen seien und wie man mit ihnen verfahren solle, dargetan an Gutachten vieler alter wie neuer Autoren.“ Und wirklich, blättert man die Seiten bloß flüchtig durch, so meint man zunächst, tatsächlich nur ein fromm-theoretisches Traktätchen in Händen zu haben, denn hier stehen die Sentenzen der berühmtesten Kirchenväter, des heiligen Augustinus wie des heiligen Chrysostomus und Hieronymus brüderlich neben den ausgewählten Äußerungen von großen protestantischen Autoritäten, wie Luther und Sebastian Frank, oder von unparteiischen Humanisten, wie Erasmus. Nur eine scholastische Anthologie, eine juridisch-theologische Zitatenlese aus den verschiedensten Parteiphilosophen scheint hier zusammengestellt, um dem Leser ein individuelles, unbeeinflußtes Urteil über diese diffizile Frage zu ermöglichen; blickt man aber näher hin, so sieht man, daß einhellig nur Gutachten ausgewählt sind, welche die Todesstrafe gegen Ketzer als unstatthaft erklären. Und die geistreichste List, die einzige Bosheit dieses innerlich furchtbar ernsten Buches – unter diesen zitierten Gegenrednern Calvins befindet sich einer, dessen These ihmbesonders ärgerlich sein muß: niemand anderer nämlich als Calvin. Sein eigenes Gutachten, freilich aus der Zeit, da er selbst noch ein Verfolgter war, widerspricht schroff seinen jetzigen brünstigen Rufen nach Feuer und Schwert; mit seinen eigenen Worten muß der harte Mörder Servets, muß Calvin sich von Calvin als unchristlich bezeichnen lassen, denn hier steht es gedruckt und mit seinem eigenen Namen gezeichnet: „Unchristlich ist es, die von der Kirche Ausgestoßenen mit Waffen zu verfolgen und ihnen die Rechte der Menschlichkeit zu versagen.“

Immer aber gibt erst das gestaltete Wort einem Buche seinen Wert und nicht die versteckte, die verborgene Meinung. Dieses Wort spricht nun Castellio aus in seiner einleitenden Widmung an den Herzog von Württemberg, und nur diese seine einleitenden und abschließenden Worte erheben die theologische Anthologie über die Zeit hinaus. Denn wenn auch kaum mehr als ein Dutzend Seiten, so sind sie doch die ersten, mit denen die Gedankenfreiheit ihr heiliges Heimatrecht in Europa fordert. In jener Stunde nur zugunsten der Ketzer geschrieben, sind sie zugleich ein Sühneruf für all jene, die in späteren Tagen um politischer oder weltanschaulicher Selbständigkeit willen von andern Diktaturen Verfolgung zu erleiden haben. Für alle Zeiten ist hier der Kampf eröffnet gegen den Erbfeind jeder geistigen Gerechtigkeit, gegen den engstirnigen Fanatismus, der jede Meinung außer der seiner eigenen Partei unterdrücken will, und ihm sieghaft jene Idee entgegenstellt, die einzig alle Feindseligkeit auf Erden befrieden kann: die Idee der Toleranz.

Mit leidenschaftloser Logik, klar und unwiderlegbar, entwickelt Castellio seine These. Zur Frage steht: ob Ketzer verfolgt und für ihr bloß geistiges Delikt an ihrem Leben bestraft werden dürfen. Dieser Frage stellt Castellio eine andere entscheidende voraus: Was ist eigentlich ein Ketzer? Wen darf man so nennen, ohne ungerecht zu werden, denn – so argumentiert Castellio in seiner unerschrockenen Entschlossenheit – „ich glaube nicht, daß all jene Ketzer sind, die man Ketzer nennt ... Diese Bezeichnung ist heute so schimpfhaft, so schreckhaft, so verachtungswürdig und furchtbar, daß, wenn jemand sich eines persönlichen Feindes entledigen will, er einen ganz bequemen Weg hat, nämlich indem er ihn der Ketzerei verdächtigt. Denn kaum haben die andern Menschen dies vernommen, so fühlen sie einen derartigen Schreck vor dem bloßen Namen Ketzer, daß sie sich die Ohren verstopfen und blindwütig nicht nur ihn verfolgen werden, sondern auch jene, welche ein Wort zu seinen Gunsten wagen."

Nicht aus einer solchen Verfolgungshysterie aber will Castellio urteilen. Er weiß, daß jede Zeit sich immer eine andere Gruppe von Unseligen erwählt, um gegen sie ihren gestauten Haß kollektiv zu entladen. Jedesmal wird bald wegen ihrer Religion, bald wegen ihrer Hautfarbe, ihrer Rasse, ihrer Herkunft, ihres sozialen Ideals, ihrer Weltanschauung eine kleinere und schwächere Gruppe von den stärkeren zur Entladung der im Menschlichen latenten Vernichtungsenergien erlesen; die Parolen, die Anlässe wechseln, aber immer bleibt die Methode der Verleumdung, der Verachtung, der Vernichtung dieselbe. Ein geistiger Mensch aber darf sich niemals durch solche Femworte verblenden und vom Furor der Masseninstinkte mitreißen lassen: jedesmal hat er mit neuer Gelassenheit und Gerechtigkeit das Recht zu suchen; darum weigert sich Castellio, in der Frage der Ketzer eine Meinung abzugeben, ehe er völlig den Sinn dieses Haßworts durchdrungen.

Was ist also ein Ketzer? Immer wieder legt Castellio sich und dem Leser diese Frage vor. Und da sich Calvin und die andern Inquisitoren auf die Bibel als das einzig gültige Gesetzbuch berufen, durchforscht auch er sie Blatt auf Blatt. Aber siehe, er findet das Wort und den Begriff überhaupt nicht darin – erst eine Dogmatik, eine Orthodoxie, eine Einheitslehre mußte kommen, ihn zu erfinden, denn um sich gegen die Kirche aufzulehnen, mußte eine Kirche erst als Institution gegründet sein. Die Heilige Schrift spricht zwar von Gottesleugnern und ihrer notwendigen Bestrafung. Aber ein Ketzer muß noch keineswegs – der Fall Servet hat es erwiesen – ein Gottesleugner sein; im Gegenteil, gerade, die man Ketzer nennt, und am begeistertsten die Wiedertäufer, behaupten, die echten, die wahren Christen zu sein und den Heiland als das erhabenste und geliebteste Vorbild zu verehren. Da niemals ein Türke, ein Jude, ein Heide Ketzer genannt wird, muß Ketzerei ausschließlich ein Delikt innerhalb des Christentums sein. Also neue Formulierung: Ketzer sind diejenigen, die – obzwar Christen – nicht dem „wahren" Christentum anhängen, sondern eigenwillig in verschiedenen einzelnen Punkten von der „richtigen" Auffassung abweichen.

Scheinbar wäre damit die endgültige Definition gefunden. Aber – verhängnisvolle Frage! – welches ist das „wahre" Christentum unter all seinen verschiedenen Auslegungen, was die „richtige" Deutung des Gottesworts? Die katholische, die lutherische, die zwinglianische, die wiedertäuferische, die hussitische, die calvinische Exegese? Gibt es wirklich eine absolute Sicherheit in religiösen Dingen, ist tatsächlich das Wort der Schrift immer deutbar? Castellio hat den Mut – im Gegensatz zum Rechthaber Calvin –, mit einem bescheidenen Nein zu antworten. Er erblickt in der Heiligen Schrift Erfaßbares neben Unfaßlichem. „Die Wahrheiten der Religion", schreibt dieser im tiefsten religiöse Geist, „sind ihrer Natur nach geheimnisvoll und bilden noch nach mehr als tausend Jahren den Gegenstand eines unendlichen Streites, in welchem das Blut nicht aufhören wird zu fließen, sofern nicht die Liebe die Geister erleuchtet und das letzte Wort behält." Jeder, der Gottes Wort auslegt, kann fehlen und in Irrtümer fallen, und darum wäre gegenseitige Toleranz die erste Pflicht. „Wären alle Dinge so klar und offenbar, wie es klar ist, daß es einen Gott gibt, so könnten alle Christen leicht über alle diese Dinge einer Meinung sein, so wie ja auch alle Nationen einig sind in der Erkenntnis, daß es einen Gott gibt; weil aber alles dunkel und verwirrt ist, sollten Christen nicht einer den andern verurteilen, und wenn wir weiser sind als die Heiden, so seien wir auch besser und mitleidiger als diese."

Wieder ist Castellio einen Schritt in seiner Erkundung weitergekommen; Ketzer wird jeder genannt, der zwar die Grundgesetze des christlichen Glaubens anerkennt, aber nicht in der in seinem Lande autoritär geforderten Form. Ketzertum ist also – endlich die wichtigste Unterscheidung! – kein absoluter, sondern ein relativer Begriff. Ein Calvinist stellt selbstverständlich für einen Katholiken einen Ketzer dar und ebenso selbstverständlich ein Wiedertäufer für den Calvinisten; derselbe Mann, der in Frankreich als Rechtgläubiger gilt, ist für Genf ein Häretiker und umgekehrt. Der in einem Lande als Verbrecher verbrannt wird, ist für das Nachbarland ein Märtyrer – „während du in einer Stadt oder Gegend als wahrer Gläubiger giltst, wirst du in der nächsten dafür schon als Ketzer geachtet, so daß, wenn einer heute unbehelligt leben wollte, er eigentlich so viele Überzeugungen und Religionen haben müßte, als es Städte und Länder gibt". So gelangt Castellio zu seiner letzten und kühnsten Formulierung. „Wenn ich nachdenke, was eigentlich ein Ketzer sei, finde ich nichts anderes, als daß wir all jene als Ketzer bezeichnen, die nicht mit unserer Meinung übereinstimmen."

Das scheint ein ganz einfaches, ein in seiner Selbstverständlichkeit beinahe banales Wort. Aber es offen undunbefangen auszusprechen, bedeutet damals eine ungeheure moralische Mutleistung. Denn damit ist einer ganzen Zeit, ihren Führern und Fürsten und Priestern, Katholiken und Lutheranern von einem einzigen machtlosen Menschen ins Gesicht gepeitscht, daß ihre grausame Ketzerjagd ein Unsinn und ein mörderischer Wahnsinn ist. Daß widerrechtlich und unschuldig alle die Tausende und Zehntausende gejagt, gehängt, ersäuft und verbrannt werden, da sie doch keinerlei Verbrechen gegen Gott und den Staat begangen haben; nicht im realen Raum der Tat haben sie sich abgesondert von den andern, sondern nur im unsichtbaren der Gedanken. Wem aber steht das Recht zu, die Gedanken eines Menschen zu richten, seine innere und private Überzeugung einem gemeinen Delikt gleichzusetzen? Nicht dem Staate, nicht den Behörden. Dem Cäsar untersteht nach dem Bibelwort nur, was des Cäsars ist, und ausdrücklich führt Castellio Luthers Wort an, daß das irdische Königtum nur Gewalt habe über den Körper; von den Seelen aber wolle Gott nicht, daß irgendein irdisches Recht über sie gebiete. Der Staat kann von jedem Untertanen Einhaltung der äußern und der politischen Ordnung fordern. Jede Einmengung welcher Autorität immer in die innere Welt der sittlichen, der religiösen und wir würden beifügen: der künstlerischen – Überzeugungen, solange sie nicht sichtbare Empörung darstellen gegen das Wesen des Staates (wir würden sagen: politische Agitation), bedeutet darum einen Übergriff und einen Einbruch in das unantastbare Recht der Persönlichkeit. Für seine innere Welt ist niemand einer staatlichen Instanz verantwortlich und verantwortbar, denn „jeder von uns hat seine Sache für sich selbst vor Gott zu führen". Die Staatsgewalt ist nicht zuständig in Gesinnungsdingen. Wozu also dieses widrige Toben mit Schaum vor den Zähnen, wenn einer weltanschaulich anderer Überzeugung ist, warum dieser unablässige Schrei nach der Staatspolizei, warum dieser mörderische Haß? Ohne Willen zur Konzilianz ist eine wahre Humanität unmöglich, denn nur „wenn wir uns innerlich beherrschen, können wir in Frieden zusammenleben, und selbst wenn wir manchmal in Meinungsverschiedenheiten sind, so verständigen wir uns doch wenigstens und billigen wir uns gegenseitig insolange die Liebe und das Band des Friedens zu, bis wir zur Einigung im Glauben gelangen".

Die Schuld an diesen gräßlichen Schlächtereien, an diesen barbarischen Verfolgungen, welche die Würde der Menschheit entehren, liegt also nicht bei den Ketzern, die schuldlos sind (wer wäre verantwortlich für seine Gedanken, seine Überzeugungen?); der Schuldige, der ewig Schuldige an dem mörderischen Wahn und der wilden Verwirrung unserer Welt bleibt für Castellio der Fanatismus, die Unduldsamkeit der Ideologen, die immer nur ihre Idee, ihre Religion, ihre Weltanschauung wahrhaben wollen. Unbarmherzig prangert Castellio diese rasende

Selbstüberhebung an. „Die Menschen sind so sehr von ihrer eigenen Meinung oder vielmehr von der falschen Gewißheit, die sie von ihrer Meinung haben, überzeugt, daß sie hochmütig die andern verachten; aus diesem Hochmut entstehen die Grausamkeiten und Verfolgungen, so daß keiner den andern mehr dulden will, sobald er nicht einer Ansicht mit ihm ist, obwohl es doch heute fast ebenso viele verschiedene Meinungen wie Menschen gibt. Dennoch findet sich nicht eine einzige Sekte, die nicht alle andern verurteilte und allein herrschen wollte. Und daher stammen alle diese Verbannungen, Exile, Einsperrungen, Verbrennungen, Hängungen, diese ganze niederträchtige Wut der Hinrichtungen und Folterungen, die man tagtäglich ausübt, und einzig wegen einiger Meinungen, die den großen Herren mißfallen, und oft sogar überhaupt ohne einen bestimmten Grund." Nur aus dem Starrsinn entsteht der Widersinn, nur aus der geistigen Unduldsamkeit „jene wilde und barbarische Lust, Grausamkeiten zu begehen, und man sieht manche heute derart erhitzt durch diese aufreizenden Verleumdungen, daß sie in Wut geraten, wenn einer von denen, die sie hinrichten lassen, zuerst erdrosselt wird und nicht martervoll bei langsamem Feuer verbrannt".

Nur eines kann darum für Castellio die Menschheit von diesen Barbareien erretten: Toleranz. Unsere Welt hat Raum für viele Wahrheiten und nicht nur für eine, und wenn die Menschen nur wollten, könnten sie nebeneinander wohnen. „Dulden wir einer den andern und verurteilen wir nicht den Glauben eines andern!" Überflüssig dann dieses wüste Ketzergeschrei, unnötig alle Verfolgung um geistiger Dinge willen. Und während Calvin die Fürsten in seiner Schrift aneifert, das Schwert zur restlosen Austilgung der Häretiker zu gebrauchen, fleht sie Castellio an: „Neigt euch eher zur Seite der Milde und gehorcht nicht jenen, die euch zum Mord anstacheln, denn sie werden euch nicht als Helfer zur Seite stehen können, wenn ihr eure Rechnung vor Gott ablegen müßt; sie werden mit ihrer eigenen Verteidigung genug beschäftigt sein. Glaubt mir, wenn Christus hier gegenwärtig wäre, niemals würde er euch raten, jene zu töten, die seinen Namen bekennen, selbst wenn sie in irgendeiner Einzelheit irrten oder falsche Wege gingen ..."

Unparteilich, wie es sich für ein geistiges Problem gebührt, ist Sebastian Castellio der gefährlichen Frage nach Schuld oder Unschuld der sogenannten Ketzer nachgegangen. Er hat sie geprüft, er hat sie gewogen. Und wenn er nun aus innerster Überzeugung für diese Gehetzten und Gejagten Frieden und geistige Freistatt fordert, so legt er trotz aller innern Gewißheit beinahe demütig diese seine Ansicht den andern vor. Während die Sektierer wie die Marktschreier grell und laut und lärmend ihre Dogmen anpreisen, während jeder dieser engstirnigen Doktrinäre unablässig von der Kanzel schreit, er und nur er verhökere die reine, die wahre Lehre, nur in seiner Stimme verkünde sich wortwörtlich Gottes Wille und Wort, sagt Castellio schlicht: „Ich spreche zu euch nicht wie ein Prophet, den Gott geschickt hat, sondern wie ein Mann aus der Masse, der die Streitigkeiten verabscheut und der nur wünschte, die Religion würde nicht durch Gezänk, sondern durch mitfühlende Liebe, nicht durch äußere Gebräuche, sondern durch innerlichen Herzensdienst bewiesen." Immer sprechen die Doktrinäre zu den andern wie zu Schülern und Knechten. Immer der Humane wie ein Bruder zum Bruder, wie ein Mensch zu den Menschen.

Aber einem wahrhaft menschlichen Menschen ist es nicht möglich, ohne Erregung zu bleiben, wenn er Unmenschliches geschehen sieht. Die Hand eines ehrlichen Schriftstellers, sie kann nicht gelassen kühle und prinzipielle Worte hinmalen, wenn ihm die Seele bebt vom Wahnwitz seiner Zeit, seine Stimme vermag nicht gemessen zu bleiben, wenn die Nerven ihm brennen von gerechter Empörung. So vermag auch Castellio auf die Dauer sich nicht zu verhalten und bloß akademische Untersuchungen zu erörtern angesichts jenes Marterpfahles von Champel, an dem sich ein unschuldiger Mensch in Qualen zu Tode gewunden hat, ein Mensch, lebendig geopfert auf Geheiß eines geistigen Bruders, ein Gelehrter von einem Gelehrten, ein Theologe von einem Theologen, und noch überdies im Namen der Liebesreligion. Das Bild des gefolterten Servet, die grausame Massenverfolgung der Ketzer vor der Seele, hebt Castellio den Blick auf von seinen beschriebenen Blättern und sucht die Anstifter dieser Gräßlichkeiten, die vergebens ihre persönliche Unduldsamkeit mit einem frommen Dienst an Gott entschuldigen wollen.

Calvin ist in sein hartes Auge geblickt, wenn Castellio ausruft: „Und so grausam diese Dinge auch sein mögen, eine noch entsetzlichere Sünde begehen ihre Täter, wenn sie versuchen, solche Untaten mit dem Kleide Christi zu decken, und vorgeben, daß sie damit seinen Willen taten." Er weiß, allezeit suchen die Gewalttäter mit irgendeinem religiösen, einem weltanschaulichen Ideal ihre Gewalttaten zu verbrämen; aber Blut beschmutzt jede Idee, Gewalt erniedrigt jeden Gedanken. Nein, Miguel Servet ist nicht auf Christi Geheiß verbrannt worden, sondern auf Jehan Calvins Befehl, denn alle Christlichkeit wäre durch eine solche Tat auf Erden geschändet. „Wer", ruft Castellio aus, „möchte heute noch Christ werden, wenn diejenigen, die sich zu Christus bekennen, durch Feuer und Wasser hingeschlachtet und grausamer denn Mörder und Räuber behandelt werden ... Wer sollte Christus noch dienen wollen, wenn er sieht, wie heute jemand, der in irgendeiner Einzelheit mit jenen, die Macht und Gewalt an sich gerissen haben, nicht übereinstimmt, lebendig verbrannt wird im Namen Christi, obwohl er mitten in den Flammen ausruft und laut bekennt, daß er an ihn glaubt?"

Darum muß, so fühlt dieser herrlich humane Mann, endlich Einhalt geboten werden dem Wahn, man dürfe Menschen martern und morden, nur weil sie geistig den Gewalthabern der Stunde widerstreben. Und da er sieht, daß die Gewalthaber die Gewalt immer wieder mißbrauchen und auf Erden niemand ist als er allein, der Eine, der Kleine, der Schwache, sich der Verfolgten und Gejagten anzunehmen, da hebt er verzweifelt die Stimme in den Himmel empor, und in einer ekstatischen Fuge des Mitleids endet sein Appell. „O Christus, Schöpfer und König der Welt, siehst Du diese Dinge? Bist Du wirklich ein ganz anderer geworden, als Du es warst, so grausam und so feindselig wider Dich selbst? Als Du auf Erden weiltest, gab es nichts Sanfteres, nichts Gütigeres als Dich, keinen, der Verhöhnungen milder duldete; beschimpft, bespien, verlacht, mit Dornen gekrönt, zwischen Räubern gekreuzigt, mitten in tiefster Erniedrigung hast Du für diejenigen gebetet, welche Dir alle diese Beleidigungen und Schmähungen angetan. Ist es wahr, daß Du jetzt so verwandelt bist? Ich flehe Dich an, im heiligsten Namen Deines Vaters: Gebietest Du denn wirklich, daß diejenigen, welche nicht alle Deine

Anordnungen und Gebote genau so, wie Deine Lehrer es fordern, befolgen, im Wasser ertränkt werden, mit Zangen zerrissen bis zu den Eingeweiden, mit Salz bestäubt, von Schwertern zerfetzt, an kleinen Feuern geröstet und mit aller Art von Martern so langsam als möglich zu Tode gequält? Billigst Du wirklich, o Christus, diese Dinge? Sind es wirklich Deine Diener, die solche Schlächtereien veranstalten, welche derart die Leute schinden und zerstückeln? Bist Du wirklich, wenn man Deinen Namen zum Zeugen anruft, bei solchen grausamen Metzgereien, als ob Du Hunger hättest nach menschlichem Fleisch? Wenn Du, Christus, diese Dinge wirklich gebieten würdest, was wäre dann Satan zu tun übriggelassen? O furchtbare Gotteslästerung, daß Du diese Dinge tätest, dieselben Dinge wie er! O niederträchtiger Mut der Menschen, Christus solche Dinge zuzuschieben, die nur Wille und Erfindung des Teufels sein können!“

Hätte Sebastian Castellio nichts geschrieben als diese Vorrede zu dem Buche „Von den Ketzern“ und in dieser Vorrede nur dieses Blatt, sein Name müßte schon unvergänglich bleiben in einer Geschichte der Humanität. Denn wie einsam erhebt sich diese Stimme, wie wenig Hoffnung hat seine erschütternde Beschwörung, gehört zu werden in einer Welt, wo die Waffen die Worte überklirren und der Krieg die letzten Entscheidungen an sich reißt. Aber wenn auch unzähligemal von allen Religionen und Weisheitslehrern verkündet, immer müssen gerade die allmenschlichsten Forderungen der vergeßlichen Menschheit in Erinnerung gebracht werden. „Zweifellos sage ich nichts“, fügt der bescheidene Castellio bei, „was nicht andere auch schon gesagt hätten. Aber es ist niemals überflüssig, das, was wahr ist und gerecht, so lange zu wiederholen, bis es sich Geltung erzwingt.“ Weil die Gewalttätigkeit sich in jedem Zeitalter in andern Formen erneut, muß auch der Kampf gegen sie immer wieder von den Geistigen erneuert werden; nie dürfen sie flüchten hinter den Vorwand, zu stark sei zur Stunde die Gewalt und sinnlos darum, sich ihr im Wort entgegenzustellen. Denn nie ist das Notwendige zu oft gesagt und nie die Wahrheit vergeblich. Auch wenn es nicht siegt, so erweist doch das Wort ihre ewige Gegenwart, und wer ihr dient in solcher Stunde, hat für seinen Teil bewiesen, daß kein Terror Macht hat über eine freie Seele und auch das unmenschlichste Jahrhundert noch Raum für die Stimme der Menschlichkeit.

Ein Gewissen erhebt sich gegen die Gewalt

Immer sind jene Menschen, die am rücksichtslosesten die Meinung der andern zu vergewaltigen suchen, für ihre eigene Person die für jeden Widerspruch empfindlichsten. So betrachtet es auch Calvin als ungeheuerliche Ungerechtigkeit, daß sich die Welt erlaubt, die Hinrichtung Servets überhaupt in Diskussion zu ziehen, statt sie begeistert als eine fromme und gottgefällige Tat zu lobpreisen. Allen Ernstes fordert derselbe Mann, der eben erbarmungslos einen andern Menschen nur um einer prinzipiellen Meinungsverschiedenheit willen an langsamem Feuer zu Tode rösten ließ, nicht Mitgefühl für den Geopferten, sondern Mitleid für sich. „Kenntest Du nur den zehnten Teil der Schmähungen und Angriffe“, schreibt er an einen Freund, „denen ich ausgesetzt bin, Du würdest Mitleid mit meiner traurigen Lage haben. Von allen Seiten kläffen mich die Hunde an, alle erdenklichen Schmähungen werden auf mich gehäuft. Grimmiger als die öffentlichen Gegner aus dem papistischen greifen mich jetzt die Neider und Hasser aus dem eigenen Lager an.“ Mit Verärgerung muß Calvin feststellen, daß man trotz seinen Bibelzitaten und Argumenten den Mord an Servet nicht schweigend anzuerkennen bereit ist; und diese Nervosität des schlechten Gewissens steigert sich zu einer Art Panik, sobald er erfährt, daß Castellio und seine Freunde in Basel eine Gegenschrift vorbereiten.

Der erste Gedanke eines tyrannischen Temperaments ist immer Unterdrückung, die Zensur und Knebelung jeder Gegenmeinung. Gleich auf die erste Nachricht hin eilt Calvin an das Schreibpult und bestürmt, ohne das Buch „De haereticis“ überhaupt zu kennen, im voraus die Schweizer Synoden, sie sollten es auf jeden Fall inhibieren. Nur keine Diskussion jetzt mehr! Genf hat gesprochen, Genava locuta est; alles, was jetzt andere zum Falle Servet äußern wollen, muß darum von vorneweg

Irrtum, Unsinn, Lüge, Ketzerei, Gotteslästerung sein, da es ihm, Calvin, widerspricht. Emsig läuft die Feder: am 28. März 1554 schreibt er bereits an Bullinger, man habe soeben in Basel unter fingiertem Namen ein Buch gedruckt, in welchem Castellio und Curione beweisen wollten, daß man die Ketzer nicht mit Gewalt beseitigen solle. Eine solche Irrlehre dürfe nicht verbreitet werden, denn es bedeute „Gift, für Nachsicht einzutreten und damit zu leugnen, daß Häresien und Blasphemien bestraft werden sollen". Rasch also einen Knebel her für die Botschaft der Toleranz! „Möge es Gott gefallen, daß die Pastoren dieser Kirche, wenn auch spät, so doch darüber wachen, daß dieses Unheil sich nicht weiter verbreite." Aber nicht genug an diesem einen Appell; am nächsten Tage mahnt noch eindringlicher sein Nachsprecher Theodor de Beze: „Man hat den Namen Magdeburg auf den Titel gedruckt, aber dieses Magdeburg liegt, glaube ich, am Rhein: ich wußte schon lange, daß man dort solche Schandtat ausklügelt. Ich frage nun, was bleibt da noch aufrecht von der christlichen Religion, wenn man duldet, was dieser Verworfene in seiner Vorrede ausgespien hat."

Aber schon ist es zu spät, der Traktat hat inzwischen die Denunziation überholt, und als jetzt das erste Exemplar nach Genf gelangt, lodert dort eine wahre Feuersbrunst des Entsetzens auf. Wie? Menschen haben sich gefunden, um die Humanität über die Autorität zu stellen? Andersdenkende sollen geschont und wie Brüder behandelt, statt auf den Scheiterhaufen geschleppt werden? jeder Christ und nicht nur Calvin allein solle wagen dürfen, die Heilige Schrift nach seinem Sinne zu deuten? Damit wäre ja die Kirche – Calvin meint selbstverständlich: *seine* Kirche – gefährdet. Auf ein Signal wird in Genf der Ketzerruf ausgestoßen. Eine neue Ketzerei, schreien sie in alle Winde, sei erfunden worden, eine ganz besonders gefährliche Ketzerei, der „Bellianismus" – so bezeichnen sie von nun ab die Lehre von der Toleranz in Glaubensdingen nach ihrem Apostel Martin Bellius (Castellio) –, rasch also dieses Höllenfeuer niedergetreten, ehe es sich auf Erden verbreitet! Und in seiner wirren Wut schreibt de Beze über die hier zum erstenmal proklamierte Forderung nach Toleranz: „Seit dem Beginn des Christentums sind solche Lästerungen nicht gehört worden!"

Sofort wird Kriegsrat in Genf gehalten: soll man antworten oder soll man nicht antworten? Der Nachfolger Zwinglis, Bullinger, den die Genfer so dringlich gebeten, das Buch rechtzeitig zu unterdrücken, mahnt aus Zürich klüglich ab: das Buch werde von selbst vergessen werden, man täte darum besser, gar nicht zu entgegnen. Aber Farel und Calvin in ihrer hitzigen Ungeduld bestehen auf einer öffentlichen Erwiderung. Und da Calvin nach den schlimmen Erfahrungen mit seiner ersten Verteidigung sich lieber im Hintergrund hält, betraut er einen seiner jüngeren Anhänger, Theodor de Beze, sich die theologischen Sporen und seinen Diktatordank mit einem schmetternden Angriff gegen die „satanische" Lehre der Toleranz zu verdienen.

Theodor de Beze, persönlich ein frommer und rechtschaffener Mann, der zum Lohn für viele Jahre gehorsamen Dienstes später Calvins Nachfolger geworden ist, überbietet Calvin noch – wie immer der unselbständige Geist den produktiven – in seinem frenetischen Haß gegen jeden Atemzug geistiger Freiheit. Von ihm stammt jenes furchtbare Wort, das seinen Namen für immer mit herostratischem Ruhm in der Geistesgeschichte belastet: die Freiheit des Gewissens sei eine Teufelslehre, „Libertas conscientiae diabolicum dogma". Nur keine Freiheit! Lieber mit Feuer und Schwert die Menschen ausrotten, als die Überhebung selbständigen Denkens dulden; „besser, einen Tyrannen zu haben, und sei es einen noch so grausamen", eifert de Beze schäumenden Mundes, „als die Erlaubnis, daß jeder nach seinem Sinne handeln dürfe ... Zu behaupten, man dürfe die Ketzer nicht bestrafen, ist, als ob man sagte, man solle Vater- und Muttermörder nicht töten, während doch die Ketzer noch tausendmal verbrecherischer sind als jene." Nach dieser Probe schon mag man sich vorstellen, in welche Raserei sich die orthodoxe Borniertheit dieses überhitzten Pamphlets gegen den „ Bellianismus" hineinredet. Wie? Diesen „als Menschen verkleideten Ungeheuern" (monstres déguisés en hommes") solle am Ende noch mit Humanität begegnet werden? Nein – erst die Disziplin und dann erst die Humanität! Auf keinen Fall und um keinen Preis darf ein Führer einer Regung der Menschlichkeit nachgeben, wenn es die „Doktrin" gilt, denn nicht christlich, sondern teuflisch wäre eine solche „charité diabolique et non chrétienne"; zum ersten-, aber nicht zum letztenmal begegnet man hier der militanten Theorie, Menschlichkeit – die „crudelis humanitas", wie de Beze formuliert – sei ein Verbrechen gegen die Menschheit, die nur durch eiserne Disziplin und unnachsichtige Strenge zu irgendeinem ideologischen Ziele geführt werden könne. Man darf nicht „ein paar reißende Wölfe schonen, wenn ihnen nicht die ganze gläubige Herde Christi ausgeliefert werden soll ... Pfui über diese angebliche Milde, die in Wahrheit äußerste Grausamkeit ist", schreit de Beze in seinem Zelotismus den Bellianisten entgegen und beschwört die Obrigkeit, sie möge „tugendhaft mit dem Schwert zuschlagen" („frapper vertueusement de ce glaive"). Denselben Gott, dessen Mitleid ein Castellio aus der Fülle seines eigenen Mitleids anruft, auf daß er endlich ein Ende setze diesen bestialischen Schlächtereien, fleht der Genfer Pastor mit der gleichen Inbrunst des Hasses an, er möge, nur damit dem Massaker nicht Einhalt geboten werde, „den christlichen Prinzen genug Seelengröße und Festigkeit verleihen, um diese Übeltäter gänzlich auszurotten". Aber selbst eine solche Austilgung der Andersdenkenden scheint der geistigen Rachsucht de Bezes noch nicht grausam genug. Nicht nur getötet sollen die Ketzer werden, sondern ihre Hinrichtung soll auch denkbar martervoll sein, und im vorhinein schon entschuldigt de Beze jede noch ersinnbare Tortur mit dem frommen Wink: „Wenn sie nach dem Maße ihrer Verbrechen bestraft werden sollten, glaube ich, daß man kaum eine Marter finden könnte, welche dem ungeheuren Maß ihres Vergehens entsprechen würde."

Widerwärtig, solche Hymnen an den Terror, solche grauenhafte Argumentationen der Anti-Humanität auch nur zu wiederholen! Aber es tut not, sie festzulegen und festzuhalten, Wort für Wort, um die Gefahr zu begreifen, in welche die protestantische Welt verfallen wäre, wenn sie sich tatsächlich von der Haßgier der Genfer Fanatiker in eine neue Inquisition hätte treiben lassen, und auch, um zu würdigen, was jene Tapferen und Besonnenen wagten, die sich diesen Besessenen des Ketzerwahns entgegenwarfen – freilich unter Gefahr und Aufopferung ihres Lebens. Denn um die Idee der Toleranz rechtzeitig „unschädlich" zu machen, stellt in seinem Libell de Beze tyrannisch die Forderung auf, jeder Freund der Toleranz, jeder Anwalt des „Bellianismus“ solle von nun ab als „Feind der christlichen Religion“ als Ketzer behandelt, das heißt verbrannt werden. „Man soll an ihrer Person jenen Punkt der These zur Anwendung bringen, die ich hier vertrete, daß Gottesleugner und Ketzer von den Behörden bestraft werden sollen.“ Und damit Castellio und seine Freunde nicht im unklaren seien, was sie erwarte, wenn sie weiterhin die um ihrer Gesinnung willen Gejagten verteidigten, droht de Beze mit geballter Faust, auch der fälschlich angegebene Druckort und das vorgeschobene Pseudonym werde sie nicht „vor der Verfolgung retten, denn jeder weiß, wer Ihr seid und was Ihr vorhabt ... Ich warne Euch rechtzeitig, Bellius und Montfort, und Euren ganzen Klüngel“.

Man sieht: nur scheinbar ist das Libell de Bezes eine akademische Auseinandersetzung; sein wahrer Sinn liegt in dieser Drohung. Die verhaßten Verteidiger geistiger Freiheit sollen endlich wissen, daß sie mit jeder weiteren Aufforderung zur Menschlichkeit ihr Leben wagen, und in seiner Ungeduld, ihr Haupt Sebastian Castellio unvorsichtig zu machen, beschuldigt de Beze provokatorisch diese Mutigsten der Feigheit. „Er“, höhnt er, „der sich sonst so kühn und verwegen gebärdet, zeigt sich in diesem Buche, das nur von Mitleid und Milde spricht, so feige und ängstlich, daß er nur verhüllt und maskiert wagt, seinen Kopf herauszustrecken.“ Vielleicht hofft er, Castellio werde vor der Gefahr, sich offen zu nennen und zu bekennen, nun vorsichtig zurückschrecken; aber Castellio nimmt die Herausforderung an. Gerade daß die Genfer Orthodoxie jetzt ihre verwerfliche Tat zu einem Dogma und zu einer Praxis erheben will, zwingt diesen leidenschaftlichen Friedensfreund in den offenen Krieg. Er hat erkannt, daß die entscheidende Stunde zur Tat gekommen ist. Wird das Verbrechen an Servet nicht vor das Tribunal der ganzen Menschheit zur letzten Entscheidung getragen, so würden an diesem einen Brandstoß sich Hunderte und Tausende entzünden, und was bis jetzt eine einzelne Mordhandlung gewesen, zu einem mörderischen Prinzip sich versteinern. Entschlossen wirft Castellio seine eigene künstlerische und gelehrte Arbeit beiseite, um das „J'accuse“ seines

Jahrhunderts zu schreiben, die Anschuldigung gegen Jehan Calvin um eines religiösen Mordes willen, begangen auf dem Platz zu Champel an Miguel Servet. Und diese öffentliche Anklage „Contra libellum Calvini“, obzwar gegen einen einzelnen gerichtet, wird dank ihrer moralischen Kraft zu einer der großartigsten Kampfschriften gegen jedweden Versuch, das Wort zu vergewaltigen durch das Gesetz, die Gesinnung durch eine Doktrin und das ewig freigeborene Gewissen durch die ewig verächtliche Gewalt.

Seit Jahren und Jahren kennt Castellio seinen Gegner und kennt darum auch seine Methoden. Er weiß, daß Calvin jeden Angriff auf seine Person in einen Angriff gegen die „Lehre“, die Religion und sogar gegen Gott umdeuten wird. Darum präzisiert Castellio von Anfang an, daß er in seiner Schrift „Contra libellum Calvini“ die Thesen Servets weder vertrete noch verurteile und sich keineswegs in religiöse oder exegetische Fragen einlassen wolle, sondern daß er einzig Klage erhebe gegen den Mann Jehan Calvin, der einen andern Mann, Miguel Servet, getötet habe. Mit dem festen Entschluß, von vornherein keine sophistische Verdrehung zu dulden, legt er klar wie ein Jurist gleich in den Anfangsworten die Causa dar, die er zu führen gedenkt. „Jehan Calvin“, so beginnt er seine Anklageschrift, „erfreut sich heute einer großen Autorität und ich wünschte ihm eine noch größere, würde ich ihn von sanfter Gesinnung beseelt sehen. Aber seine letzte Handlung war eine blutige Hinrichtung und die Bedrohung vieler frommer Menschen. Deshalb unternehme ich es, der ich das Blutvergießen verabscheue (sollte das nicht alle Welt tun?), seine Absicht mit Hilfe Gottes vor der ganzen Welt zu entschleiern und wenigstens einige, die er zu seiner falschen Ansicht verleitet, von ihrem Irrtum zurückzuführen.

Am 27. Oktober des vorigen Jahres, 1553, hat man um seiner religiösen Überzeugung willen den Spanier Michael Servet in Genf auf Betreiben Calvins, des Pastors der dortigen Kirche, verbrannt. Diese Hinrichtung hat viele Proteste, besonders in Italien und Frankreich, hervorgerufen, und als Antwort auf diese Beschwerden hat Calvin soeben ein Buch herausgegeben, das allem Anschein nach auf das geschickteste gefärbt ist und sich zum Ziele setzt, sich selbst zu rechtfertigen, Servet zu bekämpfen und überdies zu beweisen, daß er der Todesstrafe schuldig war. Dieses Buch will ich einer kritischen Prüfung unterziehen. Seiner Gewohnheit gemäß wird mich Calvin vielleicht sogar einen Schüler Servets nennen, dadurch lasse sich aber niemand irreführen. Ich verteidige nicht die Thesen Servets, sondern ich greife die falsche These Calvins an. Ich lasse vollkommen alle Diskussion über die Taufe, die Dreieinigkeit und jede derartige Frage beiseite, ich besitze auch nicht die Bücher Servets, da Calvin sie verbrannt hat, und weiß also gar nicht, welche Ideen jener vertreten hat. Nur in jenen andern Punkten, welche sich nicht auf solche prinzipielle Meinungsverschiedenheiten beziehen, werde ich die Irrtümer Calvins dartun, und jeder kann sehen, wer dieser Mann ist, den das Blut verwirrt gemacht hat. Ich werde nicht gegen ihn so handeln, wie er gegen Servet gehandelt, den er zuerst lebendig mit seinen Büchern verbrennen ließ und ihn nun, da er tot ist, noch beschimpft. Wenn sein Gegner, nachdem er die Bücher mit ihrem Verfasser verbrennen ließ, nun die Kühnheit hat, uns auf diese Bücher zu verweisen, indem er einzelne Seiten daraus zitiert, so ist dies ein Vorgehen, als ob ein Brandstifter, nachdem er ein Haus in Asche gelegt hat, uns dann aufforderte, die Einrichtungsgegenstände in den einzelnen Räumen nachzusehen. Was uns betrifft, werden wir niemals einen Verfasser, niemals ein Werk verbrennen. Das Buch, das wir bekämpfen, kann jeder lesen, es liegt in zwei Ausgaben vor, einer lateinischen und einer französischen, und damit kein Einwand möglich sei, werde ich immer jeden Paragraphen aufzählen, den ich wiedergeben will, und meine Antworten unter demselben mit der gleichen entsprechenden Ziffer vermerken."

Rechtschaffener kann man eine Diskussion nicht führen. Calvin hat in seinem gedruckten Buch seinen Standpunkt eindeutig festgelegt, und dieses jedem zugängliche Dokument verwertet Castellio, wie ein Untersuchungsrichter die protokollierte Aussage eines Angeschuldigten. Wort für Wort schreibt er das ganze Buch Calvins nochmals ab, damit niemand behaupten könne, er hätte die Meinung seines Gegners irgendwie verfälscht oder verändert; und um von vornherein bei dem Leser den Verdacht auszuschalten, er habe durch absichtliche Kürzungen den Text Calvins entstellt, numeriert er jeden einzelnen Satz Calvins. Bedeutend gerechter wird also dieser zweite geistige Prozeß in Sachen Servet geführt als jener erste in Genf, wo der Angeklagte in einem Kellerloch frierend verschlossen und ihm jeder Zeuge und jeder Verteidiger versagt war. Frei und vor dem Zublick der ganzen humanistischen Welt soll hier die Causa Servet als eine moralische Entscheidung zum Austrag kommen.

Der Tatbestand ist klar und unbestreitbar. Ein Mann, der sich noch, als die Flammen ihn umzüngelten, mit vernehmlicher Stimme als unschuldig bekannte, ist in grausamster Weise auf Betreiben Calvins und im Auftrag des Genfer Magistrats hingerichtet worden. Nun stellt Castellio die entscheidenden Fragen: Welches Vergehen hat Miguel Servet eigentlich begangen? Wie durfte Jehan Calvin, der doch kein Staatsamt bekleidete, sondern nur ein geistliches, diese rein theologische Angelegenheit dem Magistrat überweisen? Hatte der Genfer Magistrat das Recht, Servet wegen dieses angeblichen Vergehens zu verurteilen? Und schließlich – auf welche Autorität hin und nach welchem Gesetz ist die Todesstrafe über diesen ausländischen Theologen verhängt worden?

Zur ersten Frage prüft Castellio das Protokoll, die eigene Aussage Calvins, um zunächst festzustellen, welchen Vergehens Calvin eigentlich Miguel Servet bezichtige. Und er findet keine andere Anschuldigung, als daß Servet nach Ansicht Calvins „in kühner Weise das Evangelium entstellt habe und von einem unerklärlichen Verlangen nach Neuerungen getrieben gewesen sei“. Calvin also beschuldigt Servet keines anderen Verbrechens, als in selbständiger und eigenwilliger Weise die Bibelauslegung betrieben zu haben und dabei zu anderen Folgerungen gelangt zu sein als er in seiner eigenen Kirchenlehre. Aber sofort schlägt Castellio zurück. War Servet der einzige, der solche eigenwillige Ausdeutung des Evangeliums im Räume der Reformation geübt? Und wer wagt zu behaupten, daß er damit gegen den wahren Sinn der neuen Lehre verstoßen? War diese individuelle Deutung nicht sogar eine Grundforderung der Reformation gewesen, und was anderes haben die Führer der evangelischen Kirche getan, als diese Neuauslegung in Wort und Schrift durchzusetzen? Und ist nicht Calvin und gerade Calvin mit seinem Freunde Farel der Kühnste und Entschlossenste bei diesem Umbau und Neubau der Kirche gewesen, „nicht nur, daß er sich einer wahren Ausschweifung von Neuerungen hingegeben hat, er hat sie sogar allen derart aufgezwungen, daß es schon sehr gefährlich ist, ihm zu widersprechen. Er hat in zehn Jahren de facto mehr Neuerungen eingeführt als die katholische Kirche in sechs Jahrhunderten"; wenn irgendeiner, so hat Calvin als der verwegenste Reformator nicht das Recht, neue Deutungen innerhalb der protestantischen Kirche ein Verbrechen zu nennen und zu verurteilen.

Aber aus der Selbstverständlichkeit seiner Unfehlbarkeit betrachtet Calvin seine Ansichten als die richtigen und jede andere Meinung als die falsche. Und hier setzt Castellio sofort mit der zweiten Frage ein: Wer hat Calvin zum Richter eingesetzt über Wahr und Unwahr? „Calvin bezeichnet natürlich alle jene Schriftsteller als von schlechter Gesinnung beseelt, die sich nicht zu Nachrednern seiner Doktrin machen. Darum verlangt er, daß man sie nicht nur am Schreiben, sondern auch am Reden verhindere, so daß nur er allein das Recht besitzen solle, das vorzubringen, was er für richtig hält." Doch gerade dies will Castellio ein für allemal bestreiten, daß irgendein Mensch oder eine Partei den Anspruch erheben könne, zu sagen: wir allein wissen um die Wahrheit, und jede andere Meinung ist Irrtum. Alle Wahrheiten, insbesondere aber die religiösen, seien bestreitbar und vieldeutig, „darum ist es anmaßend, über die Geheimnisse, die Gott allein angehören, mit solcher Rechthaberei zu streiten, als ob wir teilhätten an seinen verborgensten Plänen, und es ist Hochmut, sich eine Gewißheit über Dinge vorzutäuschen und vorzuspiegeln, von denen wir im Grunde nichts wissen". Seit Anfang der Welt ist alles Unheil von den Doktrinären gekommen, die unduldsam ihre Meinung und Weltanschauung als die einzige erklären. Nur diese Fanatiker des Einheitsdenkens und Einheitshandelns verwirren mit ihrer selbstherrlichen Streitlust den Frieden auf Erden und verwandeln das natürliche Nebeneinander der Ideen in ein Gegeneinander und in mörderischen Zwist. Als einen solchen Anstifter zu geistiger Unduldsamkeit klagt nun Castellio Calvin an: „Alle

Sekten erbauen ihre Religionen auf Gottes Wort und alle halten die ihre für richtig. Nach der Auffassung Calvins müßte also eine die andere verfolgen. Selbstverständlich behauptet Calvin, seine Lehre sei die richtige. Aber die andern behaupten das gleiche. Er sagt, daß die andern irren; die andern behaupten das gleiche von ihm. Calvin will Richter sein: die andern auch. Wie wäre da eine Entscheidung zu treffen? Aber wer hat Calvin zum obersten Schiedsrichter über alle andern mit dem ausschließlichen Recht, die Todesstrafe zu verhängen, eingesetzt? Auf welches Zeugnis stützt er sein Richtermonopol? Darauf, daß er Gottes Wort besitzt. Aber die andern behaupten das auch. Oder darauf, daß seine Lehre unbestreitbar sei. Unbestreitbar aber in wessen Augen? In seinen eigenen, in denen Calvins. Warum aber schreibt er dann so viele Bücher, wenn in Wahrheit die Wahrheit, die er verkündigt, so offenkundig ist? Warum hat er nicht ein einziges Buch geschrieben, um zu beweisen, daß etwa der Mord oder der Ehebruch ein Verbrechen sei? Weil diese Sachen doch jedem klar sind. Wenn Calvin tatsächlich alle geistige Wahrheit durchdrungen und entschleiert hat, warum gewährt er dann nicht auch den andern ein wenig Zeit, sie gleichfalls zu begreifen? Warum schlägt er sie von vorneweg nieder und nimmt ihnen damit die Möglichkeit, sie anzuerkennen?“

Festgestellt ist damit nun schon ein Erstes und Entscheidendes: Calvin hat sich in geistigen und geistlichen Dingen ein Richteramt angemaßt, zu dem er keinerlei Recht besaß. Ihm wäre die Aufgabe zugefallen, Servet, wenn er dessen Meinungen für unrichtig erachtete, über seinen Irrtum aufzuklären und zu bekehren. Aber statt sich gütlich auseinanderzusetzen, hat er sofort zur Gewalt gegriffen. „Deine erste Tat war die Verhaftung, du hast Servet eingesperrt, und du hast aus dem Prozesse nicht nur jeden Freund Servets, sondern auch alle ausgeschaltet, die nicht seine Gegner waren.“ Er hat nur die alte und ewige Diskussionsmethode geübt, deren sich immer die Doktrinäre bedienen, wenn ihnen eine Diskussion peinlich wird: daß sie sich selber die Ohren verschließen und den andern den Mund knebeln; aber immer verrät das Sich-Verstecken hinter die Zensur am sichersten die seelische Unsicherheit bei einem Menschen oder bei einer Lehre. Und als ob er sein eigenes Schicksal vorausgeahnt hätte, ruft Castellio Calvin zur moralischen Verantwortung. „Ich frage dich, Herr Calvin, wenn du mit jemand einen Prozeß in einer Erbsache hättest und dein Gegner erreichte vom Richter, daß er ihn allein sprechen ließe, während er dir verbieten würde, das Wort zu ergreifen, würdest du dich da nicht auflehnen gegen diese Ungerechtigkeit? Warum tust du den andern, wovon du selbst nicht wolltest, daß man es dir tue? Wir stehen hier in einer Auseinandersetzung über den Glauben, warum verschließest du uns den Mund? Bist du so sehr von der Armseligkeit deiner Sache überzeugt, befürchtest du so sehr, besiegt zu werden und deine Macht als Diktator zu verlieren?"

Damit ist die prinzipielle Anklage gegen Calvin eigentlich schon formuliert. Er hat sich, gestützt auf seine staatliche Macht, das Recht angemaßt, allein in göttlichen, sittlichen und weltlichen Dingen zu entscheiden. Dadurch hat er einen Übergriff gegen das göttliche Recht begangen, das jedem Menschen sein Gehirn zum selbständigen Denken, seinen Mund zur Rede und sein Gewissen als letzte innere moralische Instanz zugeteilt hat; und er hat einen Übergriff begangen gegen jedes irdische Recht, indem er nur um einer abweichenden Meinung willen einen Menschen wie einen gemeinen Verbrecher verfolgen ließ.

Einen Augenblick unterbricht Castellio nun seinen Prozeß, um einen Zeugen vorzurufen. Ein allgemein bekannter Theologe soll gegen den Prediger Jehan Calvin feststellen, daß jede behördliche Verfolgung bloß geistiger Delikte nach den göttlichen Gesetzen unerlaubt sei. Dieser große Gelehrte aber, dem Castellio das Wort erteilt, ist peinlicherweise niemand anderer als Calvin selbst. Sehr gegen den eigenen Willen wird dieser Zeuge in die Debatte gezogen. „Indem Calvin feststellt, daß alles verwirrt sei, beeilt er sich, die andern anzuklagen, damit man ihn selber nicht verdächtige. Aber es ist klar, daß nur eines diese Verwirrung hervorgebracht hat, nämlich seine Haltung als Verfolger. Die einzige Tatsache, daß er Servet verurteilen ließ, hat nicht nur in Genf, sondern in ganz Europa Ärgernis hervorgerufen und alle Länder in Unruhe versetzt; jetzt sucht er die Schuld für das, was er selber getan hat, den andern zuzuschieben. Aber einst, als er noch selber zu jenen gehörte, die

Verfolgung erlitten, führte er eine andere Sprache; damals schrieb er noch lange Seiten gegen solche Verfolgungen, und damit niemand dies bezweifle, schreibe ich hier eine Seite seiner „Institutio“ ab.“

Und nun zitiert Castellio die Worte aus der „Institutio“, Worte des Calvin von einstmals, für die der Calvin von heute den Autor wahrscheinlich verbrennen ließe. Denn mit keiner Silbe weicht dieser einstige Calvin von der These ab, die nun Castellio gegen ihn vertritt; wortwörtlich steht in der Erstausgabe der „Institutio“, es sei „verbrecherisch, die Ketzer zu töten. Sie durch Eisen und Feuer zugrunde gehen zu lassen, hieße jedes Prinzip der Humanität verleugnen.“ Freilich, kaum zur Herrschaft gelangt, hatte Calvin schleunigst dies Bekenntnis zur Humanität aus seinem Werke gestrichen. In der zweiten Ausgabe der „Institutio“ sind sie schon geändert und in ihrer klaren entscheidenden Haltung verschwunden; wie Napoleon als Konsul und Kaiser höchst sorgfältig das jakobinische Pamphlet seiner Jugend, so hat dieser Kirchenführer, kaum daß er aus einem Verfolgten selber ein Verfolger wurde, dieses sein Bekenntnis zur Nachsicht für immer unauffindbar machen wollen. Aber Castellio läßt Calvin nicht sich selber entflüchten. Wortwörtlich wiederholt er die Zeilen aus der „Institutio“ und weist mit dem Finger darauf hin. „jetzt vergleiche jedermann diese erste Erklärung Calvins mit seinen Schriften und Taten von heute, und man wird sehen, daß seine Gegenwart und seine Vergangenheit voneinander so verschieden sind wie das Licht und das Dunkel. Weil er Servet hinrichten ließ, will er nun, daß alle so zugrunde gehen, die verschiedener Meinung mit ihm sind. Er verleugnet die Gesetze, die er selber aufgestellt hat, und fordert den Tod ... Wundert man sich jetzt, daß Calvin die andern zum Tode bringen will aus Furcht, daß sie seine Unstetigkeit und seine Wandlungen zu offenbar machen und ins rechte Licht setzen könnten? Weil er schlimm gehandelt hat, fürchtet er die Klarheit.“

Aber gerade diese Klarheit will Castellio. Ohne jede Zweideutigkeit soll Calvin der Welt nun endlich darlegen, aus welchen Gründen er, der einstige Anwalt der Meinungsfreiheit, Miguel Servet unter den grausamsten Qualen auf dem offenen Marktplatz von Champel verbrennen ließ: und unerbittlich beginnt von neuem das Verhör.

Zwei Fragen sind schon erledigt. Der Tatbestand hat erstens ergeben, daß Miguel Servet kein anderes als ein geistiges Delikt begangen hat, und zweitens, daß eine Abweichung von der gültigen Auslegung niemals als gemeines Verbrechen gewertet werden darf. Warum nun, fragt Castellio, hat dann Calvin als ein Prediger der Kirche in einer rein theoretischen und abstrakten Angelegenheit die weltliche Behörde zur Unterdrückung der Gegenmeinung angerufen? Zwischen geistigen Menschen haben geistige Dinge nur auf geistige Weise ausgetragen zu werden. „Hätte Servet dich mit Waffen bekämpft, so wäre es dein Recht gewesen, den Rat zu Hilfe zu rufen. Da er aber nur mit der Feder dich bekämpft hat, warum bist du gegen seine Schriften mit Eisen und Schwert vorgegangen? So sag doch, warum hast du dich hinter den Magistrat gesteckt?" Der Staat hat keinerlei Autorität in innerlichen Gewissensfragen, „es ist nicht Angelegenheit des Magistrats, theologische Lehren zu verteidigen, das Schwert hat nichts zu tun mit der Lehre, die Lehre ist ausschließlich eine Sache der Gelehrten. Der Magistrat hat den Gelehrten nicht anders zu beschützen als einen Werkmann, einen Arbeiter, einen Arzt oder einen Bürger, wenn ihm leibliches Unrecht geschieht. Nur wenn Servet Calvin hätte töten wollen, nur dann hätte der Magistrat recht gehandelt, Calvin zu verteidigen. Da aber Servet nur mit Schriften und Vernunftsgründen gekämpft hat, durfte man ihn nicht anders zur Verantwortung ziehen als wieder durch Vernunftsgründe und Schriften."

Unwiderleglich weist nun Castellio jeden Versuch Calvins zurück, seine Tat durch ein höheres, göttliches Gebot zu rechtfertigen: für Castellio gibt es keinerlei göttliches, kein christliches Gebot, das den Mord eines Menschen befiehlt. Wenn Calvin in seiner Schrift versucht, sich auf das mosaische Gesetz zu stützen, das verlange, man solle Falschgläubige mit Feuer und Schwert ausrotten, antwortet Castellio grimmig und scharf: „Aber wie in Gottes Namen will Calvin dieses Gesetz ausführen, das er da anruft? Müßte er dann nicht in allen Städten Wohnungen, Häuser, Vieh und Hausgerät zerstören und, wenn er eines Tages genug militärische Kräfte hätte, Frankreich und alle übrigen Nationen überfallen, die er doch für ketzerisch hält, und Städte dem Erdboden gleichmachen, Menschen vernichten, Kinder und Frauen und sogar die Kinder im Mutterleib umbringen?“ Wenn Calvin zu seiner Rechtfertigung vorbringt, es hieße den Leib der christlichen Lehre verderben, sobald man nicht den Mut habe, ein faules Glied davon abzuschneiden, so erwidert Castellio: „Diese Abtrennung des Ungläubigen von der Kirche ist eine priesterliche Angelegenheit und bedeutet nur, daß man den Ketzer exkommunizieren und aus der Gemeinde ausstoßen, nicht aber ihm das Leben nehmen solle.“ Nirgends im Evangelium und in keinem sittlichen Buche der Welt sei eine solche Intoleranz verlangt. „Wirst du am Ende sagen, es sei Christus, der dich gelehrt habe, Menschen zu verbrennen?“ schleudert er Calvin entgegen, der „mit dem Blute Servets auf den Händen“ diese seine verzweifelte Apologie hinschreibe. Und da Calvin immer und immer wieder darauf beharrt, er sei genötigt gewesen, Servet zu verbrennen, um die Lehre zu verteidigen, um das Wort Gottes zu schützen, da er immer und immer wieder, wie alle Gewalttäter, seine Gewalttat mit einem andern, übergeordneten, überpersönlichen Interesse zu entschuldigen sucht, da fährt ihm – und es ist wie ein erhellender Blitz in der Nacht eines dunklen Jahrhunderts – Castellios unvergängliches Wort entgegen: „Einen Menschen töten heißt niemals, eine Lehre verteidigen, sondern: einen Menschen töten. Als die Genfer Servet hinrichteten, haben sie keine Lehre verteidigt, sondern einen Menschen geopfert; aber man bekennt sich nicht zu seinem Glauben, indem man einen andern Menschen verbrennt, sondern nur, indem man sich selbst für diesen Glauben verbrennen läßt.“

„Einen Menschen töten heißt niemals, eine Lehre verteidigen, sondern: einen Menschen töten“ – herrliches, in seiner Wahrheit und Klarheit unvergängliches und allerhumanstes Wort. Mit diesem einen wie aus hartem Erz gehämmerten Satz hat Sebastian Castellio für alle Zeiten jeder weltanschaulichen Verfolgung das Urteil gesprochen. Was immer für ein logischer, ethischer, nationaler oder religiöser Vorwand vorgetäuscht oder vorgeschoben werde, um die Beiseiteschaffung eines Menschen zu rechtfertigen, keiner dieser Gründe entlastet den Menschen, der die Tat begangen oder befohlen, von seiner persönlichen Verantwortung. Immer ist einer schuldig für Blutschuld, und niemals läßt sich ein Mord durch eine Weltanschauung rechtfertigen. Wahrheiten lassen sich verbreiten, aber sie lassen sich nicht erzwingen. Keine Lehre wird richtiger, keine Wahrheit wahrer, wenn sie schreit und eifert, keine läßt sich durch eine gewalttätige Propaganda über den individuellen Raum ihres Wesens künstlich hinaussteigern. Aber noch weniger wird eine Lehre, eine Weltanschauung wahrer, wenn sie Menschen, die ihr aus innerlicher Gesinnung widerstreben, verfolgt. Überzeugungen sind individuelle Erlebnisse und Ereignisse, niemandem Untertan als dem Individuum, dem sie zugehören; sie lassen sich nicht reglementieren und korporalisieren, und mag sich tausendmal auch eine Wahrheit auf Gott berufen und sich eine heilige nennen, niemals darf sie sich für berechtigt halten, das Heiligtum eines gottgeschaffenen Menschenlebens zu zerstören. Während es für Calvin, den Dogmatiker, den Parteimenschen, nebensächlich bleibt, ob vergängliche Menschen um der Idee willen, die er für unvergänglich hält, zugrunde gehen, ist für Castellio jeder Mensch, der für seine Überzeugung leidet und stirbt, ein unschuldig hingeschlachtetes Opfer. Aber Zwang in geistigen Dingen ist für ihn nicht nur Verbrechen wider den Geist, sondern auch ein vergebliches Bemühen. „Vergewaltigen wir niemanden! Denn der Zwang hat noch niemals einen Menschen besser gemacht. Diejenigen, welche die Menschen zu einem Glauben zwingen wollen, handeln so sinnwidrig wie jemand, der mit einem Stock gewalttätig Nahrung einem Kranken in den Mund stoßen wollte.“ Ein für allemal darum ein Ende mit aller Unterdrückung der Andersdenkenden! „Nimm endlich deinen Amtspersonen das Recht auf Gewalttätigkeit und Verfolgung! Gib jedem, wie der heilige Paulus es verlangt, das Recht zu reden und zu schreiben, und bald wirst du erkennen, wie viel die Freiheit, einmal vom Zwange erlöst, auf Erden vermag!“

Die Fakten sind alle geprüft, die Fragen beantwortet; nun fällt Sebastian Castellio im Namen der beleidigten Menschlichkeit – und die Geschichte hat es unterzeichnet – das Urteil. Ein Mann, namens Miguel Servet, ein Gottsucher, ein étudiant de la Sainte Escripture ist getötet worden –

angeklagt sind dieses Mordes Calvin als der geistige Urheber des Prozesses und der Magistrat von Genf als die vollstreckende Behörde. Die moralische Revision hat nun den Fall geprüft und stellt fest: beide Instanzen, die geistliche wie die weltliche, haben in diesem Fall ihre Befugnisse überschritten. Schuldig ist der Magistrat eines Übergriffes, „denn er ist nicht berufen, Recht zu sprechen über ein geistiges Vergehen“. Und noch schuldiger ist Calvin, der ihm diese Verantwortung angelastet. „Auf dein Zeugnis und auf das deiner Komplizen hin hat der Magistrat einen Menschen getötet. Und der Magistrat war ebenso unfähig, in dieser Sache zu entscheiden oder zu unterscheiden, wie ein Blinder die Farben.“ Calvin ist zwiefach schuldig: er ist schuldig sowohl der Anordnung als auch der Vollstreckung dieser verabscheuungswürdigen Tat. Gleichgültig, aus welchen Motiven er diesen Unglücklichen in den Feuerbrand stoßen ließ, seine Tat war eine Untat. „Entweder hast du Servet hinrichten lassen, weil er das dachte, was er sagte, oder weil er seiner innern Überzeugung gemäß sagte, was er dachte. Wenn du ihn getötet hast, weil er seiner innern Überzeugung Ausdruck gab, dann hast du ihn um der Wahrheit willen getötet, denn die Wahrheit besteht darin, daß man, selbst wenn man im Irrtum ist, das ausspricht, was man denkt. Hast du ihn aber bloß um einer irrigen Anschauung willen töten lassen, so wäre es zuvor deine Pflicht gewesen, zu versuchen, ihn für die richtigen Anschauungen zu gewinnen oder ihm, den Text in der Hand, zu beweisen, daß man alle, die sich guten Glaubens im Irrtum befinden, hinrichten müsse.“ Calvin aber hat getötet, hat unberechtigt den Widersprecher beseitigt; darum ist er schuldig, schuldig, schuldig des vorbedachten Mords …

Schuldig, schuldig, schuldig; dreimal dröhnend mit dem harten metallenen Klang der Posaune ist das Urteil in die Zeit verkündet; die letzte, die höchste moralische Instanz, die Menschlichkeit, hat entschieden. Aber was hilft es, die Ehre eines Toten zu retten, dem keine Sühnung wieder ins Licht hilft: es gilt, die Lebendigen zu beschirmen und. indem man einen Akt der Unmenschlichkeit brandmarkt, unzählige andere zu verhindern. Nicht nur der Mann Jehan Calvin allein soll verurteilt sein, sondern auch sein Buch mit der fürchterlichen Doktrin des Terrors und der Unterdrückung. „Siehst du denn nicht ein“, fährt Castellio den Schuldigen an, „wohin dein Buch und deine Taten führen? Es gibt viele, die behaupten, die Ehre Gottes zu verteidigen, aber jetzt werden sie, wenn sie Menschen hinschlachten wollen, sich auf dein Zeugnis berufen können. Deinem verhängnisvollen Wege folgend, werden sie sich wie du mit Blut beflecken. Wie du werden sie alle jene hinrichten lassen, die anderer Meinung als sie sind.“ Nicht die einzelnen Fanatiker an sich sind gefährlich, sondern der Unheilgeist des Fanatismus; nicht nur die Menschen also, die hart und rechthaberisch und blutgierig sind, muß der Geistige bekämpfen, sondern auch jedwede Idee, wenn sie sich terroristisch gebärdet, denn – prophetische Ahnung eines Mannes beim Anhub eines hundertjährigen Glaubenskrieges – „selbst die grausamsten Tyrannen werden mit ihren Kanonen nicht so viel Blut vergießen, als ihr durch eure blutrünstigen Beschwörungen vergossen habt und in nächster Zeit noch vergießen werdet, es sei denn, daß Gott sich des irdischen Geschlechts erbarme und den Fürsten und Behörden die Augen öffne, damit sie sich endlich ihrem blutigen Handwerk weigern“. Und wie in seiner milden Botschaft der Toleranz Sebastian Castellio angesichts des Leidens der Gehetzten und Gejagten schließlich nicht mehr gelassen zu bleiben vermochte, wie er dort die Stimme zu Gott erhob in einem verzweifelten Gebet um mehr Menschlichkeit auf Erden, so steigert sich in diesem Kampfbuche sein Wort zu einem erschütternden Fluch gegen alle, die mit ihrem rechthaberischen Haß den Frieden der Welt verstören; in Blitz und Donner edelsten Zornes gegen allen Fanatismus endet sein Buch mit dem großen Abgesang: „Diese Infamie der religiösen Verfolgungen wütete schon zu Zeiten Daniels, und als man nichts Angreifbares in seiner Lebensführung fand, da sagten seine Feinde: wir müssen ihn angreifen bei seiner Überzeugung. Genau so handelt man heute. Wenn man einen Feind nicht bei seinem sittlichen Verhalten fassen kann, hält man sich an die „Lehre“, und dies ist sehr geschickt, denn die Behörden, die in diesem Falle kein eigenes Urteil haben, lassen sich da leichter überzeugen. Auf diese Art unterdrückt man die Schwächeren, während man laut die Parole von der „Heiligen Lehre“ erklingen läßt. Ah, ihre „Heilige Lehre" – wie wird Christus sie am Tage des Jüngsten Gerichts verabscheuen! Er wird Rechenschaft fordern über den Lebenswandel, nicht über die Lehre; und wenn sie ihm sagen werden: „Herr, wir waren mit dir, wir haben in deinem Sinn gelehrt", dann wird er ihnen antworten: „Hinweg mit euch, ihr Verbrecher!"

Oh, ihr Blinden, oh, ihr Verblendeten, oh, ihr blutrünstigen und unheilbaren Heuchler! Wann werdet ihr die Wahrheit endlich erkennen, und wann werden die irdischen Richter aufhören, nach eurer Willkür blind das Blut der Menschen zu vergießen!"

Die Gewalt erledigt das Gewissen

Eine entschiedenere Streitschrift gegen einen geistigen Despoten ist selten geschrieben worden und vielleicht niemals eine mit ähnlicher Leuchtkraft der Leidenschaft wie Castellios „Contra libellum Calvini"; durch ihre Wahrheit und Klarheit müßte sie auch die Gleichgültigsten der Zeit belehren, daß die Gedankenfreiheit des Protestantismus und darüber hinaus des europäischen Geistes verloren ist, wenn sie sich nicht rechtzeitig der Genfer Meinungsinquisition erwehrt. Aller irdischen Wahrscheinlichkeit gemäß ist darum zu erwarten, daß nach Castellios fugenloser Beweisführung im Falle Servet die ganze moralische Welt das Verdammungsurteil einhellig mitunterzeichnet. Wer von einer solchen Hand in einem solchen Kampf gepackt und niedergestreckt worden ist, der scheint für immer erledigt und das Manifest Castellios ein tödlicher Schlag für den intransigenten Orthodoxismus Calvins.

Aber in Wirklichkeit geschieht – nichts. Die blendende Streitschrift Castellios und sein herrlicher Aufruf zur Toleranz haben nicht die mindeste Wirkung in der realen Welt, und zwar aus dem einfachsten und grausamsten Grunde: weil Castellios „Contra libellum Calvini" überhaupt nicht zum Druck gelangt. Weil dieses Buch im Auftrag Calvins schon im vorhinein von der Zensur abgewürgt wird, ehe es das Gewissen Europas aufrütteln kann.

Im letzten Augenblick – schon zirkulieren Abschriften im vertrautesten Basler Kreise, schon ist der Druck vorbereitet – haben die Genfer Machthaber, gut von Zubringern bedient, Wind bekommen, welchen lebensgefährlichen Angriff gegen ihre Autorität Castellio vorbereitet. Und sofort greifen sie schlagartig zu. Furchtbar tritt bei solchen Gelegenheiten die machtmäßige Überlegenheit einer staatlichen Organisation gegenüber dem einzelnen zutage; Calvin, der die Unmenschlichkeit begangen hat, einen Andersdenkenden lebendig und unter den furchtbarsten Qualen zu verbrennen, bleibt es erlaubt, dank der Einseitigkeit der Zensur sein Verbrechen unbehelligt zu verteidigen; Castellio aber, der im Namen der Menschlichkeit Protest erheben will, wird das Wort verweigert. Zwar hätte die Stadt Basel an sich keinen Grund, einem freien Bürger, einem Lehrer ihrer Universität literarische Polemik zu verbieten, aber Calvin, immer meisterhaft in Taktik und Praktik, setzt geschickt den politischen Hebel an. Eine diplomatische Affäre wird aufgezäumt; nicht Calvin als Privatmann persönlich, sondern die Stadt Genf erhebt ex officio Beschwerde wegen der Angriffe gegen die „Lehre". Der Rat der Stadt Basel und die Universität sind damit vor die peinliche Wahl gestellt, entweder das Recht eines freien Schriftstellers abzuwürgen oder mit der mächtigen Bundesstadt in diplomatischen Konflikt zu geraten, und wie immer siegt das machtpolitische Element über die Moral. Lieber opfern die Ratsherren den einzelnen Menschen und erlassen ein Verbot, irgendwelche Schriften zu veröffentlichen, die nicht streng orthodoxer Art sind. Damit ist das Erscheinen von Castellios „Contra libellum Calvini" verhindert, und Calvin kann jubilieren: „Es ist ein Glück, daß die Hunde, die so hinter uns herbellen, uns nicht mehr beißen können." („Il va bien que les chiens qui aboient derrière nous ne nous peuvent mordre.")

Wie Servet durch den Scheiterhaufen, so ist Castellio nun durch die Zensur stumm gemacht; wieder einmal ist die „Autorität" auf Erden durch den Terror gerettet. Castellio bleibt die Kampfhand abgeschlagen, der Schriftsteller darf nicht mehr schreiben, und noch ungerechter und noch grausamer sogar: er kann sich nicht mehr wehren, wenn ihn jetzt die triumphierenden Widersacher in verdoppelter Wut anfallen. Fast ein

Jahrhundert lang wird es dauern, ehe das „Contra libellum Calvini" überhaupt in Druck erscheint: fürchterliche Wahrheit ist Castellios vorahnendes Wort in seinem Traktat geworden: „Warum tust du den andern, was du selbst nicht erdulden möchtest? Wir stehen hier in einem Prozeß um religiöse Dinge, warum knebelst du uns den Mund?"

Jedoch gegen den Terror gibt es kein Recht und keine Richter. Wo die Gewalt einmal herrscht, da ist den Besiegten kein Appell gelassen, immer bleibt dort der Terror die erste und zugleich die letzte Instanz. In tragischer Resignation muß sich Castellio bescheiden, Unrecht zu erleiden, aber tröstlich für all jene Zeiten, in denen Gewalt sich über den Geist erhebt, ist die souveräne Verachtung des von ihr Besiegten: „Eure Worte und eure Waffen sind nur solche, wie sie jener Despotie zu eigen sind, von der ihr träumt, diesem mehr zeitlichen als geistigen Herrschertum, das nicht auf die Liebe Gottes, sondern auf Zwang gegründet ist. Ich aber beneide euch nicht um eure Macht und eure Waffen. Ich habe andere, die Wahrheit, das Gefühl der Unschuld und den Namen dessen, der mir hilft und Gnade geben wird. Und selbst wenn für eine gewisse Zeit von der blinden Richterin, welche die Welt ist, die Wahrheit unterdrückt wird, so hat doch niemand Gewalt über sie. Lassen wir das Urteil einer Welt beiseite, die Christum getötet hat, kümmern wir uns nicht um ihr Gericht, vor dem immer nur die Sache der Gewalttätigkeit siegreich bleibt. Das wahre Reich Gottes ist nicht von dieser Welt."

Abermals hat der Terror recht behalten, und sogar tragischer noch: nicht erschüttert wird Calvins äußere Macht durch seine schlimmste Tat, sondern noch in überraschender Weise verstärkt. Denn vergeblich, im Raum der Geschichte die fromme Moral und rührselige Gerechtigkeit der Lesebücher zu suchen! Man finde sich damit ab: die Geschichte, dieser irdische Schatten des Weltgeistes, handelt weder moralisch noch unmoralisch. Sie bestraft weder die Untat, noch belohnt sie die Guten. Da sie im letzten Sinn auf Gewalt fußt und nicht auf Recht, schiebt sie den äußeren Vorteil meist den Machtmenschen zu, und hemmungslose

Verwegenheit, brutale Entschlüsse gereichen dem Täter oder Untäter im zeitlichen Kampfe eher zum Gewinn als zum Schaden.

Auch Calvin hat, angegriffen um seiner Härte willen, erkannt, daß nur eines ihn retten kann: noch mehr Härte, noch rücksichtslosere Gewalt. Immer erfüllt sich das gleiche Gesetz, daß, wer einmal Gewalt übte, sie weiter üben muß, und, wer mit Terror begonnen, keine andere Möglichkeit hat, als ihn zu steigern. Der Widerstand, den Calvin während und nach dem Prozesse Servets gefunden, bestärkt ihn nur noch in seiner Erkenntnis, daß für eine autoritäre Herrschaft die gesetzmäßige Niederhaltung und die bloße Einschüchterung der Gegenpartei eine unzulängliche Methode ist und nur eine einzige die Totalität der Macht sichert: die totale Vernichtung jedweder Opposition. Ursprünglich hatte Calvin sich begnügt, auf legalem Wege die republikanische Minorität im Genfer Rate lahmzulegen, indem er die Wahlordnung unterirdisch zu seinen Gunsten verschob. In jeder Gemeinderatssitzung wurden neue protestantische Emigranten aus Frankreich, die materiell und moralisch von ihm abhängig waren, zu Genfer Bürgern gemacht und damit in die Wahllisten aufgenommen: auf diese Weise sollte die Stimmung und Meinung des Rats allmählich zu seinen Gunsten umgefärbt, alle Ämter den blind Gefügigen zugeschoben und der Einfluß der alten republikanischen Patrizier gänzlich abgedrängt werden. Aber diese Tendenz der systematischen Überfremdung wird den patriotischen Genfern bald doch zu durchsichtig; spät, spät beginnen nun die Demokraten, die für die Freiheit Genfs ihr Blut vergossen haben, sich zu beunruhigen. Sie halten heimliche Versammlungen ab, sie beraten, wie man die letzten Reste ihrer alten Unabhängigkeit gegen die Herrschsucht der Puritaner verteidigen könne. Die Stimmung wird gereizt und immer gereizter. Auf den Straßen kommt es zu heftigen Auseinandersetzungen zwischen den Bodenständigen und den Eingewanderten, schließlich sogar zu einem Handgemenge, allerdings einem recht unschuldigen, bei dem im ganzen zwei Personen durch Steinwürfe verletzt werden.

Aber auf einen solchen Vorwand hat Calvin nur gewartet. Jetzt kann er den langgeplanten Staatsstreich, der ihm die Totalität der Macht sichert, endlich durchführen. Sofort wird die kleine Straßenrauferei zu einer

„schrecklichen Verschwörung“ aufgebauscht, die nur (immer ist das Widrigste bei solchen Praktiken das falsche Ethos und der frömmelnde Augenaufschlag) durch „göttliche Gnade“ vereitelt worden sei. Schlagartig werden die Führer der republikanischen Partei, die gar nichts mit dieser Vorstadtbalgerei zu schaffen hatten, verhaftet und so grausam gefoltert, bis sie alles aussagen, was der Diktator für seine Zwecke benötigt: es sei eine Bartholomäusnacht geplant gewesen, Calvin und die Seinen hätten ermordet und ausländische Truppen in die Stadt geführt werden sollen. Auf Grund dieser nur mit den scheußlichsten Martern erzwungenen „Geständnisse“ über die geplante „Rebellion“ und den konstruierten „Landesverrat“ kann endlich der Henker seine Arbeit beginnen. Alle, die Calvin auch nur den geringsten Widerstand geleistet haben, werden hingerichtet, soweit sie nicht rechtzeitig aus Genf geflohen sind. Eine einzige Nacht, und es gibt in Genf keine andere Partei mehr als die calvinistische.

Nach einem so restlosen Sieg, nach dieser radikalen Wegfegung seiner letzten Genfer Widersacher könnte Calvin nun eigentlich sorglos und darum großmütig sein. Aber wir wissen seit Thukydides, Xenophon und Plutarch, daß allezeit und allemal die Oligarchen nach dem Siege immer nur unduldsamer werden. Es gehört zur Tragik aller Despoten, daß sie den unabhängigen Menschen selbst dann noch fürchten, wenn sie ihn politisch machtlos und mundtot gemacht haben. Es genügt ihnen nicht, daß er schweigt und schweigen muß. Schon daß er nicht ja sagt, nicht dient und nicht buckelt, daß er sich nicht geschäftig in die Schar ihrer Schmeichler und Diener einreiht, macht sein Vorhandensein, sein Nochvorhandensein für sie zum Ärgernis. Und gerade, weil Calvin seit jenem brutalen Staatsstreich sich aller politischen Gegner entledigt hat und nur dieser eine, der moralische, übriggeblieben ist, wendet er nun mit vervielfachter Heftigkeit seine ganze Kampfleidenschaft diesem einen, Sebastian Castellio, entgegen.

Die einzige Schwierigkeit für diesen Angriff besteht darin, den friedfertigen Gelehrten aus seinem gesicherten Schweigen herauszulocken. Denn Castellio ist für seinen Teil des offenen Streites müde. Humanistische oder erasmische Naturen sind keine Dauerkämpfer. Das fanatische Insistieren der Parteimenschen und ihre beharrliche Proselytenjagd scheint ihnen eines geistigen Menschen unwürdig. Sie bekennen einmal ihre Wahrheit, aber sobald sie ihre Anschauung kundgetan, dünkt es ihnen überflüssig, immer und immer wieder die Welt in propagandistischer Art überzeugen zu wollen, daß sie die einzig richtige und giltige sei. Castellio hat in der Sache Servet sein Wort gesagt, er hat, allen Gefahren trotzend, die Verteidigung der Verfolgten übernommen und ist dem Terror der Gewissensvergewaltigung entschiedener entgegengetreten als irgendein anderer Mann seiner Zeit. Aber die Weltstunde war gegen sein freies Wort gewesen, er sieht, daß die Gewalt für eine gewisse Zeitspanne gesiegt hat. So entschließt er sich, still auf die Gelegenheit zu warten, in welcher der Entscheidungskampf zwischen Toleranz und Intoleranz wieder aufgenommen werden kann. Tief enttäuscht, aber keineswegs in seiner Überzeugung gebeugt, kehrt er zu seiner Arbeit zurück. Endlich hat ihn die Universität zum Lehrer berufen, endlich nähert sich seine große Lebenstat, die zweifache Bibelübersetzung, ihrem Abschluß. In den Jahren 1555 und 1556, nachdem man ihm die Waffe des Worts aus der Hand geschlagen, ist Castellio als Polemiker völlig verstummt.

Aber Calvin und die Genfer wissen durch Späher, daß Castellio im engeren Kreise der Universität seine humanen Ansichten weiterhin aufrechthält, er läßt sich, wenn man ihm die Schreibhand bindet, keineswegs den Mund verschließen, und mit Erbitterung merken die Kreuzfahrer der Intoleranz, daß seine verhaßte Forderung nach Toleranz und seine unwiderleglichen Argumente gegen die Prädestinationslehre bei den Studenten immer mehr Anklang finden. Ein moralischer Mensch wirkt schon durch seine bloße Existenz, denn sein Wesen schafft um ihn eine überzeugende Sphäre, und wenn auch scheinbar auf engen Kreis begrenzt, pflanzt sich diese innere Wirkung doch wie Wellenschlag unmerklich und unaufhaltsam ins Weite fort. Da Castellio also gefährlich bleibt und sich nicht beugen will, muß sein Einfluß rechtzeitig gebrochen werden. Mit viel List wird ihm eine Falle gestellt, um ihn wieder in den Ketzerkampf hineinzulocken, und einer seiner Kollegen an der

Universität gibt sich zu diesem Dienste willig als agent provocateur her. Er wendet sich in einem sehr freundlichen Brief, als ob es ihm einzig um eine theoretische Anfrage ginge, an Castellio mit der Bitte, dieser möge ihm doch seine Ansichten über die Prädestinationslehre auseinandersetzen. Castellio erklärt sich zu einer öffentlichen Diskussion bereit, aber schon während seiner ersten Worte erhebt sich prompt einer der Zuhörer und beschuldigt ihn der Ketzerei. Castellio merkt sofort die Absicht. Statt in die gestellte Falle zu gehen und seine These zu verteidigen (damit man genug Material für eine Anklage habe), bricht er die Diskussion ab, und seine Kollegen an der Universität verhindern jedes weitere Einschreiten gegen ihn. Doch Genf läßt so leicht nicht ab. Nachdem dieser hinterhältige Trick mißlungen ist, ändert man rasch die Methode; da Castellio sich nicht zur Diskussion herausfordern läßt, sucht man ihn mit Gerüchten und Pamphleten zu reizen. Man verspottet seine Bibelübersetzung, man macht ihn verantwortlich für anonyme Schmäh- und Flugschriften, man streut in alle Winde die gehässigsten Verleumdungen aus: wie auf ein Signal wird von allen Seiten mit einemmal gegen ihn Sturm gelaufen.

Aber eben durch diesen Übereifer ist es inzwischen allen Unparteiischen offenkundig geworden, daß man diesem großen und wahrhaft frommen Gelehrten, nachdem man ihm die Möglichkeit der freien Rede genommen, geradewegs an Leib und Leben will. Gerade die Perfidie der Verfolgung schafft dem Verfolgten allseits Freunde, und unerwarteterweise tritt plötzlich der Ahnherr der deutschen Reformation, Melanchthon, demonstrativ an Castellios Seite. Auch ihn widert wie einst Erasmus das wüste Treiben all jener an, die nicht in der Versöhnung, sondern im Streit den Sinn des Lebens erblicken, und spontan richtet er einen Brief an Sebastian Castellio. „Bis jetzt“, sagt er darin, „habe ich Dir nicht geschrieben, weil mir inmitten der Beschäftigungen, deren Menge und Widrigkeit mich niederdrückt, wenig Zeit für diese Art von Briefwechsel bleibt, der mir an sich sehr gefiele. Was mich ferner abhielt, war, daß ich mich, wenn ich die fürchterlichen Mißverständnisse zwischen jenen sehe, die sich als die Freunde der Weisheit und der Tugend ausgeben, von einer ungeheuren Traurigkeit überwältigt fühle.

Doch habe ich Dich immer geschätzt nach Deiner Art des Schreibens ... Und ich will, daß dieser Brief Dir ein Zeugnis meiner Zustimmung und ein Beweis aufrichtiger Sympathie sei. Möge uns eine ewige Freundschaft vereinigen.

Indem Du nicht nur über die Meinungsverschiedenheiten, sondern auch über den grausamen Haß, mit dem einige die Freunde der Wahrheit verfolgen, Klage führst, mehrst Du nur einen Schmerz, den ich selbst ständig fühle. Die Fabel erzählt, daß aus dem Blut der Titanen die Riesen entstanden. So sind aus der Saat der Mönche die neuen Sophisten entstanden, die an den Höfen, in den Familien und beim Volke zu regieren suchen und sich durch die Gelehrten behindert glauben. Aber Gott wird die Reste seiner Herde zu schützen wissen.

So haben wir mit Weisheit das zu erdulden, was wir nicht ändern können. Für mich ist das Alter eine Linderung meines Schmerzes. Ich hoffe, bald in die himmlische Kirche einzugehen, weit weg von den wütigen Stürmen, welche so grauenhaft die Kirche hier unten erschüttern. Wenn ich am Leben bleibe, will ich mit Dir über viele Dinge sprechen. Lebe wohl."

Als Schutzbrief für Castellio ist dieses Schreiben gedacht, das sofort in Abschriften durch alle Hände geht, und zugleich als Mahnung an Calvin, endlich von der unsinnigen Verfolgung dieses großen Gelehrten abzulassen. Und tatsächlich, mächtig wirkt Melanchthons anerkennendes Wort im ganzen Raum der humanistischen Welt; selbst die nächsten Freunde Calvins drängen nun auf Frieden. So schreibt der große Gelehrte Baudouin nach Genf: „Nun kannst Du sehen, wie sehr Melanchthon die Erbitterung verurteilt, mit der Du diesen Mann verfolgst, und zugleich auch, wie weit entfernt er ist, alle Deine Paradoxe zu billigen. Hat es denn wirklich Sinn, weiterhin Castellio wie einen zweiten Satan zu behandeln und gleichzeitig Melanchthon wie einen Engel zu verehren?"

Aber welch irriger Gedanke, man könnte jemals einen Fanatiker belehren oder beschwichtigen! Paradoxerweise – oder logischerweise – übt der beschirmende Brief Melanchthons genau die gegenteilige Wirkung auf Calvin aus. Denn die Tatsache, daß man seinem Gegner sogar noch Anerkennung zollt, steigert nur seinen Haß. Calvin weiß allzu gut, daß diese geistigen Pazifisten für seine kämpferische Diktatur noch gefährlichere Gegner sind als Rom, Loyola und seine Jesuiten. Denn bei jenen steht nur Dogma gegen Dogma, Wort gegen Wort, Lehre gegen Lehre, hier aber, in Castellios Freiheitsforderung, fühlt er die Urprinzipe seines Wollens und Wirkens, die Idee der einheitlichen Autorität, den Sinn der Orthodoxie in Frage gestellt, und immer ist in jedem Kriege der Pazifist in den eigenen Reihen gefährlicher als der militanteste Gegner. Gerade also, weil der Schutzbrief Melanchthons das Ansehen Castellios vor der Welt erhöht, kennt Calvin kein anderes Ziel mehr, als seinen Namen zu vernichten. Von dieser Stunde an beginnt der eigentliche Kampf, der Kampf bis aufs Messer.

Daß es jetzt an einen Vernichtungskampf geht, beweist schon die Tatsache des persönlichen Vortretens Calvins. Wie er im Falle Servet, sobald der letzte, der entscheidende Schlag nötig war, seinen Strohmann Nicolaus de la Fontaine beiseite schob, um selbst die Klinge zu fassen, so bedient er sich jetzt nicht mehr seines Handlangers de Beze. Jetzt handelt es sich für ihn nicht mehr um Recht oder Unrecht, um Bibelwort und Auslegung, um Wahr oder Unwahr, sondern nur um eines mehr: restlos und rasch Castellio ein für allemal zu erledigen. Ein richtiger Grund, ihn anzufallen, liegt zwar zur Zeit nicht vor, denn Castellio hat sich in seine Arbeit zurückgezogen. Aber da kein Anlaß gefunden werden kann, wird er künstlich geschaffen und aufs Geratewohl nach einem Prügel gegriffen, um auf den Verhaßten loszuschlagen. Zum Vorwand nimmt Calvin ein anonymes Pasquill, das seine Spione bei einem reisenden Kaufmann gefunden; zwar ist nicht der leiseste Schatten eines Beweises vorhanden, daß diese Schrift Castellio zum Verfasser habe, und tatsächlich ist Castellio auch nie ihr Autor gewesen. Aber „Carthaginem esse delendam", Castellio muß vernichtet werden, und so gebraucht Calvin dieses gar nicht von Castellio verfaßte Buch als Handhabe, um ihn als dessen Autor mit den gemeinsten und wütendsten Beschimpfungen anzupöbeln. Seine Streitschrift „Calumniae nebulonis cujusdam" ist nicht mehr das Buch eines Theologen gegen einen andern Theologen, sondern nur ein Ausstoß rasender Wut: als Dieb, als Schurke, als Gotteslästerer wird Castellio dann mit Schimpfnamen bedacht, wie sie kein Fuhrknecht ordinärer einem andern zuteilen könnte. Nichts Geringeres wird dem Professor der Universität Basel vorgeworfen, als daß er am hellichten Tage Holz gestohlen habe, und von Seite zu Seite sich in trunkenem Haß steigernd, endet dieses wütige Opusculum schließlich mit dem schäumenden Zornschrei: „Daß Gott Dich, Sathan, vernichte!"

Diese Lästerschrift Calvins kann als eines der denkwürdigsten Beispiele gelten, wie tief Parteiwut einen geistig hochstehenden Menschen erniedrigen kann. Aber sie stellt auch zugleich eine Warnung dar, wie unpolitisch ein Politiker handelt, wenn er seiner Leidenschaft nicht Zügel anzulegen weiß. Denn unter dem Eindruck der fürchterlichenUngerechtigkeit, mit der hier ein ehrenhafter Mann überfallen wird, hebt der Rat der Universität Basel das Schreibeverbot für Castellio auf. Eine Universität von europäischem Range kann es nicht mit ihrer Würde vereinbar finden, daß ein von ihr bestallter Professor vor der ganzen humanistischen Welt beschuldigt wird, ein gemeiner Holzdieb, ein Schurke, ein Vagabund zu sein. Da es sich hier offenkundig nicht mehr um eine Diskussion über die „Lehre", sondern um private Verdächtigung und um niedrige Ehrabschneiderei handelt, wird Castellio vom Senate ausdrücklich die Erlaubnis einer öffentlichen Entgegnung zugebilligt.

Diese Antwortschrift Castellios gestaltet sich zu einem musterhaften und wahrhaft erhebenden Beispiel humaner und humanistischer Polemik. Auch die äußerste Gehässigkeit kann diesen zuinnerst toleranten Mann nicht mit Haß vergiften, keine Gemeinheit ihn selbst gemein werden lassen. Welche Ruhe und Vornehmheit gleich im Rhythmus des Anfangs. „Ohne Enthusiasmus begebe ich mich auf diese Bahn der öffentlichen Diskussion. Um wieviel erwünschter wäre es mir gewesen, mich mit Dir in aller Brüderlichkeit und im Geiste Christi auseinanderzusetzen und nicht nach bäurischer Art mit Beschimpfungen, die dem Ansehen der Kirche nur abträglich sein können. Aber da durch Dich und Deine Freunde mein Traum eines friedsamen Verkehrs unmöglich gemacht wird, glaube ich, daß es mit meiner christlichen Pflicht nicht unvereinbar ist, Dir mit Mäßigung auf Deine leidenschaftlichen Angriffe zu antworten.“ Zunächst legt Castellio die unehrliche Handlungsweise Calvins bloß, der in der ersten Ausgabe jener Schrift vom „Nebulo“ ihn noch öffentlich als Autor jenes Pamphlets bezeichnet hatte, in der zweiten aber – zweifellos schon über seinen Irrtum belehrt – ihn mit keinem Worte mehr der Verfasserschaft bezichtigte, ohne aber dann auch die Loyalität aufzubringen, ehrlich einzugestehen, daß er Castellio unschuldigerweise verdächtigt habe. Mit hartem Griff drückt Castellio Calvin nun an die Wand: „Ja oder nein, hast Du gewußt, daß Du mir ungerechterweise jene Schrift zuschriebst? Ich selbst kann das nicht entscheiden. Aber entweder hast Du Deine Beschuldigung noch zu einer Zeit vorgebracht, als Du schon wußtest, daß sie unwahr gewesen; dann war es ein betrügerischer Akt. Oder Du warst noch nicht gewiß: dann war die Anschuldigung zumindest fahrlässig. In dem einen wie in dem andern Fall war Deine Haltung keine schöne, denn alles, was Du vorbringst, ist unwahr. Ich bin nicht der Autor jener Broschüre und habe sie niemals nach Paris zum Druck geschickt. Wenn ihre Verbreitung eine verbrecherische war, so bist Du selbst dieses Verbrechens anzuklagen, denn Du hast sie als erster bekanntgemacht.“

Nun erst, nachdem er aufgedeckt, mittels welcher fadenscheiniger Vorwände Calvin ihn angefallen, wendet sich Castellio gegen die rüde Form des Angriffs. „Du bist sehr fruchtbar in Beschimpfungen und Deine Lippe spricht aus der Fülle des Herzens. In Deinem lateinischen Libell nennst Du mich hintereinander Gotteslästerer, Verleumder, Übeltäter, bellenden Hund, ein freches Wesen voll Unwissenheit und Bestialität, einen unfrommen Verderber der Heiligen Schrift, einen Narren, der sich über Gott lustig macht, einen Verächter des Glaubens, eine unverschämte Person, nochmals einen schmutzigen Hund, ein Wesen voll Unehrerbietigkeit und Anstößigkeit, einen krummen und pervertierten Geist, einen Vagabunden und ein mauvais sujet. Achtmal bezeichnest Du mich als einen Lumpen (so übersetze ich mir das Wort nebulo); alle diese Böswilligkeiten breitest Du mit Vergnügen auf zwei Druckbogen aus und betitelst Dein Buch die Verleumdungen eines Lumpens und sein letzter Satz lautet: „Daß Gott Dich, Sathan, vernichte!“ Dazwischen gehört allesdiesem Stile an; und das soll die Art eines Mannes von apostolischem

Ernst, von christlicher Sanftmut sein? Wehe dem Volke, das Du führst, wenn es sich von solcher Gesinnung inspirieren läßt, und falls es sich bewahrheiten sollte, daß Deine Schüler ihrem Meister ähnlich sind. Mich aber berühren alle diese Beschimpfungen keineswegs ... Eines Tages wird die gekreuzigte Wahrheit auferstehen, und Du, Calvin, wirst für Dein Teil Gott Rechenschaft geben müssen für die Beschimpfungen, mit denen Du jemanden überhäuft hast, für den Christus gleichfalls gestorben ist. Fühlst Du denn wirklich keine Schande und nicht die Worte Christi in Deiner Seele: „Wer ohne Grund in Zorn gerät gegen seinen Bruder, wird dem Gericht verfallen", und „Wer seinen Bruder einen schlechten Menschen nennt, wird ins Dunkel geworfen werden"?" Beinahe heiter erledigt dann Castellio aus dem souveränen Gefühl seiner Unantastbarkeit die Hauptanschuldigung Calvins, er habe in Basel Holz gestohlen. „Das wäre in der Tat", spottet er, „ein sehr schweres Verbrechen, vorausgesetzt, daß ich es begangen hätte. Aber ein ebenso großes Verbrechen ist die Verleumdung. Nehmen wir nun an, es sei wahr und ich hätte wirklich gestohlen, weil ich" – (dies ein blendender Hieb auf Calvins Prädestinationslehre) – „dazu vorausbestimmt gewesen wäre, wie Du ja lehrst, warum beschimpfst Du mich dann? Müßtest Du nicht eher Mitleid mit mir haben, daß Gott mich zu diesem Schicksal bestimmt hat und es mir unmöglich gemacht hat, nicht zu stehlen? Warum erfüllst Du also die Welt mit dem Geschrei über meinen Diebstahl? Damit ich in Hinkunft abgehalten sei, zu stehlen? Aber wenn ich zwanghaft, wenn ich infolge einer göttlichen Vorausbestimmung stehle, so mußt Du mich freisprechen in Deinen Schriften wegen des Zwanges, der auf mir lastet. Es wäre mir in diesem Fall ebensowenig möglich, mich vom Diebstahl zurückzuhalten, als einen Zoll meiner Körpergröße hinzuzufügen."

Nun erst, nachdem er das Sinnlose dieser Verleumdung dargetan, schildert Castellio den tatsächlichen Hergang. Wie hundert andere hatte er bei einer Überschwemmung des Rheins mit einer Harpune Treibholz aus dem Strom gefischt, was selbstverständlich nicht nur eine gesetzmäßig erlaubte Handlung gewesen, da Treibholz bekanntlich überall freies Eigentum darstellt, sondern sogar eine vom Magistrat ausdrücklich gewünschte, weil diese Holzstöße bei Überschwemmungen die Brücken bedrohen. Und Castellio kann sogar nachweisen, daß er ebenso wie die andern „Diebe“ – vom Senat der Stadt Basel quaternos solidos (etwa den vierten Teil eines Goldstückes) für diesen „Diebstahl“, der in Wahrheit ein lebensgefährlicher Hilfsdienst war, als Belohnung ausbezahlt bekam; nach dieser Feststellung hat selbst der Genfer Klüngel nie mehr jene stupide Verleumdung zu wiederholen gewagt, die nicht Castellio, sondern nur Calvin entehrte.

Hier hilft kein Leugnen und Schönfärben: Calvin hat in seinem Furor, einen politischen, einen weltanschaulichen Feind um jeden Preis zu beseitigen, die Wahrheit ebenso verwegen zu vergewaltigen versucht wie im Falle Servet. Niemals ist es gelungen, auch nur den geringsten Makel an dem menschlichen Verhalten Castellios zu finden. „Alle mögen urteilen über das, was ich geschrieben habe“, kann Castellio Calvin gelassen entgegnen, „und ich fürchte keines Menschen Meinung, sofern er mich ohne Haß beurteilt. Die Armut meines persönlichen Lebens vermag jeder zu bekräftigen, der mich seit meiner Kindheit gekannt hat, und wenn es nötig wäre, so kann ich zahllose Zeugen beistellen. Aber ist das überhaupt notwendig? Genügt nicht das von Dir selbst gefertigte Zeugnis und das der Deinen? ... Sogar Deine eigenen Schüler haben mehr als einmal anerkennen müssen, daß man nicht den geringsten Zweifel über meine strenge Lebenshaltung hegen könnte. Sie mußten sich, da meine Lehre von der Deinen abweicht, darauf beschränken, zu behaupten, ich sei im Irrtum. Wie wagst Du also, solche Dinge über mich zu verbreiten und den Namen Gottes dabei anzurufen? Siehst Du denn nicht ein, Calvin, wie erschreckend es ist, das Zeugnis Gottes heranzubeschwören für Anschuldigungen, die ausschließlich von Haß und Wut eingegeben sind?

Aber auch ich rufe Gott an, und indes Du ihn anrufst, um mich in der wildesten Weise vor den Menschen anzuklagen, rufe ich ihn an, weil Du mich unwahrhaftig angeklagt hast. Sollte ich lügen und Du die Wahrheit sagen, dann bitte ich Gott, er möge mich nach dem Maße meines Verbrechens strafen, und ich bitte die Menschen, mir das Leben und die Ehre zu nehmen. Habe ich aber die Wahrheit gesagt und bist Du der falsche Ankläger, so bitte ich Gott, daß er mich gegen die Fallstricke meiner Gegner schütze, Dir aber vor Deinem Tode noch Gelegenheit gebe, Reue zu empfinden für Dein Verhalten, damit die Sünde nicht dereinst dem Heile Deiner Seele abträglich sei.“

Welcher Unterschied, welche Überlegenheit des freien und unbefangenen Menschen gegenüber dem im Gefühl seiner eigenen Selbstsicherheit Erstarrten! Ewiger Gegensatz zwischen der humanen Natur gegenüber der doktrinären, zwischen dem gelassenen Menschen, der nichts anderes als seine eigene Meinung bewahren will, und den Rechthabern, welche es nicht ertragen können, daß sich nicht die ganze Welt zu ihren Nachsprechern und Nachbetern erniedrigt. Dort spricht das reine und klare Gewissen in gemessener Art, hier überschreit sich in Drohung und Beschwörung die nervöse Herrschgier. Aber die wahre Klarheit läßt sich durch keinen Haß verstören. Immer werden die reinsten Taten im Geiste nicht erzwungen durch Fanatismus, sondern still errungen durch Selbstbeherrschung und Mäßigung.

Parteimenschen dagegen geht es niemals um Gerechtigkeit, sondern nur um den Sieg. Sie wollen nicht recht geben, sondern nur recht behalten. Kaum ist die Schrift Castellios erschienen, so beginnt von neuem der Ansturm. Zwar sind die persönlichen Diffamierungen des „Hundes“, der „bestia“ Castellio und das einfältige Märchen von seinem vorgeblichen Holzdiebstahl schmählich in sich zusammengebrochen; nochmals in diese Kerbe zu schlagen, darf selbst Calvin nicht mehr wagen. Deshalb werden die Angriffe schleunigst auf ein anderes Gebiet verlegt, auf das theologische; abermals werden die Genfer Druckerpressen, obzwar noch feucht von den letzten Verleumdungen, in Bewegung gesetzt, und zum zweitenmal wird Theodor de Beze vorgeschickt. Treuer seinem Meister als der Wahrheit, stellt er in seiner Vorrede zu der offiziellen Genfer Bibelausgabe (1558) den heiligen Schriften einen Angriff von derart denunziatorischer Böswilligkeit gegen Castellio voran, daß er an solcher Stelle geradezu als Gotteslästerung wirkt. „Satan, unser alter Gegner“, schreibt de Beze, „der nun erkannt hat, daß er nicht wie einst den Fortgang des göttlichen Wortes aufhalten kann, greift jetzt in noch gefährlicherer Weise ein. Lange Zeit hat es keine französische

Bibelübersetzung gegeben, zumindest keine Übersetzung der Heiligen Schrift, die diesen Namen verdiente; jetzt aber hat Satan ebenso viele Übersetzer gefunden, als es leichtfertige und freche Geister gibt, und er wird vielleicht noch mehr finden, wenn Gott nicht rechtzeitig Einhalt gebietet. Wenn man mich da nach einem Beispiel fragen sollte, so weise ich auf die Übersetzung der Bibel ins Lateinische und Französische durch Sebastian Castellio hin, einen Mann, der in unserer Kirche ebenso bekannt ist durch seine Undankbarkeit und Frechheit wie durch die Mühe, die man verloren hat, ihn auf den rechten Weg zu führen. Deshalb halten wir es für eine Gewissenspflicht, seinen Namen nicht länger zu verschweigen (wie wir es bisher getan haben), sondern fürder alle Christen zu ermahnen, sich vor einem solchen Mann zu hüten, den Satan ausgewählt hat."

Deutlicher und absichtsvoller kann man einen Gelehrten dem Ketzergericht nicht denunzieren. Aber der „von Satan ausgewählte" Castellio braucht jetzt nicht länger mehr zu schweigen; angewidert von der Niedrigkeit der Angriffe und ermutigt durch Melanchthons Schutzbrief, hat der Senat der Universität dem Verfolgten das Wort abermals freigegeben.

Diese Antwort Castellios an de Beze ist von einer tiefen und, man möchte sagen, von einer geradezu mystischen Trauer erfüllt. Nur Mitleid erregt es in dem reinen Humanisten, daß Menschen seiner geistigen Art so unbändig hassen können. Zwar weiß er genau, daß es den Calvinianern nicht um die Wahrheit geht, sondern nur um das Monopol ihrer Wahrheit, und daß sie nicht früher ruhen werden, ehe sie ihn nicht ebenso aus dem Wege geräumt haben wie bisher alle ihre geistigen oder politischen Gegner. Dennoch aber weigert sich sein adeliges Gefühl, in solche Niederungen des Hasses hinabzusteigen. „Ihr hetzt und ermuntert den Magistrat zu meinem Tode", schreibt er in prophetischem Vorgefühl. „Wäre dies nicht öffentlich durch Eure Bücher belegt, so würde ich nicht wagen, eine solche Behauptung niederzuschreiben, obwohl ich davon überzeugt bin; denn einmal tot, kann ich Euch keine Antwort mehr geben. Daß ich noch lebe, ist für Euch ein wahrer Alptraum, und da Ihr seht, daß der Magistrat Eurem Druck nicht nachgibt oder zumindest noch nicht nachgibt – dies kann sich aber bald ändern –, so sucht Ihr mich vor der Welt verhaßt zu machen und zu verfemen.“ Völlig im klaren, daß seine Gegner offen nach seinem Leben trachten, zielt Castellio nur gegen ihr Gewissen zurück. „Sagt mir doch“, fragt er diese Diener am Wort Christi, „in welcher Hinsicht kann sich Euer Verhalten gegen mich auf Christus berufen? Selbst im Augenblick, da ihn der Verräter den Häschern überliefert, spricht er voll Güte zu ihm und am Kreuz bittet er noch für seine Henker. Und Ihr? Weil ich in einzelnen Lehren und Meinungen von Euch abweiche, verfolgt Ihr mich über alle Länder der Welt mit Gehässigkeit und reizt die andern auf, gleich gehässig gegen mich zu handeln ... Welche Bitterkeit müßt Ihr heimlich fühlen, wenn Euer Verhalten von ihm eine so restlose Verurteilung empfängt wie die: „Wer seinen Bruder haßt, ist ein Mörder ...“ Das sind klare Vorschriften der Wahrheit, zugänglich für jeden, sofern man sie nur von allen theologischen Verhüllungen loslöst, und Ihr lehrt sie doch selbst mit dem Worte und in Euren Büchern. Warum bekennt Ihr sie nicht auch in Eurem Leben?“

Aber de Beze, das weiß Castellio, ist nur ein vorgeschickter Handlanger. Nicht von ihm geht dieser mörderische Haß aus, sondern von Calvin, dem Gesinnungsdespoten, der jeden Deutungsversuch außer dem seinen verbieten will. Darum spricht er über de Beze hinweg Calvin direkt an. Ohne Erregung, Blick in Blick, stellt er sich ihm gegenüber. „Du erkennst Dir den Titel eines Christen zu, Du bekennst das Evangelium, Du pochst auf Gott und rühmst Dich, seine Absichten durchdrungen zu haben. Du behauptest die evangelische Wahrheit zu wissen. Nun warum, wenn Du die andern belehrst, warum belehrst Du Dich nicht selbst? Warum erfüllst Du, der Du von der Kanzel herab predigst, man solle nicht verleumden. Deine Bücher mit Verleumdungen? Warum verurteilt Ihr mich, angeblich um meinen Stolz endgiltig niederzuschlagen, mit soviel Hochmut, soviel Arroganz und Selbstbewußtsein, als säßet Ihr im Rate Gottes und er hätte Euch die Geheimnisse seines Herzens entschleiert? ... Geht doch endlich in Euch selbst und sorgt, daß es nicht zu spät sei. Versucht doch, wenn es möglich ist, einen Augenblick an Euch selbst zu zweifeln, und Ihr werdet sehen, was schon viele andere sehen. Legt diese Selbstliebe ab, die Euch verzehrt, und den Haß gegen die andern, und insbesondere jenen gegen meine Person. Wetteifern wir miteinander in Nachsicht und Ihr werdet entdecken, daß meine Unfrömmigkeit ebenso unwirklich ist wie die Schande, mit der Ihr mich zu belasten sucht. Duldet doch, daß ich von Euch in einigen Punkten der Lehre abweiche. Sollte es denn wirklich nicht zu erzielen sein, daß zwischen frommen Menschen zugleich Verschiedenheit in der Meinung und doch Einheit des Herzens bestehen könnte? ..."

Milder hat nie ein humaner und versöhnlicher Geist Eiferern und Doktrinären erwidert, und wenn schon vordem großartig im Wort, so verwirklicht Castellio nun vielleicht noch vorbildlicher die Idee der Toleranz durch seine menschliche Haltung in dem ihm aufgezwungenen Kampf. Statt Hohn mit Hohn, Haß mit Haß zu erwidern – „ich kenne keine Erde und kein Land, in das ich hätte flüchten können, wenn ich ähnliche Dinge gegen Euch vorgebracht hätte wie Ihr gegen mich" –, versucht er lieber noch einmal, den Streit durch humane Auseinandersetzung zu enden, wie sie seiner Gesinnung nach zwischen Geistigen immer möglich sein sollte. Noch einmal bietet er den Gegnern die Friedenshand, obzwar jene schon mit dem Mordbeil nach ihm zielen. „So bitte ich Euch um der Liebe Christi willen, respektiert meine Freiheit und stehet endlich ab, mich mit falschen Beschuldigungen zu überhäufen. Laßt mich meinen Glauben ohne Zwang bekennen, so wie man Euch den Euren verstattet und wie ich meinerseits ihn Euch willig zuerkenne. Vermeint nicht immer von all denjenigen, deren Lehre von der Euren abweicht, daß sie im Irrtum seien, und schuldigt sie nicht immer sogleich der Ketzerei an ... Wenn ich wie so viele andere Fromme die Schrift anders auslege als Ihr, so bekenne ich mich doch mit allen meinen Kräften zum Glauben Christi. Gewiß ist einer von uns beiden im Irrtum, aber lieben wir doch darum einer den andern! Der Meister wird einst dem Irrenden schon die Wahrheit dartun. Das einzige, was wir mit Sicherheit wissen, Ihr und ich, oder wenigstens wissen sollten, ist die Verpflichtung zur christlichen Liebe. Üben wir sie aus und indem wir sie üben, laßt uns dieserart allen unseren Gegnern den Mund verschließen. Ihr haltet Eure Meinung für richtig? Die andern glauben das gleiche von der ihren:

mögen also die Weiseren zugleich sich als die Brüderlichsten erzeigen und sich nicht hochmütig machen lassen durch ihre Weisheit. Denn Gott weiß alles und er beugt die Stolzen und erhebt die Demütigen.

Ich sage Euch diese Worte aus einem großen Liebesverlangen. Ich biete Euch die Liebe und den christlichen Frieden. Ich rufe Euch auf zur Liebe, und daß ich es von ganzer Seele tue, bezeuge ich vor Gott und dem lebendigen Geist.

Wenn Ihr aber nichtsdestoweniger fortfahren solltet, mich mit Haß zu bekämpfen, wenn Ihr mir nicht erlaubt, daß ich Euch zur christlichen Liebe bezwinge, so kann ich nur mehr schweigen. Möge Gott unser Richter sein und nach dem Maße, mit dem wir ihm getreu gewesen, zwischen uns beiden entscheiden."

Unfaßbar für das Gefühl, daß ein so hinreißender, ein so tiefmenschlicher Anruf zur Versöhnung einen geistigen Gegner nicht beschwichtigen sollte. Jedoch es gehört zum Widersinn der irdischen Natur, daß gerade die Ideologen, die immer nur einer einzigen Idee verschworen sind, für jeden andern Gedanken als den ihren, und sei es auch derallermenschlichste, völlig unfühlsam werden. Einseitigkeit im Denken nötigt aber unausweichlich zur Ungerechtigkeit im Handeln, und wo immer ein Mann oder ein Volk ganz erfüllt ist vom Fanatismus einer einzigen Weltanschauung, bleibt kein Raum für Verständigung und Toleranz. Nicht den geringsten Eindruck macht auf einen Calvin die erschütternde Mahnung dieses nur nach Frieden verlangenden Menschen, der nicht öffentlich predigt, nicht wirbt und streitet, den nicht der kleinste Ehrgeiz bewegt, irgendeinem andern Menschen auf Erden seine Gesinnung gewaltsam aufzuzwingen; als eine „Ungeheuerlichkeit" weist das fromme Genf jene Aufforderung zum christlichen Frieden zurück. Und sofort beginnt ein neues Trommelfeuer mit allen Giftgasen des Hohns und der Verhetzung. Eine andere Lüge wird jetzt in Szene gesetzt, um Castellio verdächtig oder zumindest lächerlich zu machen, und vielleicht die perfideste von allen. Während dem Genfer Volke alle theatralischen Lustbarkeiten als Sünde streng verboten sind, wird im Genfer Seminar von Calvins Schülern eine „fromme" Schulkomödie einstudiert, in der man Castellio unter dem durchsichtigen Namen „de parvo Castello“ als ersten Diener Satans auftreten läßt und ihm die Verse in den Mund legt:

„Quant à moy, un chacun je sers
Pour argent en prose oy en vers
Aussi ne vis-je d'aultre chose ...“

Sogar diese letzte Verleumdung, daß dieser in apostolischer Armut lebende Mann seine Feder für Geld verkaufe und nur als bezahlter Agitator irgendwelcher Papisten für die reine Lehre der Toleranz kämpfe, wird unter Calvins Erlaubnis und zweifellos auf Ermutigung dieses Führers der Christenheit, dieses Predigers am Gotteswort schamlos gewagt. Aber Wahrheit oder Verleumdung, das ist dem calvinistischen Parteihaß längst gleichgiltig geworden – nur der eine Gedanke erfüllt sie alle, Castellio vom Katheder der Universität Basel zu reißen, seine Schriften zu verbrennen und womöglich ihn selbst dazu.

Ein willkommener Fund für diese grimmigen Hasser ist es darum, daß man bei einer der üblichen Genfer Haussuchungen zwei Bürger bei einem Buche überrascht, welches – schon dies eine verbrecherische Tat – nicht mit dem feierlichen Imprimatur Calvins versehen ist. Weder ein Autorname noch ein Druckort ist angegeben bei dieser kleinen Schrift „Conseil à la France désolée“; um so stärker riecht das Opus nach Ketzerei. Sofort werden die beiden Bürger vor das Konsistorium gezerrt. Aus Furcht vor den Daumenschrauben und der Folterwinde bekennen sie, ein Neffe Castellios habe ihnen diese Schrift geliehen, und mit fanatischem Ungestüm verfolgen nun die Jäger die frische Spur, um endlich das gehetzte Wild zur Strecke zu bringen.

Tatsächlich ist dieses „üble Buch, weil voll von Irrtümern“ ein neues Werk Castellios. Noch einmal ist er in seinen alten unheilbaren „Irrtum“ verfallen, zur friedlichen Austragung des Kirchenstreits in erasmischer Bemühung zu mahnen. Nicht schweigend wollte er mitansehen, wie die religiöse Verhetzung in seinem geliebten Frankreich endlich blutige Früchte zu tragen beginnt, wie (unter Genfs heimlichem Zuspruch) die

Protestanten dort gegen die Katholiken die Waffen ergreifen. Und als ob er die Bartholomäusnacht und die grauenhaften Schrecken der Hugenottenkriege vorausahnen könnte, fühlt er sich verpflichtet, neuerdings und in letzter Stunde die Sinnlosigkeit solchen Blutvergießens darzutun. Nicht die eine Lehre und nicht die andere, führt er aus, ist an sich die irrige – falsch und verbrecherisch ist immer nur der Versuch, einen Menschen mit Gewalt zu einem Glauben zu zwingen, an den er nicht glaubt. Alles Unheil auf Erden geht aus von diesem „forcement des consciences", von den immer erneuten und immer wieder blutdürstigen Versuchen des engstirnigen Fanatismus, Gewissen zu vergewaltigen. Aber es ist nicht nur unmoralisch und widerrechtlich, weist Castellio nach, irgend jemanden zu einem Bekenntnis zu nötigen, zu dem er sich innerlich nicht bekennt; es ist überdies noch sinnlos und widersinnig. Denn jede zwangsmäßige Rekrutierung zu einer Weltanschauung schafft bloß Scheingläubige; nur nach außen hin und zahlenmäßig mehrt die Daumenschraubenmethode jeder Zwangspropaganda die Anhängerschaft einer Partei. Aber in Wahrheit täuscht jede Weltanschauung, die auf solche gewaltsame Art sich Proselyten erzwingt, nicht so sehr die Welt mit ihrer falschen Mathematik wie vor allem sich selbst. Denn – und diese Worte Castellios haben Gültigkeit für alle Zeiten – „diejenigen, welche nur eine möglichst große Zahl von Anhängern haben wollen und deshalb viel Menschen benötigen, gleichen einem Narren, der ein großes Gefäß hat mit wenig Wein darin und es mit Wasser füllt, um mehr Wein zu haben; aber damit vermehrt er keineswegs seinen Wein, sondern er verdirbt nur den guten, den er darin hatte. Nie werdet ihr behaupten können, daß diejenigen, welche ihr zu einem Bekenntnis genötigt habt, es auch wirklich von Herzen bekennen. Würde ihnen die Freiheit gelassen, so würden sie sagen: ich glaube von Herzen, daß ihr ungerechte Tyrannen seid und daß das, was ihr mir abgezwungen habt, ohne Wert ist. Ein schlechter Wein wird nicht besser, wenn man die Leute zwingt, ihn zu trinken."

Immer von neuem und immer mit neuer Leidenschaft wiederholt Castellio deshalb sein Bekenntnis: Intoleranz führt unweigerlich zum Krieg und nur Toleranz zum Frieden. Nicht mit Daumschrauben und

Streitäxten und Kanonen kann eine Weltanschauung durchgesetzt werden, sondern einzig individuell und von der innersten Überzeugtheit her; nur durch Verständigung können die Kriege vermieden und die Ideen verbunden werden. Man lasse also Protestanten sein, die Protestanten sein wollen, und Katholiken bleiben, die sich ehrlich zum Katholizismus bekennen; man nötige nicht diese und nicht jene. Ein Menschenalter, bevor sich in Nantes die beiden Bekenntnisse über den Gräbern von Zehntausenden und Hunderttausenden unsinnig geopferten Menschen zum Frieden einigen, entwirft hier ein einsamer und tragischer Humanist schon das Toleranzedikt für Frankreich. „Der Rat, den ich dir, Frankreich, gebe, ist, daß du aufhören mögest, die Gewissen zu vergewaltigen, zu verfolgen und zu töten, und statt dessen mögest du erlauben, daß in deinem Lande jedem, der an Christus glaubt, verstattet sei, Gott nicht nach fremder Meinung, sondern nach seiner eigenen zu dienen."

Ein solcher Vorschlag zur Verständigung zwischen Katholiken und Protestanten in Frankreich gilt selbstverständlich in Genf als das Verbrechen aller Verbrechen. Denn Calvins Geheimdiplomatie ist eben zur gleichen Stunde beschäftigt, den Hugenottenkrieg in Frankreich gewaltsam anzufachen; nichts kann seiner aggressiven Kirchenpolitik darum unwillkommener sein als dieser humanitäre Pazifismus. Sofort werden alle Hebel in Bewegung gesetzt, Castellios Friedensschrift zu unterdrücken. Nach allen Windrichtungen jagen die Boten, an alle protestantischen Autoritäten werden beschwörende Briefe geschrieben, und tatsächlich erreicht Calvin mit seiner organisierten Agitation, daß auf der reformierten Generalsynode im August 1563 der Beschluß durchdringt: „Die Kirche wird hiermit in Kenntnis gesetzt von dem Erscheinen des Buches „Conseil à la France désolée", dessen Autor Castellio ist. Dies ist ein sehr gefährliches Buch und man muß sich davor hüten."

Abermals ist es gelungen, ein – dem Fanatismus! – „gefährliches Buch" Castellios noch vor seiner Verbreitung zu unterdrücken. Aber nun an den Menschen heran, an diesen unerschütterlichen, unbeugsamen Antidogmatiker und Antidoktrinär! Endlich ein Ende mit ihm machen, endlich ihm nicht nur den Mund stopfen, sondern auch für immer das Rückgrat brechen! Abermals wird Theodor de Beze herangeholt, um Castellio den Genickfang zu geben. Seine „Responsio ad defensiones et reprehensiones Sebastiani Castellionis“, den Pastoren der Stadt Basel gewidmet, zeigt allein schon mit dieser Widmung an die kirchlichen Behörden, wo der Hebel gegen Castellio angesetzt werden soll. Es sei Zeit, höchste Zeit, insinuiert de Beze, daß sich die geistliche Justiz mit diesem gefährlichen Ketzer und Ketzerfreunde beschäftige. In wildem Durcheinander prangert der fromme Theologe deshalb Castellio als Lügner, Gotteslästerer, schlimmsten Wiedertäufer, Schänder der heiligen Lehre, stinkenden Sykophanten, Schutzherrn nicht nur aller Ketzer, sondern auch aller Ehebrecher und Verbrecher an; schließlich wird er auch freundlichst Mörder genannt, der seine Verteidigung in der Werkstatt Satans hergestellt habe. Zwar sind in der Eile der Wut alle die wüsten Beschimpfungen so kreuz und quer aufeinandergehäuft, daß sie sich gegenseitig widersprechen und erdrücken. Klar aber und deutlich erhellt eines aus diesem geifernden Tumult: der mörderische Wille, endlich, endlich, endlich Castellio mundtot und am besten tot zu machen.

Die Schrift de Bezes bedeutet die längst schon fällige Anklage vor dem Ketzergericht; ohne Schamtuch zeigt sich jetzt die denunziatorische Absicht in ihrer herausfordernden Nacktheit. Denn ganz unmißverständlich ist die Basler Synode aufgefordert, stracks die bürgerlichen Behörden anzurufen, daß sie sich Castellios wie eines gemeinen Übeltäters bemächtigen mögen, und in persona taucht de Beze für einige Tage in Basel auf, um das Justizrad in Schwung zu bringen. Leider steht noch eine äußere Formalität seiner Ungeduld entgegen: nach dem Basler Gesetz ist immer erst eine schriftlich und namentlich an die Behörde gerichtete Anzeige notwendig, damit ein Verfahren eingeleitet werden könne; und als solche gilt niemals ein gedrucktes Buch. Das Natürliche, das Selbstverständliche wäre nun, daß, wenn Calvin und de Beze Castellio tatsächlich anklagen wollten, sie jetzt unter ihrem eigenen Namen eine solche schriftliche Anzeige der Behörde einreichten. Aber Calvin bleibt bei seiner alten im Falle Servet so gut bewährten – Methode, lieber eine Anklage durch einen gefälligen Dritten anzustiften, als sie unter eigener Verantwortung einer Behörde vorzubringen. Ganz genau wiederholt sich derselbe heuchlerische Vorgang wie in Vienne, wie in Genf: im November 1563, prompt nach dem Erscheinen des Buches von de Beze, reicht ein völlig unzuständiger Mann, ein gewisser Adam von Bodenstein, bei dem Basler Magistrat eine schriftliche Beschwerde wegen Ketzerei gegen Castellio ein. Nun wäre dieser Adam von Bodenstein selbst der letzte, der sich zum Anwalt der Rechtgläubigkeit aufspielen dürfte, denn er ist niemand anderer als der Sohn des berüchtigten Karlstadt, den Luther als gefährlichen Schwarmgeist von der Universität in Wittenberg gejagt hat; und als Schüler des gleichfalls höchst unfrommen Paracelsus kann er kaum als aufrechter Pfeiler der protestantischen Kirche gelten. Jedoch anscheinend ist es de Beze bei seinem Besuch in Basel auf irgendeine Weise gelungen, Bodenstein für den erbärmlichen Dienst zu gewinnen, denn wörtlich wiederholt dieser in seinem Brief an den Rat alle die wirren Argumente jenes Buches, Castellio einerseits als Papisten und andererseits als Wiedertäufer, drittens als Freigeist und viertens als Gottesleugner und überdies noch als Schutzherrn aller Ehebrecher und Verbrecher beschimpfend. Doch wahr oder falsch: immerhin ist mit seinem (heute noch erhaltenen und offiziell an den Magistrat gerichteten) Anklagebrief der formelle Rechtsweg beschritten. Da ein protokolliertes Dokument vorliegt, hat das Basler Gericht keine andere Möglichkeit, als eine Untersuchung einzuleiten. Calvin und die Seinen haben ihr Ziel erreicht: Castellio sitzt als Ketzer auf der Armesünderbank.

An sich wäre es für Castellio leicht, sich gegen den törichten Wust all dieser Anschuldigungen zu verteidigen. Denn in blindem Übereifer beschuldigt Bodenstein ihn gleichzeitig so vieler widersprechender Dinge, daß ihre Unglaubwürdigkeit offen zutage tritt. Außerdem kennt man Castellios untadeligen Lebenswandel in Basel zu genau; nicht, wie es bei Servet so bequem gelungen, wird ein Castellio gleich gefangengesetzt, in Ketten gelegt und mit Fragen gefoltert, sondern als Professor der Universität vorerst aufgefordert, sich vor dem Senate gegen die vorgebrachten Anschuldigungen zu rechtfertigen. Und es genügt seinen

Kollegen, daß er der Wahrheit entsprechend seinen Ankläger Bodenstein für einen vorgeschobenen Strohmann erklärt und verlangt, wenn Calvin und de Beze, die wirklichen Antreiber, ihn anklagen wollten, so mögen sie persönlich erscheinen. „Da man mich mit so viel Leidenschaft verdächtigt, ersuche ich Euch aus ganzer Seele um die Erlaubnis, mich verteidigen zu dürfen. Wenn Calvin und de Beze guten Glaubens sind, so mögen sie selber vortreten und vor Euch die Verbrechen beweisen, deren sie mich anklagen. Haben sie das Bewußtsein, richtig gehandelt zu haben, so brauchen sie das Tribunal von Basel nicht zu scheuen, nachdem sie doch keinerlei Bedenken hegten, mich vor der ganzen Welt anzuklagen ... Ich weiß, groß und mächtig sind meine Anschuldiger, aber auch Gott ist mächtig, er, der ohne Unterschied der Person richtet. Ich weiß, daß ich nur ein armer, dunkler Mann bin, sehr niedrig und ohne Ruhm, aber gerade auf die Niedrigen blickt Gott und läßt ihr Blut nicht ungesühnt, wenn es ungerecht vergossen wird." Er selbst, Castellio, erkenne darum das Gericht gerne an. Könne auch nur eine einzige der gegnerischen Anschuldigungen bewiesen werden, so biete er selber sein Haupt zur verdienten Sühne dar.

Selbstverständlich hüten sich Calvin und de Beze, einen so loyalen Vorschlag anzunehmen; weder er noch sein de Beze erscheinen vor dem Basler Senat. Und schon hat es den Anschein, als ob die tückische Denunziation im Sande verlaufen würde, da bringt ein Zufall den Gegnern Castellios unvermutete Hilfe. Denn verhängnisvollerweise kommt gerade jetzt eine dunkle Sache zutage, die den Verdacht der Ketzerei und Ketzerfreundschaft gegen Castellio gefährlich bestärkt. In Basel hat sich Sonderbares ereignet: durch zwölf Jahre hatte dort ein reicher ausländischer Edelmann unter dem Namen Jean de Bruge auf seinem Schloß in Binningen gelebt, dank seinem wohltätigen Sinn in allen bürgerlichen Kreisen höchst geachtet und beliebt. Und als dieser vornehme Fremde im Jahre 1556 stirbt, nimmt die ganze Stadt feierlich an seinem prunkvollen Begräbnis teil; an würdigster Stelle wird der Sarg in der Kirche von St. Leonhardt beigesetzt. Wiederum vergehen Jahre; da verbreitet sich eines Tages das erst kaum glaubhafte Gerücht, dieser vornehme Fremde sei gar kein ausländischer Edelmann oder Kaufmann gewesen, sondern niemand anderer als der berüchtigte und geächtete Erzketzer David de Joris, der Verfasser des „Wonderboeks“, der während des grausamen Massakers unter den Wiedertäufern auf geheimnisvolle Weise aus Flandern verschwunden war. Welches Ärgernis nun für ganz Basel, daß man diesem heillosen Kirchenfeind im Leben und Sterben öffentlich die höchsten Ehren erwiesen hat! Um nun sichtbare Sühnung zu nehmen für den betrügerischen Mißbrauch der Gastfreundschaft, wird nachträglich dem längst Verstorbenen von den Behörden der Prozeß gemacht. Eine greuliche Zeremonie findet statt; man holt den halbverfaulten Leichnam des Ketzers aus seinem Ehrengrab und hängt ihn auf den Galgen, bevor man ihn, zugleich mit einem Stoß aufgehäufter Ketzerschriften, auf dem großen Marktplatz von Basel vor Tausenden von Zuschauern verbrennt. Auch Castellio muß gemeinsam mit den andern Professoren der Universität dem ekelerregenden Schauspiel zusehen man mag sich denken, mit welchen bedrückten und angewiderten Gefühlen! Denn mit diesem David de Joris hat ihn durch all diese Jahre gute Freundschaft verbunden; gemeinsam haben sie seinerzeit versucht, Servet zu retten, und es besteht sogar viel Wahrscheinlichkeit, daß David de Joris, der Erzketzer, auch einer der anonymen Mitarbeiter an des Martin Bellius Buche „De haereticis“ gewesen sei. Jedenfalls ist nicht zu bezweifeln, daß Castellio den Schloßherrn von Binningen nie für den schlichten Kaufmann gehalten hat, als den er sich ausgab, sondern von Anfang an um den wahren Namen des angeblichen Jean de Bruge wußte; aber tolerant im Leben wie in seinen Schriften, dachte er nicht daran, den Denunzianten zu spielen und einem Mann seine Freundschaft zu entziehen, nur weil er geächtet war von allen Kirchen und Obrigkeiten der Welt.

Diese plötzlich aufgedeckte Beziehung zu dem berüchtigtsten aller Wiedertäufer gibt nun der Anschuldigung der Calvinisten, Castellio sei ein Protektor und Hehler aller Ketzer und Verbrecher, fast lebensgefährliche Bestätigung. Und wie der Zufall immer mit doppelter Zange zupackt, offenbart sich zur gleichen Stunde eine zweite nahe Verbindung Castellios mit einem andern schwer belasteten Ketzer, mit Bernardo Ochino. Ursprünglich ein berühmter Dominikanermönch, in ganz Italien durch seine unvergleichlichen Predigten bekannt, war Ochino plötzlich aus seiner Heimat vor der päpstlichen Inquisition geflüchtet. Aber auch in der Schweiz erschreckt er bald die reformierten Pfarrer durch die Eigenwilligkeit seiner Thesen; vor allem enthält sein letztes Buch, die „Dreißig Dialoge", eine Bibelauslegung, die in der ganzen protestantischen Welt als unglaubliche Lästerung empfunden wird: Bernardo Ochino erklärt nämlich dort unter Berufung auf das Gesetz Mosis die Vielweiberei, ohne sie anzuempfehlen, dem Prinzipe nach für bibelerlaubt und darum zulässig.

Dieses Buch mit der skandalösen These und vielen andern der Orthodoxie unerträglichen Auffassungen sofort wird das Verfahren gegen Bernardo Ochino eingeleitet – hat nun niemand anderer als Castellio aus dem Italienischen ins Lateinische übersetzt. In seiner Übertragung ist das Ketzerwerk in Druck gegangen; dadurch hat er sich tätig der Verbreitung solcher lästerlicher Auffassungen schuldig gemacht. Selbstverständlich ist er jetzt als Mitwissender vom Religionsgericht kaum weniger bedroht als der Verfasser. Über Nacht haben die vagen Anschuldigungen Calvins und de Bezes, daß Castellio der Hort und das Haupt der wildesten Ketzereien sei, durch seine vertraute Freundschaft mit David de Joris und Bernardo Ochino eine beunruhigende Wahrscheinlichkeit bekommen. Einen solchen Mann kann und will die Universität nicht weiterhin schützen. Und ehe der eigentliche Prozeß begonnen hat, ist Castellio schon verloren.

Was dem Anwalt der Toleranz von der Intoleranz seiner Zeitgenossen bevorsteht, kann er an der Grausamkeitermessen, mit der die kirchlichen Behörden gegen seinen Kameraden Bernardo Ochino einschreiten. Über Nacht wird der Verfemte aus Locarno, wo er Priester der italienischen Emigrantengemeinde war, ausgetrieben und ihm nicht einmal die Gnade eines flehentlich erbetenen Aufschubs zuerkannt. Daß er siebzig Jahre alt ist und mittellos, schafft ihm kein Erbarmen. Daß er wenige Tage zuvor seine Frau verloren hat, gewährt ihm keine Frist. Daß er mit unmündigen Kindern in die Welt wandern soll, mildert nicht den Grimm der frommen Theologen. Daß es Winter ist, die Gebirgspässe fußhoch verschneit und weglos geworden sind, kümmert seine fanatischen Verfolger nicht: möge er krepieren auf der Straße, der Hetzer, der Ketzer! Mitten im Dezember treibt man ihn aus, über die vereisten Berge und Grate muß der sieche und weißbärtige Mann sich mit seinen Kindern schleppen, um irgendwo in der Welt ein neues Asyl zu suchen. Aber auch diese Grausamkeit ist den Haßtheologen, den frommen Predigern des Gotteswortes noch nicht grausam genug. Denn am Ende könnte das Mitleid von Mildtätigen dem wandernden Greis und seinen Kindern unterwegs einmal des Nachts eine warme Stube gönnen oder ein Bündel Stroh. So jagen sie dem Geächteten mit ihrem widerlich frommen Eifer Briefe voraus von Ort zu Ort, kein guter Christ dürfe ein solches Ungeheuer unter seinem Dache dulden, und sofort schließen sich in allen Städten und Dörfern wie vor einem Leprakranken die Türen und Tore. Ohne eine Ruhestätte zu finden, muß dieser greise Gelehrte sich durch die ganze Schweiz als Straßenbettler durchkämpfen, in Scheunen übernachtend und vom Frost erschöpft, um weiter und weiter zu wanken bis an die Grenze, dann noch durch das riesige Deutschland, wo gleichfalls alle Gemeinden bereits vor ihm gewarnt sind; nur die Hoffnung hält ihn aufrecht, endlich in Polen bei menschlicheren Menschen für sich und die Kinder Unterkunft zu finden. Aber zu hart wird die Anstrengung für den gebrochenen Mann. Bernardo Ochino ist niemals ans Ziel, niemals zum Frieden gelangt. Ein Opfer der Unduldsamkeit, bleibt der entkräftete Greis auf irgendeiner Landstraße in Mähren mitten am Wege liegen, und dort in der Fremde scharrt man ihn wie einen Vagabunden in ein seitdem längst schon vergessenes Grab.

In diesem grauenhaften Zerrspiegel kann Castellio klar sein eigenes Schicksal vorauslesen. Schon wird der Prozeß gegen ihn gerüstet, und auf kein Mitleid, auf keine Menschlichkeit kann in einer Zeit solcher Unmenschlichkeit der Mann hoffen, dessen einziges Vergehen gewesen, zu menschlich gefühlt und mit zu vielen Verfolgten Mitleid gezeigt zu haben. Schon ist für den Verteidiger Servets das Schicksal Servets in Aussicht genommen, schon hat die Intoleranz der Zeit ihrem gefährlichsten Gegner, dem Anwalt der Toleranz, die Hand an der Kehle.

Aber eine gütige Fügung will, daß seinen Verfolgern nicht der sichtbare Triumph gegönnt sei, Sebastian Castellio, den Erzfeind jeder geistigen

Diktatur, im Kerker, im Exil oder auf dem Scheiterhaufen zu sehen. Ein plötzlicher Tod errettet in letzter Stunde Sebastian Castellio vor dem Prozeß und dem mörderischen Ansturm seiner Feinde. Schon lange war sein durch Überarbeitung entkräfteter Körper geschwächt gewesen, und als nun Sorgen und Aufregungen auch die Seele ermüden, hält der unterhöhlte Organismus nicht mehr länger stand. Bis zum letzten Augenblick zwar schleppt sich Castellio noch in die Universität und an den Schreibtisch, jedoch vergebliche Gegenwehr! Schon obsiegt der Tod über den Willen zum Leben und zum geistigen Wirken. Man trägt den Fieberschauernden ins Bett, heftige Magenkrämpfe lassen ihn jede Nahrung außer Milch verweigern, immer schlechter arbeiten die Organe, endlich kann das erschütterte Herz nicht mehr weiter. Am 29. Dezember 1563 stirbt Sebastian Castellio, achtundvierzig Jahre alt, „den Klauen seiner Gegner durch die Hilfe Gottes entronnen", wie ein teilnehmender Freund bei seinem Tode sich äußert.

Mit diesem Tode bricht auch die Verleumdung zusammen; zu spät erkennen seine Mitbürger, wie schlecht und lau sie diesen ihren besten Mann verteidigt. Sein Nachlaß erweist unwiderleglich, in welcher apostolischen Armut dieser reine und große Gelehrte gelebt hat; kein einziges Silberstück findet sich im Hause, Freunde müssen den Sarg und die kleinen Schulden bezahlen, für die Kosten der Bestattung aufkommen und die unmündigen Kinder zu sich nehmen. Aber gleichsam als Entgelt für die Schmach der Anklage wird das Begräbnis Sebastian Castellios zu einem moralischen Triumphzug; alle, die ängstlich und vorsichtig geschwiegen, solange Castellio unter dem Verdacht der Ketzerei gestanden, drängen nun heran, um darzutun, wie sehr sie ihn liebten und ehrten; denn immer ist es bequemer, einen Toten zu verteidigen als einen Lebenden und Unbeliebten. Feierlich folgt die ganze Universität dem Leichenzuge, auf den Schultern der Studenten wird der Sarg in die Kathedrale gebracht und im Klostergang bestattet. Auf ihre eigenen Kosten lassen drei seiner Schüler auf den Grabstein die Widmung meißeln: „Dem hochberühmten Lehrer als Dank für seine große Wissenschaft und die Reinheit seines Lebens."

Aber während Basel den reinen und gelehrten Mann betrauert, herrscht in Genf heller Jubel; nur daß sie nicht die Glocken läuten lassen bei der willkommenen Nachricht, dieser kühnste Verfechter der geistigen Freiheit sei glücklich vernichtet, der beredteste Mund, der gegen ihre Vergewaltigung des Gewissens gesprochen, endlich verstummt! Mit unziemlicher Freude beglückwünschen sie einander, alle die bibelfrommen „Diener am göttlichen Wort", als ob das Wort „Liebet eure Feinde" niemals in ihrem Evangelium eingeschrieben gewesen wäre. „Castellio ist tot? Um so besser!" schreibt der Herr Pfarrer von Zürich, Bullinger, und ein anderer spottet: „Um seine Sache nicht vor dem Basler Senat rechtfertigen zu müssen, hat Castellio sich zu Rhadamanthys (dem Höllenfürsten) geflüchtet." De Beze, der mit seinen denunziatorischen Pfeilen Castellio zu Boden gestreckt, lobpreist Gott, die Welt von diesem Ketzer befreit zu haben, und rühmt sich selbst als inspirierten Verkünder: „Ich war ein guter Prophet, als ich Castellio sagte: der Herr wird Dich für Deine Lästerungen strafen." Selbst mit dem Tod dieses alleinstehenden Kämpfers und darum doppelt ehrenvoll Besiegten hat sich die Wut noch nicht müde gehaßt. Aber vergeblich wie immer der Haß: den Toten vermag keine Höhnung mehr zu kränken, und die Idee, für die er gelebt und gestorben, steht wie alle wahrhaft humanen Gedanken über aller irdischen und zeitlichen Gewalt.

Die Pole berühren einander

Le temps est trouble, le temps se esclarsira
Après la plue l'on atent le beau temps
Après noises et grans divers contens
Paix adviendra et maleur cessera.
Mais entre deulx que mal l'on souffrera!
Chanson de Marguerite d'Autriche

Der Kampf scheint zu Ende. Mit Castellio hat Calvin den einzigen geistigen Gegner von Rang beseitigt, und da er gleichzeitig in Genf die politischen Widersacher zum Schweigen gebracht hat, kann er nun unbehindert sein Werk in immer größeren Ausmaßen fortgestalten. Haben Diktaturen die unausbleiblichen Krisen ihres Anbeginns einmal überwunden, so dürfen sie im allgemeinen für einige Zeit als gefestigt gelten; wie der Organismus des Menschen sich klimatischen Umstellungen und veränderten Lebensumständen nach anfänglichem Unbehagen schließlich anpaßt, so gewöhnen sich auch die Völker erstaunlich bald an neue Formen der Herrschaft. Nach einiger Frist beginnt die alte Generation, die verbittert eine gewalttätige Gegenwart mit der geliebteren Vergangenheit vergleicht, wegzusterben, und hinter ihr ist indes schon in der neuen Tradition eine Jugend herangewachsen, welche diese neuen Ideale mit ahnungsloser Selbstverständlichkeit als die einzig möglichen hinnimmt. Immer kann im Laufe einer Generation ein Volk durch eine Idee entscheidend verwandelt werden, und so hat sich auch Calvins Gottesgebot nach zwei Jahrzehnten aus theologischer Denksubstanz zu einer sinnlich sichtbaren Daseinsform verdichtet. Gerechtigkeit muß nun diesem genialen Organisator zuerkennen, daß er nach dem Siege mit großartiger Planhaftigkeit sein System aus der Enge ins Weite geführt und allmählich ins Welthafte ausgebaut hat. Eiserne Ordnung macht Genf im Sinne der äußern Lebenshaltung zu einer Musterstadt; aus allen Ländern pilgern die Reformierten nach dem „protestantischen Rom", um hier die vorbildliche Durchführung des theokratischen Regimes zu bewundern. Was straffe Zucht und spartanische Ertüchtigung zu vollbringen vermögen, ist restlos erreicht; zwar ist die schöpferische Vielfalt zugunsten nüchternster Monotonie hingeopfert und die Freude einer mathematisch kalten Korrektheit, aber dafür ist die Erziehung selbst zu einer Art Kunst gesteigert. Tadellos sind alle Lehrinstitute, alle Wohlfahrtsanstalten geführt, der Wissenschaft wird weitester Raum gewährt, und mit der Gründung der „Akademie" schafft Calvin nicht nur die erste geistige Zentrale des Protestantismus, sondern zugleich auch den Gegenpol wider den Jesuitenorden seines einstigen Kameraden Loyola: logische Disziplin gegen Disziplin, gehärteter Wille gegen Willen. Ausgerüstet mit vortrefflichem theologischen Rüstzeug, werden von hier die Prädikanten und Agitatoren der calvinischen Lehre nach genau errechnetem Kriegsplan in die Welt entsandt. Denn längst denkt Calvin nicht mehr daran, seine Macht und Idee auf diese eine kleine Schweizer Stadt zu beschränken; über Länder und Meere greift sein unbezähmbarer Herrschwille, um allmählich ganz Europa, die ganze Welt seinem totalitären System zu gewinnen. Schon ist Schottland durch seinen Legaten John Knox ihm untenan, schon sind Holland und teilweise die nordischen Reiche von puritanischem Geiste durchdrungen, schon rüsten die Hugenotten in Frankreich zu entscheidendem Schlag; ein einziger glückhafter Schritt noch, und die „Institutio" wäre zur Weltinstitution geworden, der Calvinismus die einheitliche Denk- und Lebensform der abendländischen Welt.

Wie entscheidend eine solche siegreiche Durchsetzung der calvinistischen Lehre die Kulturform Europas verändert hätte, vermag man zu ermessen an der besonderen Struktur, die der Calvinismus den ihm ergebenen Ländern schon in kürzester Frist aufgeprägt hat. Überall, wo die Genfer Kirche ihr sittlich-religiöses Diktat – und wenn auch nur für eine Spanne Zeit – verwirklichen konnte, ist innerhalb der allgemein nationalen Färbung noch ein besonderer Typus entstanden: der des unauffällig lebenden, des „makellos", des „spotless" seine sittliche und religiöse Pflicht erfüllenden Bürgers; überall hat sich sichtlich das Sinnlich-Freie zum Methodisch-Gebändigten gedämpft und das Leben zu kälterem Gebaren vernüchtert. Schon von der Straße her – so stark vermag eine starke Persönlichkeit sich bis ins Sachliche zu verewigen – erkennt man noch heute in jedem Lande auf den ersten Blick die Gegenwart oder einstige Gegenwart calvinistischer Zucht an einer gewissen Gemessenheit des Gehabens, einer Unbetontheit in Kleidung und Haltung und sogar an der Prunklosigkeit und Unfestlichkeit der steinernen Gebäude. In jeder Beziehung den Individualismus und den ungestümen Lebensanspruch des einzelnen brechend, überall die Autorität der Obrigkeiten stärkend, hat der Calvinismus in den von ihm beherrschten Nationen den Typus des korrekt Dienenden, des bescheiden und beharrlich der Gesamtheit sich Einordnenden, also des vortrefflichen Beamten und idealen Mittelstandsmenschen plastisch herausgearbeitet, und mit Recht hat Weber in seiner berühmten Studie über den Kapitalismus nachgewiesen, daß kein Element so sehr wie die calvinistische Lehre des absoluten Gehorsams den Industrialismus vorbereiten half, weil in der Schule schon auf religiöse Art die Massen zur Gleichschichtung und Mechanisierung erziehend. Immer aber erhöht eine entschlossene Durchorganisierung seiner Untertanen die äußere, die militärische Stoßkraft eines Staates; jenes großartige, harte, zähe und entbehrungsreiche Seefahrer- und Kolonistengeschlecht, das erst Holland und dann England neue Kontinente eroberte und besiedelte, ist im hauptsächlichen puritanischer Herkunft gewesen, und dieser geistige Ursprung hat wiederum schöpferisch den amerikanischen Charakter bestimmt; unendlich viel ihrer weltpolitischen Erfolge danken alle diese Nationen dem streng erziehlichen Einfluß des picardischen Predigers von Saint Pierre.

Aber doch, welcher Angsttraum, Calvin und de Beze und John Knox, diese „kill joy" hätten in der krudesten Form ihrer ersten Forderungen die ganze Welt erobert! Welche Nüchternheit, welche Eintönigkeit, welche Farblosigkeit wäre über Europa gefallen! Wie hätten diese kunstfeindlichen, freudefeindlichen, lebensfeindlichen Zeloten gewütet gegen den herrlichen Überschwang und all jene holden Überflüssigkeiten des Daseins, in denen sich der bildnerische Spieltrieb in göttlicher Mannigfaltigkeit kundtut! Wie hätten sie alle die sozialen und nationalen Kontraste, die eben in ihrer sinnlichen Buntheit dem Abendland das Imperium in der Kulturgeschichte verliehen, ausgerodet zugunsten einer trockenen Monotonie, wie den großen Rausch der Gestaltung verhindert mit ihrer fürchterlich exakten Ordnung! So wie sie in Genf den Kunsttrieb für Jahrhunderte entmannten, so wie sie beim ersten Schritt zur englischen Herrschaft eine der herrlichsten Blüten des Weltgeistes, das shakespearische Theater, mit mitleidloser Ferse für immer zertraten, wie sie die Tafeln der alten Meister zerschlugen in den Kirchen und die Furcht Gottes einsetzten statt der menschlichen Freude, so wäre in ganz Europa jede inbrünstige Bemühung, auch anders als bloß mittels einer kanonisierten Frömmigkeit sich dem Göttlichen anzunähern, ihrem mosaisch-biblischen Anathema zum Opfer gefallen. Atemberaubend, es sich innerlich auszudenken, das siebzehnte, das achtzehnte, das neunzehnte Jahrhundert Europas ohne Musik, ohne

Maler, ohne Theater, ohne Tanz, ohne seine üppige Architektur, ohne seine Feste, seine verfeinerte Erotik, sein Raffinement der Geselligkeit! Nur kahle Kirchen und strenge Predigten als Erbauung – nur Zucht und Demut und Gottesfürchtigkeit! Die Kunst, dieses Gotteslicht in unserem dumpfen und dunkeln Werktag, hätten die Prädikanten als „sündige“ Schwelgerei, als Lustmacherei, als „paillardise“ uns verboten, ein Rembrandt wäre Müllerknecht geblieben, Molière ein Tapezierer oder Bedienter. Die üppigen Bilder Rubens' hätten sie entsetzt verbrannt und vielleicht ihn selber dazu, einen Mozart verhindert an seiner heiligen Heiterkeit, einen Beethoven erniedrigt zur Vertonung von Psalmengesang! Shelley, Goethe und Keats – könnte man sie sich vorstellen unter dem „placet“ und „imprimatur“ frommer Konsistorien? Einen Kant, einen Nietzsche ihre Denkwelt aufbauend im Schatten der „Disziplin“? Nie hätten Verschwendung und Verwegenheit bildnerischen Geistes sich zu so denkwürdiger Pracht versteinern dürfen wie in Versailles und im römischen Barock, nie in Mode und Tanz sich die zarten Farbenspiele des Rokoko entfalten können; verkümmert wäre in theologischer Rabulistik der europäische Geist, statt sich in schöpferischem Wandel zu entfalten. Denn unfruchtbar und unschöpferisch bleibt die Welt, wenn nicht getränkt und gefördert durch Freiheit und Freude, und immer erfrostet das Leben in jedem starren System.

Glücklicherweise hat Europa sich nicht disziplinieren, nicht puritanisieren, nicht vergenfern lassen: Wie gegen alle Versuche, die Welt in ein einziges System zu kasernieren, hat auch diesmal der Lebenswille, der ewige Erneuerung begehrt, seine unwiderstehliche Gegenkraft eingesetzt. Nur in einen kleinen Teil Europas ist die calvinistische Offensive siegreich vorgestoßen, aber selbst, wo sie zur Herrschaft gelangte, hat sie bald freiwillig ihr buchstabenstrenges Bibeldiktat abgetan. Keinem Staate hat auf die Dauer Calvins Theokratie ihre Allmacht aufzwingen können, und vor dem Widerstand der Realität mildert und humanisiert sich bald nach seinem Tode die Lebensfeindlichkeit, die Kunstfeindlichkeit der einstmals unerbittlichen „Disziplin“. Denn immer ist auf die Dauer das sinnliche Leben stärker als jede abstrakte Lehre. Es durchflutet mit seinen warmen Säften jede Starre, es lockert jede Strenge, es mildert jede Härte. Wie ein Muskel nicht ununterbrochen in äußerster Spannung gekrampft bleiben, wie eine Leidenschaft nicht ständig in Weißglut verharren kann, so vermögen auch die geistigen Diktaturen niemals dauernd ihren rücksichtslosen Radikalismus zu bewahren: meist ist es nur eine einzige Generation, die ihren Überdruck schmerzhaft zu erleiden hat.

Auch Calvins Lehre hat, schneller als es zu erwarten war, ihre übersteigerte Unduldsamkeit eingebüßt. Fast niemals gleicht nach Ablauf eines Jahrhunderts noch eine Lehre ihrem einstigen Lehrer, und es wäre ein verhängnisvoller Fehler, gleichzusetzen, was Calvin selbst gefordert hat und was der Calvinismus innerhalb seiner historischen Entwicklung geworden ist. Zwar wird noch zur Zeit Jean-Jacques Rousseaus in Genf gestritten werden, ob das Theater erlaubt sein solle oder verboten, und die sonderbare Frage ernstlich erörtert, ob die „schönen Künste" einen Fortschritt oder ein Verhängnis der Menschheit bedeuten, aber schon längst ist die gefährlichste Überspannung der „Disziplin" gebrochen und der starre Bibelglaube organisch dem Humanen angepaßt. Denn immer weiß der Geist der lebendigen Entwicklung, was uns zunächst als grober Rückschritt erschreckte, für seine geheimnisvollen Zwecke zu nützen: jedem Systementnimmt der ewige Fortschritt einzig das Förderliche und wirft das Hemmende hinter sich wie eine ausgepreßte Frucht. Diktaturen bedeuten im großen Plane der Menschheit nur kurzfristige Korrekturen, und was den Rhythmus des Lebens reaktionär hemmen will, treibt ihn in Wahrheit nach kurzem Rückschlag nur noch energischer voran: Bileams ewiges Symbol, der fluchen will und wider seinen Willen doch segnet. So ist in sonderbarster Verwandlung gerade aus dem System des Calvinismus, das besonders grimmig die individuelle Freiheit beschränken wollte, die Idee der politischen Freiheit entstanden; Holland und Cromwells England und die Vereinigten Staaten, seine ersten Wirkungsfelder, geben den liberalen, den demokratischen Staatsideen am willigsten Raum. Aus puritanischem Geiste ist eines der wichtigsten Dokumente der Neuzeit gestaltet, die Unabhängigkeitserklärung der Vereinigten Staaten, die ihrerseits wieder die französische Deklaration der Menschenrechte entscheidend beeinflußte. Und merkwürdigster Umschwung von allen, Berührung der Pole – gerade jene Länder, die am stärksten von der Intoleranz durchdrungen werden sollten, sind überraschenderweise die ersten Freistätten der Toleranz in Europa geworden. Gerade, wo Calvins Religion Gesetz, wird auch Castellios Idee Realität. Nach ebendemselben Genf, wo dereinst Calvin noch Servet um einer Meinungsverschiedenheit in theologicis willen verbrannte, flüchtet der „Feind Gottes", der lebendige Antichrist seiner Zeit, Voltaire. Aber siehe: freundlich besuchen ihn Calvins Nachfolger im Amte, die Prediger ebenseiner Kirchen, um mit dem Gottverächter humanstens zu philosophieren. In Holland wiederum schreiben, die sonst nirgends Rast auf Erden fanden, Descartes und Spinoza jene Werke, die das Denken der Menschheit befreien von allen Banden des Kirchlichen und Traditionellen. Gerade in den Schatten der rigorosesten Gotteslehre – ein „Wunder" hat der sonst wenig wundergläubige Renan diese Wendung des strengen Protestantismus in die Aufklärung genannt – flüchten aus allen Ländern die um ihres Glaubens und ihrer Meinung willen Bedrohten. Immer sind es die vollkommensten Gegensätze, die sich in ihren Enden am ehesten berühren; und so durchdringen sich in Holland, in England, in Amerika nach zwei Jahrhunderten beinahe brüderlich Toleranz und Religion, die Forderung Castellios und die Forderung Calvins.

Denn auch Castellios Ideen überdauern seine Zeit. Nur für einen Augenblick scheint mit dem Menschen auch seine Botschaft verstummt; noch einige Jahrzehnte umgibt Schweigen so dicht und dunkel seinen Namen wie die Erde seinen Sarg. Niemand fragt mehr nach Castellio, seine Freunde sterben oder verlieren sich, die wenigen gedruckten Schriften werden allmählich unzugänglich, die unveröffentlichten wiederum wagt niemand in Druck zu geben; vergeblich scheint sein Kampf gekämpft, sein Leben gelebt. Aber die Geschichte geht geheimnisvolle Wege: gerade der Sieg seines Gegners verhilft Castellio zur Auferstehung. Ungestüm, vielleicht allzu ungestüm ist der Calvinismus in Holland vorgedrungen. Die Prädikanten, gehärtet in der fanatischen Schule der Akademie, meinen, die Strenge Calvins im neubekehrten

Lande noch überbieten zu müssen. Aber bald regt sich bei diesem Volke, das eben erst sich des Kaisers zweier Welten erwehrt, ein Widerstand; nicht will es diese neuerrungene politische Freiheit mit einem dogmatischen Gewissenszwang bezahlen. In den Kreisen der Geistlichkeit remonstrieren einige Prediger – später die Remonstranten genannt – gegen den Totalitätsanspruch des Calvinismus, und als sie in diesem Kampfe wider die unerbittliche Orthodoxie nach geistigen Waffen suchen, entsinnt man sich plötzlich des verschollenen und fast schon sagenhaft gewordenen Vorkämpfers. Coornhert und die andern liberalen Protestanten weisen auf Castellios Schriften hin, und von 1603 an erscheint in Neudrucken und holländischen Übertragungen eine nach der andern, überall Aufsehen erregend und immer steigende Bewunderung. Mit einemmal erweist es sich, daß die Idee Castellios keineswegs begraben gewesen, sondern nur gleichsam die härteste Zeit überwintert hat; nun naht die Stunde ihrer wahren Wirkung. Bald genügen nicht mehr die veröffentlichten Schriften, man sendet Boten nach Basel hinüber, um die nachgelassenen aufzuspüren; sie werden nach Holland gebracht, dort im Original und in Übersetzungen aber und abermals gedruckt, und ein halbes Jahrhundert nach seinem Tode wird dem Verschollenen sogar, was er nie zu hoffen gewagt hätte, eine Gesamtausgabe seiner Werke und Schriften gewidmet (Gouda 1612). Damit steht Castellio wieder mitten im Streit, sieghaft auferstanden und zum erstenmal von treuer Gefolgschaft umschart; unabsehbar ist seine Wirkung, wenn auch eine fast unpersönliche und anonyme. In fremden Werken, in fremden Kämpfen leben sich Castellios Gedanken aus; bei der berühmten Diskussion der Arminianer um liberale Reformen im Protestantismus sind die meisten Argumente seinen Schriften entlehnt, der Graubündner Prediger Gantner – eine prachtvolle Gestalt, würdig, daß ein Schweizer Dichter sie formte – erscheint bei der selbstaufopfernden Verteidigung eines Wiedertäufers vor dem Churer geistlichen Gericht mit dem „Martin Bellius"-Buche in der Hand, und wenn es auch kaum je dokumentarisch nachweisbar sein wird, daß bei der ungemeinen Verbreitung seiner Werke in Holland sowohl Descartes als auch Spinoza in geistige Fühlung mit Castellios Gedanken getreten sind, so hat die Vermutung hier beinahe die Kraft einer Tatsache.

Aber in Holland sind es nicht bloß die Geistigen, die Humanisten allein, die von der Idee der Toleranz sich gewinnen lassen; allmählich dringt der Gedanke tief in die Nation, die müde ist des Theologengezänks und der mörderischen Kirchenkriege. In dem Frieden von Utrecht wird die Idee der Toleranz zu staatspolitischer Erscheinung und tritt damit aus dem Abstrakten tatkräftig in den realen Raum: den hinreißenden Appell zur gegenseitigen Meinungsachtung, den Castellio dereinst an die Fürsten gerichtet, erhört ein politisch freies Volk und erhebt ihn zum Gesetz. Aus dieser ersten Provinz ihrer zukünftigen Weltherrschaft dringt die Idee der Achtung vor jedem Glauben und jeder Gesinnung sieghaft in die Zeit weiter, ein Land nach dem andern verdammt im Sinne Castellios jede religiöse und weltanschauliche Verfolgung. In der Französischen Revolution wird dem Individuum endlich sein Recht gegeben, frei und gleichberechtigt seinen Glauben und seine Meinung zu bekennen, und in dem nächsten Jahrhundert, dem neunzehnten, beherrscht die Idee der Freiheit – Freiheit der Völker, der Menschen, der Gedanken – schon als unveräußerliche Maxime die ganze zivilisierte Welt.

Ein ganzes Jahrhundert bis knapp an den Rand unserer Zeit herrscht diese Idee der Freiheit mit absoluter Selbstverständlichkeit über Europa. In die Grundfesten jedes Staates sind die Menschenrechte als das Unantastbarste und Unabänderlichste jeder Verfassung eingemauert, und schon meinten wir die Zeiten der geistigen Despotien, der aufgezwungenen Weltanschauungen, der Gesinnungsdiktate und Meinungszensuren für immer versunken und den Anspruch jedes Individuums auf geistige Unabhängigkeit so gesichert wie das Recht auf seinen irdischen Leib. Aber Geschichte ist Ebbe und Flut, ewiges Hinauf und Hinab; nie ist ein Recht für alle Zeiten erkämpft und keine Freiheit gesichert gegen die immer anders geformte Gewalt. Immer wird jeder Fortschritt noch einmal der Menschheit bestritten sein und auch das Selbstverständliche von neuem in Frage gestellt. Gerade wenn von uns Freiheit schon als Gewöhnung und nicht mehr als heiligster Besitz empfunden wird, entwächst aus dem Dunkel der Triebwelt ein geheimnisvoller Wille, sie zu vergewaltigen; immer, wenn zu lange und zu sorglos sich die Menschheit des Friedens gefreut, überkommt sie die gefährliche Neugier nach dem Rausche der Kraft und die verbrecherische Lust nach dem Kriege. Denn um weiter vorzustoßen auf ihr unergründliches Ziel, schafft die Geschichte sich von Zeit zu Zeit uns unbegreifliche Rückschläge, und wie bei einer Sturmflut die festesten Dämme und Deiche, so stürzen dann die ererbten Mauern des Rechts; rückzuentwickeln scheint sich die Menschheit in solchen schaurigen Stunden zu der blutigen Wut der Horde und zur sklavischen Fügsamkeit der Herde. Aber wie nach jeder Flut müssen die Wasser sich verlaufen; alle Despotien veralten oder erkalten in kürzester Frist, alle Ideologien und ihre zeitlichen Siege enden mit ihrer Zeit nur die Idee der geistigen Freiheit, Idee aller Ideen und darum keiner erliegend, hat ewige Wiederkehr, weil ewig wie der Geist. Wird ihr äußerlich zeitweilig das Wort genommen, dann flüchtet sie zurück in den innersten Raum des Gewissens, unerreichbar für jede Bedrängnis Vergeblich darum, wenn Machthaber meinen, sie hätten den freien Geist schon besiegt, weil sie ihm die Lippe versiegeln. Denn mit jedem neuen Menschen wird ein neues Gewissen geboren und immer wird eines sich besinnen seiner geistigen Pflicht, den alten Kampf aufzunehmen um die unveräußerlichen Rechte der Menschheit und der Menschlichkeit, immer wieder wird ein Castellio aufstehen gegen jeden Calvin und die souveräne Selbständigkeit der Gesinnung verteidigen gegen alle Gewalten der Gewalt.

Von den Werken Sebastian Castellios sind Neuausgaben zur Zeit noch nicht vorhanden, mit Ausnahme eines Neudrucks des „Traicté des hérétiques“, besorgt von Pfarrer A. Olivet, mit Vorwort von Professor E. Choisy (Genf 1913); eine erstmalige Publizierung des „De arte dubitandi“ bereitet Fräulein Dr. Elisabeth Feist nach dem in Rotterdam befindlichen Manuskript für die „Accademia di Roma“ vor; die Zitate in dem vorliegenden Buche sind teils den Originalausgaben, teils den beiden Werken von Ferdinand Buisson, „Sébastien Castellion“(Paris 1892), und Étienne Giran, „Sébastien Castellion et la Reforme Calviniste“ (Paris 1914), entnommen, den einzigen wesentlichen, die bisher Sebastian Castellio gewidmet wurden. Bei der Spärlichkeit und Verstreutheit der Materie muß ich Fräulein Liliane Rosset in Vésenay für entscheidende Anregung und dem Herrn Pastor an der Kathedrale Calvins in Genf, Jean Schorer, für gütige Hilfe um so dankbarer sein. Zu besonderer Erkenntlichkeit haben mich außerdem verpflichtet die Universitätsbibliothek in Basel, die mir bereitwilligst Einsicht in die Handschriften Castellios gestattete, sowie die Zentralbibliothek in Zürich und das Britische Museum in London.

April 1936.
St. Z.